散文集

空碗朝天

张金凤/著

中国言实出版社

图书在版编目（CIP）数据

空碗朝天 / 张金凤著 . -- 北京：中国言实出版社，2017.3
ISBN 978-7-5171-2246-3

Ⅰ.①空… Ⅱ.①张… Ⅲ.①散文集 - 中国 - 当代 Ⅳ.①I267

中国版本图书馆 CIP 数据核字（2017）第 042270 号

出 版 人：王昕朋
总 监 制：朱艳华
责任编辑：肖凤超
封面设计：淡晓库

出版发行 中国言实出版社
地 址：北京市朝阳区北苑路 180 号加利大厦 5 号楼 105 室
邮 编：100101
编辑部：北京市海淀区北太平庄路甲 1 号
邮 编：100088
电 话：64924853（总编室） 64924716（发行部）
网 址：www.zgyscbs.cn
E-mail：zgyscbs@263.net
经 销 新华书店
印 刷 北京温林源印刷有限公司
版 次 2017 年 4 月第 1 版 2017 年 4 月第 1 次印刷
规 格 787 毫米 × 1092 毫米 1/32 9 印张
字 数 220 千字
定 价 32.00 元 ISBN 978-7-5171-2246-3

目录

第一章　屋檐下，炕头吟，烟火成诗　...1

锅灶　...3

瓢里春秋　...10

家门　...17

空碗朝天　...27

老炕　...35

瓦罐　...44

深夜一盏灯　...50

火盆　...56

壶中日月　...64

风箱轻语　...73

窗上流年　...79

第二章　农具歌，慢生活，乡俗生暖　　... 87

墙上的镰刀　... 89

簸箕　... 94

乡间一片瓦　... 102

福棚罩福　... 107

犁尖开花　... 112

十字大街　... 118

烟袋风流　... 127

地头饭　... 132

屋檐下　... 140

麦场上的战斗　... 145

盖垫　... 152

第三章　草木歌，精灵舞，大地生香　... 157

胡麻的天空　... 159

风吹青纱帐　... 167

端坐如佛　... 172

墙上花开　... 189

村庄里的树　... 199

天下太平　... 207

花草相依　... 217

鼠辈的江湖　... 227

平原狼踪　... 246

黄精灵　... 255

猫千岁　... 262

斗虱记　... 268

出家的猪　... 275

空碗朝天

——

第一章

——

屋檐下，炕头吟，烟火成诗

锅灶

锅在民间是生存的象征。

锅，一口圆圆的黑铁，镶嵌在农家的灶上，一日三时燃起柴草，释放出袅娜的炊烟，这家农户就充满安详，这样的村庄就静谧和谐。相验一口生铁锅是不是好锅，要用石块敲一敲它的边沿和底部，听听它发出的声响是清脆还是浑浊，是均匀流畅的和声还是生涩拥堵的断流。一口锅是一家人长久的日子，需要对上眼光：听起来顺耳，摸起来亲切。买上一口顺眼顺心的锅，日子无论贫富都从容舒心。锅被庄严地买回来，端坐在虚位以待的灶口，主人用细泥均匀涂抹镶嵌，就开始了细密悠长的日子。新锅是生涩的，需要养，要用一块新鲜猪皮反复擦抹。这擦抹似乎是一个隆重的仪式，又仿佛是神秘的开光。油腥赋予它灵魂，唤醒了它的使命，它由一块冷冰的铁，变成了这户人家荣辱与共的伙计，开始了贫贱相依的日子。黄刺刺的铁锈变成养眼的纯铁，泛着黑亮，透着昂扬，养育着一家的嘴巴、个头和精气神。

锅，承载着丰年的满足，也忍耐着荒年的饥馑。无论清汤薄水、粗米野菜，还是白膜猪肉，顿顿油锅吱吱啦啦地响，一口锅，只要一日三餐地蒸煮，就有生机。锅铲一次次铲掉水锈、锅巴，炊帚一圈圈抹去积渍、浮尘，这口锅就可以尊严地伴随生生不息的日子。锅最怕闲下来，几日不用，锅底就泛上铁锈，生涩的生活滋味欲说还休，家家有本难念的经啊，谁家的铁锅没有一波三折的故事呢？那一年，锅被揭走了，灶那黑乎乎的大口惊恐地张着，是乡下人的巨大伤疤，一直没有结痂，就那样在心头疼着，问着。没有锅的日子，家家对未来没了底，人人对生活目瞪口呆。

锅里是寻常饭菜，锅下是安详的灶火，氤氲着柴草的气息。煮地瓜，贴饼子，一个时代永不变样的饭食。一个黑陶土烧制的汤罐稳稳地镇守在锅底中央，洗一圈地瓜，切一盆白菜炖上。锅底火起，毕毕剥剥，火苗飘闪，锅底就开始飘出歌声：咕嘟，咕嘟，那是烧锅水的激情被点燃，在吟唱餐食的进程。锅沿处从锅盖缝隙里透出丝丝缕缕的热气，锅热了，是贴饼子的时候，乡下人自创的歇后语说：热锅贴饼子——好。锅冷，生面饼子是贴不住的，会滑到锅底，跟地瓜依偎在一起，化成奇形怪状的饼子。只有锅热了，软乎乎的饼子才会牢牢地抓住硬的锅铁，贴在哪里就在哪里扎根，中规中矩，绝不走形变节。

锅口的裙裾是锅台，即锅沿外四四方方的土台子。方中镶圆，做人堂堂正正，做事圆圆满满，古朴的乡村生活，举手投足间都是朴素的生活哲理。锅台的一角是放置汤罐的，一顿饭炖一罐开水，清锅后，汤罐就镇守在锅台一角，方便人取水饮用。汤罐里有汤勺，一般是铝铁小勺，汤罐顶上盖着水瓢，因为这湿漉漉的家什放在别处不妥帖，汤罐更需要一个盖子，以免屋顶落灰或者失足的促织、蜘蛛掉进水里。靠锅门脸的锅台两个角通常空着，只有在开锅端饭的时候，用来放盛饭的盘和盆子。一盆炖热菜从锅底起出来，也需要在锅台上短暂停留，散散热，包层手巾防烫手，再小心地端到餐桌上。

锅台下就是黑洞洞的灶口。锅的责任，煎炒烹炸，蒸饭煮汤；灶的使命就是烟熏火燎，在最体面的锅底下做着最脏最累的琐碎活计。锅与灶唇齿相依，灶总是黑头黑脸地为锅里的三餐吞吐着碎草柴火，干索的草它痛痛快快地吞咽，雨季的湿草它也得如鲠在喉地艰难咀嚼。天朗气清的时候，一根烟囱柱子直指苍穹，灶底火燃得呼呼有声。阴霾湿重的天气，满灶屋返烟，人们就骂着，这个锅头不好烧！灶听了，憋不住，一滴委屈的泪滑下来，呛得站着贴饼子的女人咳尿了裤子。

鸡鸣里，女人打开柴门，第一件事就是挎进筐子掏锅底灰，掏出昨天一天的柴草烧下的余烬，将灶腾空。一阵轻烟升腾，灶口火着了，火舌贴着锅的大肚子，慢慢把它煨热，烧沸，直到锅底咕嘟嘟地沸腾起一曲交响乐，锅盖处突突突地冒出洁白的蒸气。锅底是个大肚子将军，黑洞洞的，年久积灰，摸一把锅底灰，可以疗治小小的皮疮和疖子，兵荒马乱的年代里，锅底灰更是最好的掩护，多少女人仰仗几把锅底灰逃脱恶狼的眼睛。

灶火是直通炕的。炕洞里虽有山路十八弯似的机关，烟却如淙淙溪流，总能绕过盘曲的石缝一路流转，抵达烟囱，放逐天际。灶洞俗称锅头，是锅的首脑还是炊烟的源头？

锅头驻扎着一方神灵。锅头的外脸，火苗蹿出来的地方叫锅眉爷爷，就是灶王爷的所在。乡下人对灶王爷非常敬畏，平日教导小孩子不要去动锅门脸，烧火的时候不能用烧火棍戳锅门脸，小孩子通常是忍不住烧火的寂寞，容易拿火棍到处乱戳的。母亲会教导说，那是灶王爷的额头，戳了就是对神灵的大不敬。敬畏神灵，是乡下文化里多么厚重的一笔啊。家里倘若讨来只狗仔猫仔，也要拜灶王爷。女人提着狗仔的前肢腾空拎起，对准灶门有节奏地悠荡着，一边还要念叨拜灶王的拜辞：拜灶王，拜灶王，拉屎尿尿靠南墙。据说举行了这一仪式后，那猫儿狗儿就得了灶王的神示，懂得大小便找旮旯，不会弄得院子里到处粪便。

灶王爷是上天派下来的监督员呢。一年忙下来，小年到了，腊月廿三辞灶，要给灶王爷备上骏马，以清水饮之，黄豆喂饱。还要请求灶王在天上美言一家的事务，并带回一家平安的来年运势和五谷丰登的丰收图景。拜辞曰：灶王爷爷上天堂，少带（回）是非，多带（回）五谷杂粮。而且还要给灶王爷吃糖瓜，企图贿赂灶王，或者不叫他多说话，用黏糊糊的糖瓜粘住他的嘴。

锅头有个相好是风箱。风箱有个吹气的凸嘴，锅灶留有一个凹洞，如此天作之合，锅灶和风箱就亲亲热热地过起了日子。天高云淡的时节，地气上升，一顿平常饭是很少用到风箱的。蒸馒头、下饺子，需要急火的时候，在灶洞里填上满满的柴，风箱"咕哒、咕哒"紧拉几下，火苗就呼呼蹿起来，锅就很快沸腾了。锅洞的左边是风箱，左手拉风箱右手添柴草是最合适的。锅头的右边也留有一块风箱大小的地方，上与锅台平齐，这个长方体的洞俗称锅洞子。如此简单的锅洞子用途却是极大的。连绵雨季，草垛浸泡在无休止的雨丝里，妇女钻进草垛深处，好容易抠出一提篮草，谁知道草垛却是漏的，不知是鸡的刨抓，还是老鼠的洞穿，总之掏出的是水淋淋的霉烂的懊糟的草。湿草生烟，一顿饭烟呛火燎，满屋三间的生烟味。有心的女人，常常是晴天就在院角晒些干草，是最易燃的麦穰草之类的，趁着干爽储藏进锅洞子，雨天做引火使用。过年的时候，平原地区的年夜饺子一般是用豆秸草煮，因为豆秸的草燃起热量最猛，饺子下锅后需要急火，火越急便越容易煮得完整无损。那豆秸草是要提前晒好存进锅洞的。春天，老母鸡咕咕地叫，奋拉着翅膀到处找地方趴窝。女人说，鸡要抱窝了，赶紧找些"准蛋"，将锅洞用软草铺好，摆上"准蛋"，把老母鸡抱进来。那四处找窝，一腔母爱无处发泄的母鸡，就安安稳稳地在锅洞里实施它的育婴大计。母鸡几乎是一天到晚趴在锅洞里，一碗清水和一碟苞米粒就使它更安稳。一段时日之后，老母鸡就咕咕唤着，将一团团毛茸茸的鸡仔带出来，它们在院子里散步，在草垛根刨食草籽、谷粒和小虫，进进出出，锅洞，成了鸡仔的摇篮和家。当童年的我蹲在锅洞前给抱窝的母鸡添水加食的时候，颇有神圣感，而此时，作为一家出出入入的鸡族的庇护，锅洞也有了空前的神圣光环。

锅洞上方与锅台齐平的部分可以看作是锅台的延续，也是一个重要的场地，锅盖掀起来的时候，就是站立在这个平台上，这个位置被称作锅后。一口锅要体面地遮掩，做餐时盖上锅盖，饭好了揭开锅盖。锅盖下是一家人眼巴巴的期盼，锅盖揭开的时候，一切昭然，那是一锅满满当当热气腾腾的好日子，还是半锅干干瘪瘪的饥馑，锅盖来揭开这个谜底。倘若一户人家贫困之极，就说是到了揭不开锅的地步。每日晚饭后，女人要将锅刷净抹干，用锅盖盖住了，用压锅石头压住了，谁知道锅一开口又会有怎样的祸端？那年月，锅和人一样成了哑巴。张开口的锅，夜里保不准会经过蝎子、蜘蛛还是香大姐，谁知道一口滑溜溜的锅底，会不会成为老鼠的滑冰场，促织们的音乐厅？总之，一顶锅盖盖过锅的头颅，那用胡黍长挺秆穿缝起来的，圆圆的盖顶，是锅的尊严，严丝合缝，镇守着干净体面的食钵。

锅后，就是锅盖顶的后面，是存放篦梁叉、篦子、锅铲子的地方，也是放置盐坛子的地方，还放置着一件重要的灶具：铁勺子。铁勺子是一个微型炒锅，一个粗黑大碗的碗口大小的浅浅平底铁勺。铁勺子常常是为小孩子服务的。在燃烧的灶火上燎烤片刻，滴上几滴菜油，搅动点面糊，给孩子烙一张微型的油饼。有时候给咳嗽的孩子炒一个鸡蛋。这些都是在铁勺子里完成的，铁勺子的快捷，省油省火，很受缺衣短食的庄户人喜欢。抓一把花生米，在铁勺里炒熟，是慰劳那劳累的男人，给他做的下酒菜。夜里孩子一踢腿，脚指头爬上窗台，踹破了封窗纸。不讲究的人家，吃饭的时候，从孩子的练习本上撕下一页用过的纸，拿吃完的地瓜蒂把，用仅存的地瓜穰抹抹，糊上雪白的窗，给它留下一个黄乎乎的丑陋补丁。讲究的人家，用铁勺子少少地烫点糨糊，补丁也裁得四四方方，仔细地比量着，给窗户一个体面的补偿。父亲最喜欢用铁勺子在将熄的灶火上烤小干鱼，那种叫柳叶鱼的甜晒小鱼，不足一拃长，燎烤片刻，散发出鲜美的气味，馋得邻居家的猫蹲在墙头上"哇哇"大叫。

女人守在锅头口，一手轻轻搭在风箱上，时不时轻拉几下，风箱的小舌头就调皮地秃噜几下。她眼睛盯着跳动的火苗听着毕毕剥剥的燃烧，思绪就绵软下来，少女的时光，岁月里的片段，或许就在这时候再度闪现。忽然"刺啦"一声，水滴落在火里的声音。女人的思绪被拉回来，一道湿湿的裂纹在锅底的某个部位出现，一大滴水珠，像谁委屈的眼泪，憋着憋着就憋不住地落下来，火苗被打得一个趔趄，"哧"的一声响过，低下去，又慢慢长上来。又有一颗水珠慢慢在裂痕处凝结。女人从容地将灶前的柴草烧尽，将满锅的青涩煮得芬芳四溢，只在吃饭的时候，仿佛是对男人说，又好像是对自己说，或者是对孩子说，锅漏了。

　　大家似乎忘记锅漏了这回事，该上坡上坡，该下原下原，女人做饭的时候，仍旧添小半锅水，咕嘟嘟煮着，只是在裂缝的锅里面，用白面搓了一条细线，镶贴在那伤口上，暂时安抚了铁锅那破碎的情感。这样过了不多久，一个卖猪或者籴粮食的集市上，男人用独轮车推回一口崭新的锅。老锅，被倒扣在墙角，等待属于它的另一个使命。

　　乡村孩子们的纠纷里，大人对于被欺负了的孩子的最大安慰，对行凶者最极致的恐吓就是："再打俺家的小孩，我就去砸破你家的锅。"若事情办砸了，糟糕到极限，就说这次砸了锅了。全力以赴，倾尽所有去办一件事情，最到家的一句话就是："我就是砸锅卖铁也要供你上学。""砸锅"就是到了山穷水尽的地步，达到无以复加的程度，不到万不得已，那口锅是万万不能砸的。若要现世安稳，就好好地守候一口自己的锅吧。

瓢里春秋

葫芦是乡间院落的常住人口，乡下女人每年都会在墙角下栽种几墩。或者是将几个葫芦籽埋进暄软的湿土里，任它感知着风的寒暖，选择出头的时辰；或者将葫芦育秧在屋内一个漏水的旧盆子里，等它腰身渐渐壮了，再栽移在墙角根、篱笆边。

乡下女人种葫芦不为吃它，乡下菜品很多，菜园子里翻着花样有菜：韭菜菠菜油菜茼蒿苤菜芹菜土豆扁豆豆角白菜萝卜，都排着队进灶房呢；篱笆根、墙头上有上搭下挂的各种吊瓜蛇瓜拉瓜苦瓜眉豆；咸菜缸里还有腌下的辣菜疙瘩、萝卜条、白菜帮子；灶桌下还有半坛子酱。乡下女人舍不得拿嫩葫芦做菜，她们一直让葫芦在秋光里长着，长得胖头大耳，长得腰身壮硕，长得脊骨铿锵，才肯摘下葫芦来开瓢使用，这是葫芦在乡村最有价值的存在。

破锅自有破锅盖，弯刀对着瓢切菜。每一样事物都有自己的道理和体系。一只葫芦劈两半，一家打墙两家好看。一只葫芦长成两个瓢，要经过漫长的时光浸染、风霜打磨。刚刚坐果的葫芦只是一个小纽子，随时有凋萎的危险。如果它开花的时候正好是阴天，雄花的脚步差了那么一点点；或者飘散的细雨隔断了鹊桥相会的脚步，蜂蝶也懒得来成全，一只葫芦纽的前途是暗淡的。葫芦是最讲究协作的，面对种种可能阻碍繁衍的沟坎，它在捧出一朵雌花的前前后后，会打发一个班的雄花来鞍前马后地服侍。

坐住了果的葫芦要小心翼翼地长大，它太嫩了，顽皮的鸡一口就能啄穿它，淘气的蚂蚱一脚也能蹬歪它，就连一阵风有时候扯着其他植物的叶子，也能把它嫩生生的脸擦块皮、留个疤。葫芦最怕小孩子的手，那小手看见大头葫芦好玩，随手就掐了下来，或者因为喜欢，去抚摸一下。这种爱是残酷的伤害，一只被抚摸过的葫芦，很难波澜不惊地继续它的生长旅程，有的就此打住生长的进程，慢慢缩水干枯；有的，还活着，但是生气了，就那么大的个子长到老。

所以葫芦蔓子上开始坐葫芦的时候，乡下的母亲嘱咐孩子，不要对小葫芦指指点点，一指它，它就哑了。母亲还想方设法把周围的大叶子扯过来遮挡葫芦。当葫芦长起一定个子的时候，母亲竟然也去抚摸葫芦，她看重一只齐头齐脑的葫芦，腰身匀称，脖子扁长，看看就是趁手的模样，不能让它再长了，这样大小做面瓢正好。于是她用洗干净的手把这只葫芦轻轻抚摸着，把表面的绒毛抚摸掉了。

这只葫芦也许有个远大的梦想，想长成今年院子里最大最美最诚实的葫芦，可是它的梦想破灭了，它就像一个受伤的河蚌，怀抱着伤口和刺伤它的利器，反复用泪水擦拭。这只被限制了个头的葫芦并没有就此一蹶不振，它把所有的精华用在葫芦壳子上，长成了一只硬度响当当的葫芦。另外一只葫芦在横斜的一条蔓子上，它略大一些，也被主人用手掌上的咒语限定了尺寸，那是她要重用它，让它担任一只水瓢的神圣职责。谁不知道水瓢是最受主人青睐的宠儿，一天到晚无数次抚摸它，派它差事。

墙头上、草垛上那些葫芦大大小小地长起来了，有的规规整整，有的略微有点歪，有的被蜜蜂不小心蹭了一脚，多少有些斑点。都等到老秋里熟了摘下来，一个个找木匠锯开，放进大锅里煮透。一只瓢，光在架上经过阳光的暴晒，经过秋风的捶打还远远不够，不经过滚烫的蒸煮，它的心性是不牢靠的，只有经过了这赴汤蹈火的考验，它才不会走形变节。

葫芦开出的瓢叫葫芦瓢，在乡下，没有那些铁瓢塑料瓢等器皿，所有的葫芦瓢，都简简单单通通叫作瓢。

各种各样的葫芦瓢，变成各种各样的器皿，担起各种各样的角色，农家的角角落落，瓢无处不在。炕头上有瓢吗？有，蒸饽饽吃要用引子，引子生成"糊子"，"糊子"和面之前，要取它顶头最有力的酵母种子揉成一团面疙瘩，碾成厚厚的饼，包些面，做成"老面荷包"，是下一次蒸饽饽要用的。"老面荷包"放在炕头上，被干净的包袱包裹着，用干净的面瓢扣住，让它在炕头上慢慢发起来，发得像个胖娃娃的时候，就送回到面缸里贮存。看看，瓢呵护着酵母传宗接代，它的用途大不大？面瓢带着它的小麦面，在炕头上蹲守，一锅饽饽用几瓢面，做成多少个饽饽，当家女人心里明镜似的，小巧的面瓢从来不出差错。面缸空空的时候，家里来了客人，难为死当家的女人了，面瓢厚起脸皮跟她一起出使，荣辱与共的岁月，伸瓢借一瓢面没什么大不了，瓢安慰着端瓢的羞涩女人，咱只要平瓢进，尖瓢出，这个村庄就没有借不出来东西的道理。春天的鸡雏被风寒侵了，被湿露打了，被小孩子不小心踩到了，奄奄一息的鸡雏，还剩一口气。主人将鸡雏放在热乎乎的炕头上，用瓢扣住，拿根筷子，不紧不慢，轻轻敲打一小会儿，像一个神秘的仪式，然后自管忙去了。也许晚上睡觉的时候，揭开瓢一看，鸡雏精神地站在瓢里，像混沌中要开天辟地的盘古一样，正用尖嘴巴在啄瓢。灶房里有瓢吗？当然有。水缸是一日三餐的源泉，一只水瓢守在水缸边，刷锅洗碗要用水，洗菜淘米要用水，添锅蒸煮要用水，下饺子煮面条要用水，每一次都离不开水瓢搬运。水瓢搬进水也搬出水，涮锅水要从锅里舀出来，离得开水瓢吗？一锅面条连带汤水要盛到大盆里端上餐桌，离得开水瓢吗？从野地里回来的人，见水罐里没有水了，捞起水瓢舀半瓢凉水就咕咚咕咚灌进肚，这些都离不开水瓢。水瓢最得意的是，它还能当水罐的盖，不用它舀水的时候，它就坐在水罐的顶口上，安闲，静默，像一个盘腿打坐的修行者，呵护着一罐开水的清纯。

粮仓里有多种瓢，舀粮食的瓢、舀草面煮猪食的瓢、舀面做饭、舀米熬汤，就连喂鸡也得端个瓢，盛着粗糙的带虫眼的秕的粮食；烧火的灶台下也有只瓢，一旦柴草里发现遗漏的花生、豆粒、弱小的苞米棒，都由瓢来清点回收；每天的鸡窝边都有瓢的身影，一只瓢记录着每天家禽的业绩，红皮的白皮的双黄的鸡蛋，乘着瓢的小船游进草屋。瓢还跟着水桶出征，春天栽地瓜的时候，瓢端着金贵的水，给每一墩地瓜半瓢安家的盘缠，活命的资本。干旱的日子，水沟里都干了，水面翻不开一只水桶的跟头，主人从这个水沟舀半桶，再到别处寻。水瓢跟主人一起四处淘换着栽地瓜的水，每一次从石头缝里和砂粒深处舀水，瓢都被摩擦磕碰，疼痛只有瓢自己知道，可是瓢更知道，养瓢千日，用瓢一时，一件器物最有价值的事就是替主人解围，瓢愿意为此粉身碎骨。

在乡下，瓢不仅仅是一个器皿，更是一杆秤。邻里之间你来我往，借来还回，瓢在交往之间就衡量出了人心：谁是大度的，谁又是耍心眼的，瓢有数，端瓢的人也有数。一锅煮地瓜要添几瓢水，煮五个人的饺子要添几瓢水，端瓢的女人知道，瓢也知道，锅也知道。女人不在家的日子，每顿饭都把地瓜煳在锅底，男人挠挠头说，我也是添了一瓢半的水啊。女人就笑了。一瓢水端多平，手最有数，给公公婆婆送多少饺子，给娘家侄子包多少喜钱，女人有数。

瓢也有文艺范，这家的男人是个老艺人，冬闲的时候，一帮后生围着他学唱戏，唱戏得有板有眼啊，主人取过瓢，这不是一个顶好的板鼓吗？"哒哒哒哒哒、哒哒哒哒哒"，竹筷的脚尖在瓢的大肚子上跳舞，这简朴的舞台演绎着金戈铁马，吟诵着流水落红。瓢蒙头撅腚地趴在那里，它什么也看不见，只听见咿咿呀呀的叫板，跌宕起伏的节奏，它兴奋地高唱着，那时候它感觉自己就是一只板鼓，自己就是一个戏台，自己就是最精彩的戏。一只瓢在回首往事的时候，得意的是那年陪伴一帮人唱《红鬃烈马》，唱《龙凤呈祥》，那些金戈铁马好像它亲身经历过一般。"看"，瓢掀起自己的衣襟，露出带针脚的肚腹，"敲破了我肚子的那个冬天，他们学会了三出戏呢"。破了旧了怕什么，活一辈子不就是赚些精彩的经历吗！它感念那个把它缝补起来的女人，一只瓢，兜不住水还可以兜面，兜不住面还能兜住米，最后还可以盛糠盛菜，甚至还可以……总之不能轻易走下舞台。

一只被改装的瓢一定扯心扯肺地疼过。它结实硕大，做水瓢有些大，那灶间的女人端起一瓢水就紧咬牙关，终于有一个更合手的水瓢来替换了它。冬天来的时候，男人拿起那只瓢，反复掂量，眼睛冒出明亮的光泽。正好，敦实，合手，不大不小。他找到木匠，钻头对准它的底舱狠命地钻，仿佛要将它穿透。停下，停下，一只瓢如果底舱漏了，还是瓢吗？它可以忍受疼痛，但是不能忍受糟蹋它作为瓢的尊严。只不过长得比别的瓢大一点，壮一点，这不是我的错啊！瓢伤心的泪水阻止不了钻头的进程，底舱七八个孔洞的瓢此时万念俱灰，就像被阉割的男人，在世间，它将以一个什么身份存在呢？

伤疤鲜血还淋漓呢，它就被端进粉坊，一块块半流淌的淀粉浆块投进它的怀抱，它刚要抱紧这温暖华润的姐妹，端着瓢的人，另一只手在捶打那粉浆。它们哪里去了？它们从它的孔洞里走掉了，拥挤着成为长长的粉条，在滚锅的水里扎一个猛，就窈窕动人了。漏粉的瓢慢慢习惯了这样的生活，喜欢上被人捶打的价值，它将那些粉漏得匀称透明。慢慢地，它忘记了自己曾经是一只滴水不漏的瓢。严密和损漏都是有价值的，只要人们需要。瓢终于悟透。

最难过的瓢莫过于一只"驴屎瓢"。乡下人损人到时候，往往这样说："看你撇着张驴屎瓢嘴。"驴屎瓢肯定是很难看的，是瓢里的下下品。俗语说，懒驴上磨屎尿多，驴还真有这个毛病，麦棵子在场院里晒焦了，要套上驴拉起碌碡打麦场。驴戴着眼罩，在场院里一圈一圈机械行走，突然尾巴就翘起来，不管不顾地就要拉驴粪蛋。场院里铺展的可是喷着醇香味的高贵麦粒啊，是人们最尊崇最珍惜的细粮，怎么能让驴粪蛋这样的肮脏之物亵渎和污染呢？牵驴的人早有准备，急忙跑过去，从驴脖套那里拿起驴屎瓢，将驴粪蛋稳稳接在瓢里。

驴屎瓢一般都比较大，长得不圆不长，歪的斜的偏的扁的都可能，好的瓢，谁舍得拿出来接驴粪蛋呢。驴屎瓢是世界上最悲催的瓢了吧，长得不好看，显然不能靠脸混世界，好在还有结实的骨骼，靠卖力气也不错，脏点累点，总归是有用的瓢啊。也许还有那个唱过戏的瓢呢，身体半报废了，横七竖八地被针脚箍住了残生，还能做点啥呢？它可不想就这样被扣在猪窝顶上听雨，好吧，需要我就说话，一个曾经光芒四射、勋章满身的老旧之瓢，宁愿放下身价，回归本真，做一只最底层的驴屎瓢，在尘埃里开一朵小花。

家门

一把锁锁住两扇门，两扇门护佑一个家。

家门"吱扭"一声开了，一户人家就开始了繁茂的日子，日子就溅起了一朵朵浪花。门给他们打开了一条通道，嫁接起一座桥梁，他们与外面的天地连成一体；两扇门"咣当"一声落锁，墙头的狗尾草也咿呀，天上盘旋的燕子也嗟叹，一户空荡荡的门扉，追着打问号的乡路：你要到何处去啊？

背井离乡的包裹，攥在手心的远方，浥湿的牵绊，飘在风里的雄心。离开家门的你，从此飘在何方？

不要问我从哪里来，我的故乡在远方。有那么多在路上拥挤着、动荡着的身影，他们或者淘到了金子，富贵成豪；他们或者折损了青春，只收获了沧桑。每当他们夜晚独对星空的时候，浮华和名利都被过滤掉，饥饿和疼痛也暂时被遗忘，他们的心灵惦记着最初那两扇柴门。那两扇门是故乡的眼睛，一直在追着你，铁锁锁不住它牵挂的眼睑。

窗是一座房屋的眼睛，洞察霜露月华；门是一户人家的嘴巴，吐纳之间人烟流动，出出进进，人间的烟火就鼎盛起来。

家门数重，进入街门就进了院子，进入堂屋门才是进了家。进入房门是正屋，那是爷爷奶奶的大炕，爷爷奶奶走后，爹娘补上去。你须越过两道房门才能够到达你的里间屋，那是祖祖辈辈的规矩：年轻的后生和闺女，要藏在最深的那一间房间里。是不是从遥远的祖先那里就预言了孩子们远走高飞的线路，就那么一直深深藏着？你虽然远在千里，梦里却无数次推开街门，进入家门，穿过爹娘的大炕屋，在他们的酣睡里静站一会儿，哪怕只听听他们沉重或者均匀的呼吸。你栖居在你曾经厌倦的里间屋窄仄的小炕上，一翻身才知道是硬板床或者席梦思。你在梦里哭出声来：闭着眼都能走准的家门，却那么远，那么远。

街门是临街的那道门，是你抵达一户人家的第一个门槛，是一户人家的门面。家底殷实的人家总要在街门上做足文章：朱红的油漆大门，镶嵌金黄的铜门环，门环一拍，铮铮有声，透着威严、气派和尊贵。但是，威严的朱门似乎不属于贫瘠淳朴的乡下，单门小户的乡村人家，是木板门扉，叫柴门。"柴门闻犬吠，风雪夜归人"的乡下场景，既温暖又深远，它只属于乡下。

赤贫的乡下人，锻造一副体面的木板门已经是很讲究了，贫穷容不得门面。你到乡下来，街巷里一走，只看一眼他们的街门，就可知道这是一户怎样的人家。那些柴门的门板是很粗的木料，甚至有的连油漆都不曾上过，就那样裸露着树的筋骨，散发着木质的芬芳。粗粝的树纹如青筋暴突的老者，你是不是好奇，那两扇门扉里面掩映着怎样的素朴生计？那粗糙纹理的木材，遮蔽着怎样寒酸的日子。那样的木料，除了做这简陋的街门，草草遮掩茅草房里浅薄的尊严，怕就只能当烧柴了。最不讲究的街门是一道篱笆门，拿小木棍垒成独扇的门，人影绰约，门内门外如一道半透明的帘，挡不住门外行人的视线。

乡下不缺土地，街门之内是宽大的院落，叫天井。天井内四周有列阵的建筑：大的有厢房、厦屋，小的有猪圈、猪窝、牛棚、驴棚、粮囤、鸡窝、狗窝，还有叫作茅房的厕所，满满当当拥挤了一圈。凌乱也罢，井然也好，一副街门恪守了这户人家的秘密，不叫院子敞开着给众人品鉴。一副街门，在鸡飞狗跳的农家生活精神层面上，意义非凡。那些尴尬的篱笆门在破"四旧"的时候纷纷卸任，那时候扒掉了许多老坟，结实的棺材被劈回到木板，在蛟河水里浸泡后，就发到城市里的木器厂。后来，集市上的街门多起来，木料好，价格也便宜，乡人拿半口袋瓜干就能换回副结实的街门。被遮挡了尴尬，维护了体面的憨厚人家正美滋滋，街巷间就窃窃流传，说这些便宜的门是棺材板做的。闹心是有一点，再想想，那个死去多年的灵魂一定就附在这片木板上？幸亏只是副街门。

院子是一座城池，街门就是它的城门口。城门有约定俗成的建筑，一旦一户人家决定舍弃篱笆门，就要给街门修个靠山。柴门的靠山是门楼。门不是突兀地镶嵌在土墙上，一座简单的门楼，是门板的依靠，是门框的家。门框两边垒垛，上起一个尖顶，两边走雨水，就是门楼。雨天，狗儿猫儿鸡鸭们，经常在门楼下享用那片干燥的土，接受它的荫蔽，也常有赶路的外乡人在门楼下躲雨。门的足底是门槛，门槛下是石头垒砌，养鸡养狗的人家，要在门槛下留个门洞。乡下人家上坡下田的时候，门锁着，家里的鸡狗可以通过小小的门洞自由出入，不必去钻阴沟。阴沟是水道，湿漉漉的，鸡狗更爱钻门槛底。门板是游走的游子，总也走不出门框指定的距离，门板是飘飞的风筝，总也飞不出门框的线。门框是门板的摇篮，与砖石的门垛镶嵌在一起，用上下两个门臼，拴住了门板那浪荡的心。有时候，门淘气了，"吱呀，吱呀"，挠得门臼直响，门臼干涩的眼睛徒劳地看着一心往外飞的孩子。别嫌我箍得太紧，我不能撒手啊，一撒手你就不成才了。那吱呀的劝说和絮叨，连屋里的老婆婆都絮烦了：毛还没干呢，就想飞！磕头作揖不管用，一顿耳刮子就好了！说说罢了，刀子嘴豆腐心。炒菜的时候从筷子头上省下两滴菜油，顺着门柱头滴进去，反复摇两下门板。说，看看，还有没有本事要脾气？被菜油喂过的门板果然就乖巧地顺从开合，再不喧闹。老婆婆手扶门框望向街门外，当年若舍得两滴油，孩子哪会远走他乡呢？街门一直开着，当年出走的孩子，什么时候回来？

门框是小孩子的禁忌，自小母亲就教育，不能倚门。细问根由，回曰：站有站相，坐有坐相，要端庄。更有的母亲彪悍，吼道：倚着门框子，多么像个抱瓢拉棍的叫花子！可也是，那远路奔波而来的叫花子，在乞讨的时候，时常因疲劳而倚着门框。家长们尤其厌恶女孩子倚门框，长大后，隐约感觉，这大约是淳朴乡亲们对"倚门卖笑"的禁忌吧。

在乡俗里，街门外要栽一棵国槐树，一片巨大的绿茵庇护着门楼，树下常有一块青石，被坐得光滑如墨玉。黄昏时，石头上蹲着家里的男人，端一碗饭在跟邻家的男人闲话着，"稀里呼噜"吃出一身畅利的汗。有时候他端坐在石头上，点一袋烟，目光慢悠悠地巡视着石阶上的草色，屋山上的壁虎，胡同尽头的野地。门前最常见的守卫者是一个颤巍巍的老太太，小脚，脑后绾着发髻，大襟衣褂，在门前树荫下铺下蒲团，端过篮子择韭菜、菠菜、扁豆，或者端来筐箩缝缝补补；有时候也泡一壶茶，槐米茶、苦菜茶、桑叶茶、大麦茶、枸杞芽茶、小米茶，总之是田里野里自己采来炒出的茶，败火养胃，又不费资财。一壶野茶滋养的门厅，一位老人驻守的家门，温暖，温馨，这户人家，家门长日大开，阳光洒满庭院。

乡下的街门，白天常形同虚设，人在家的时候，门不关；人上坡下田，也是虚锁，即使锁了门，钥匙还在门附近。那些忙忙碌碌的农人，将门户交给一个黑脸的、黄脸的将军把守。锁好门后，将门推开一点缝，手伸进去，钥匙挂在门闩上，或者丢在门槛边，再将门带上。孩子从学堂回来，摇开门"打关"，将门推开一道缝隙，拿了钥匙开锁进屋，喝水吃剩饭，倒也方便。民风淳朴的村庄，几乎家家这样，我知道二娘家的钥匙在门垛下的小洞里，三奶奶家的钥匙在矮墙头的瓦瓣下，柱子媳妇将钥匙放在门边的篱笆上挂着，有时候钥匙藏在南瓜叶子里，有时候在一串扁豆花间，有时候就那么在阳光下闪着亮晶晶的光。乡村人，包括孩子和叫花子，没有谁去动人家的钥匙、人家的门，淳朴的乡下乞讨者严格恪守着乞讨的规矩，绝不干鸡鸣狗盗之事。

门也有装扮，门的装扮是对联。每年春节，男人高高兴兴从供销社买回大红纸，比量着家门的尺寸裁好，请村上有学问的先生写对联。庄户人对对联的内容是不挑剔的，只要喜庆吉祥、平安福气就好。一副对联，看过四季风雨走到腊月，就像颤巍巍颜容衰败的老人，那门对纸已经被风吹雨淋失去了红色，泛白的底色上，黑色墨迹也淡薄了，日子好似无精打采。谁不盼望过年呢，两扇农家的门板也眼巴巴地盼着新装。只有那故去了老人的门厅，对联陈旧着，寄托着对老主人的哀思。

门上有机关，那对铁器门环是一道暗锁，也是虚锁，被贯通门板的铁镢固定，右门环的环芯连着"打关"，那块一尺长的木板能在门环的扭动下，落下闸，封住门。"打关"不是关人，而是阻挡风的脚步和莽撞的牲畜蹄印。"打关"伸出长长的胳膊，从这扇门板伸过去，搂住了另一扇门板的肩膀，门就关住了，牢牢的，任风怎么恳求和摇晃也不会开。人从门外来，手拧门环旋转一圈，"打关"就如时钟指针一样旋动，回到自己的城池，安静地蜷伏，门会被轻易推开。门环是门内"打关"的控制器，也是锁头的落身之地。两个门环拿锁一拢，"咔吧"一声，锁落柴门，任谁都不可以来撼动。门板之内还有"内锁"，就是"门关"，两扇门，是兄弟，是情侣，一道门关，他们并肩捍卫主家尊严。夜晚，门要用"门关"来拴住，兵荒马乱的岁月，鸡鸣狗盗的嫌疑，防火防盗，门关是一家人的安全感。街门之内，有一根结实顺溜的木棍，不常用，那是"顶门棍"，月朗天晴、风浪不惊的日子，它是悠闲的；大风之夜，门板被刮得"咕咚咕咚"直响，好似千军万马兵临城下，又好似强掳恶寇即将破门而入，一根木棍，顶住了门的罅隙，任凭风狂雨肆，门板安静如熟睡的婴儿，大炕上的庄户人自可高枕酣眠。

"小叩柴扉久不开"的场景在乡下不多见，两扇紧闭的门板，一把黄铜大锁，老远就说着拒绝。那风尘仆仆的叫花子在农忙时节进村是惆怅的，街巷里除了不多的几个老人和鸡鸣犬吠，幽静的乡村，每一个脚印的行走都传出很远。憨厚的庄稼人体恤那辛苦的讨饭人，家门外的墙上，钉个木橛子，有时候挂着一穗苞米，有时候挂着草绳系着的几页瓜干。那木橛上悬挂的黄金白银，温暖了一个个跛足行走的陌生人。新年的春联已经在春雨的淋漓中红颜减退，一个走亲戚的人，碰上这样一把黑对开锁或者黄铜梅花锁，也是有些失落的。那么远的路途赶过来，迎接的不是一个热乎乎的炕头，不是一双惊喜的眼睛，不是一碗温热的茶水，不是一把蒲扇一条汗巾、一院落喜悦的鸡飞狗叫，而是两扇木愣着的门板。那些脚指头在微微报屈；那些汗水投射的失望的盐在汗巾上结晶，在阳光里一闪一闪；那额头也亮晃晃的，身体里伸出一只水瓢，口在思念一只水勺。若不是至亲，那走亲戚的人会端正着身子在门边的石头上坐等。很快就有热心的邻居上前询问，客从何处来？到我家喝口水吧。也早有那热心人回忆主人的行踪，派小孩子去大田里叫。一个走亲戚的客人，惊动了整条胡同，若这客人拘谨，还愿意在自己亲戚门前等候，就有那热心的邻居老太太，搬出俩草墩子，邀客人在树荫下，她陪客聊天等着主人家回来。那个充满温情的慢时代，邻里之间，不热情相待都是怠慢了人家呢。等主人急匆匆、哈哈笑着带着两脚泥从田里赶回来，亲戚和邻居已经聊得热热乎乎亲似一家人了。主人说，看，钥匙就在门边，也不开锁家里去。钥匙就在手边也不去开锁，就这劲。也有实在亲戚，走亲戚完全是两样，比如那些丈母娘，到自己分家单过的女儿家，就能实在地跟自己家一般。一双小脚，走了那么远的路，早累了，到门口就四下寻找，墙头瓦瓣处，门槛里，不定在哪里的钥匙被她手到擒来，开了街门开房门，主人一般，摸过水瓢喝水，将自己背来的山货、饽饽、豆包，赶早集买来的吃物一一卸下。汗解透了，脚乏歇了，这老娘亲就闲不住了，屋里屋外地找活干，洗涮一家人吃过早饭没来得及洗的碗筷，找出角落里穿脏的鞋子摁进水盆。天快晌午了，老太太又洗菜做饭，将灶房鼓捣得香气飘荡。那从坡里疲惫归来的农妇，远远看见自己家的烟囱在村庄的屋顶茁壮地长着，心里有一丝狐疑，同行的看罢打趣说，莫不是故事里的画中仙女下来给你做饭了？那妇人寻思着，突然就眼圈红了，说，是俺娘来了。

　　街门之内是院子，是一家人较为私密的空间，讲究的人家在院子里铺设甬道。旧时的农家院子都是土的，雨季踩得到处是泥巴。甬道从街门铺到堂屋门，就像一道地毯，使人的双脚在雨天也可以享受干净。甬道多是用河底捡来的鹅卵石铺成，略高于平地，灵巧的人根据花色大小铺出好看的图案。

有些人家还在街门之内建一堵影壁墙，白灰刷的雪白墙面，用红漆漆上硕大的福字，有的是彩绘的图像，张扬的富贵牡丹，简约的喜上眉梢。有影壁墙的人家添了一层神秘感，那迎接当街目光的是一道舞台幕布般的墙，幕布后面藏着什么样的角色，将演出什么样的剧呢？那些悬念一直留在行人脑海里。还是没有影壁墙的人家坦坦荡荡，站在自己小院里赏花，抽烟，在树荫下缝被子，喝茶，要不断地给经过门口的人打招呼，有时候一院的花香也引得行人入院叙聊半天。夏天在院子里吃饭，也避不开邻居的眼睛，所以，那时候谁家吃好的，满胡同都闻得见，听得见，看得见。在大集体年代，那些掌了大权、经常吃香喝辣的人家，家里不仅有影壁，吃饭还要关门。只有穷人，喝菜粥吃地瓜干，谁也不怕。由此渐渐明白，影壁墙不仅仅是传说中的挡鬼挡邪挡妖气，最现实的意义是挡住窥探的耳目。

敞亮的人家，不外出的时候，门扇是开着的，两扇门一东一西，如垂手婢女，乖觉地安静地立着。门开着，就那么晾着干净的庭院，花香的小园。那行走的芳邻，也没什么要紧的事，打门前经过，就被花香牵进来，被主人家的一团和气牵进来，站在当院闲话着，看着鸡悠闲地踱步，看狗儿眼皮略微一动，卧在墙根，看那园子里的倒垂莲一连串的花开。有时候，别家的小狗小鸡也来串门，有些羞怯，但是，好奇那门扉里的别样生活。也有小孩子从外面疯跑回来，急急忙忙躲在门板身后，掩护着，等来寻的人走进，"哒"的一声喝，吓人一跳。

家门是一个驿站，劳累的庄稼人，赤脚从田里回来，走进家门，闻到了酒香菜香饭香，满身的疲惫就消减了一半；傍晚，那些在外面疯玩了一天的鸡鸭，陆续地寻进院门，在院子里再吃几口菜叶秕谷，心满意足地钻进鸡窝。天黑了，一户人家的街门就要掩上。

两扇门板就是乡下人的日子，门板敞开，一天就开始了，门板关上，日子就进入黑夜的休整。人在门口出出进进，就是人间的烟火，就是人气的鼎盛，倘若门前脚印稀少，门厅冷落，这家的日子就透着凄凉和哀愁。

一户人家门开着，这家就有生机；一村人家门开着，村子便如活水一般灵动。出出进进就是这扇门，来来回回都是这些人，可是有些人眼睛看向了远方，那些喑哑的门板，紧闭着嘴唇，什么苦也说不出。一把坚硬的冷锁，将门环牢牢箍紧。寂寞的门环，思念那被轻灵的手、被苍老的手、被粗壮的手、被红润的手旋动的日子；思念街门一打开，溪头的桃花就染红了庭院的日子。可是那些手到哪里去了？那把锁生了锈，那副对联伤心得面色苍白，支离破碎。

一家家的街门落了锁，天黑透了，也没有人回来。一天天，一月月，那把锁思念钥匙和打开它的手，思念都结痂成黄澄澄的铁锈。那门槛寂寞地想念迈进迈出的脚步，思念得生出许多苔藓。那把铁锁有多么坚硬，整整锁住了 365 个日夜的阳光和星辰，它寂寞地挂在门环上，相思的泪凝结成一层又一层金黄。它锁住了故乡长长的牵念，锁住了老井、梧桐、贴满花朵的窗，锁住了一院子的荒草和惆怅的蝴蝶，锁住了十二个月圆之夜的皎洁月光。那把钥匙，是汤药，是仙丹，是老态龙钟的锁返老还童的念想，离家那么久了，孩子，门上的红对联朝来暮去地衰老了，墙头上的杂草繁荣之后又枯萎下去，野地里的禾苗，长大后又回到粮仓，游走他乡的包裹，你知道吗？握不住一把回家钥匙的你，脚步多么荒凉。那锁头昏睡的岁月里，唯有腊月，它的耳朵一直醒着，它在等待一声汽笛，一阵欢笑，一阵春风，哗啦，哗啦，家门打开，铁锁那锈黄的牙齿间，露出难得的笑容，乡下那两扇嘴唇哆嗦的门板，却什么也没说出口。

重重叠叠的足印走过许多门厅，跨过许多门槛，唯那扇家门无可替代，无法复制。那两扇门板很旧很老了，好像谁松动的牙齿，说不定啥时候就卸任了；又像谁渐渐失去力气抓不住什么的双手，要不了什么因由就撒手了。那门终究会破损倒塌，护不住一个荒芜庭院的旧闻和记忆。背着那扇门行走的身影，越走越明白，自己倾尽一生，都走不出家门的凝望。他蓦然回首，在远方的十字街头泪流满面。

空碗朝天

　　端起碗，就端起人间的无边岁月。

　　天上一颗星，地上一个丁；地上一个丁，人间多口碗。一只碗，就是一个丁、一个人在人间的身份，是你的地位，是你的谋生。一只碗在民间的分量有多重？它跟生命是等价的。

　　人生来就端着一只朝天的空碗，向这世界讨要你的生计。岁月在你的碗里添水添羹加米加饭，你靠着一只碗在世间存身。

　　民间的碗，多是广口的泥陶碗、粗瓷碗，这些大黑碗里盛着粗茶淡饭，稀汤薄水，就像穷人带补丁的棉袄，立不直的腰身，说不硬的话语。一个粗糙的泥陶碗若盛上一碗肉，那日子就有点轻飘飘不切实际；一个穷了数代的寒酸泥腿子，若是突然坐上了八抬大轿，簇拥着兵丁奴婢，他这样的日子也过不踏实。狗肚子里盛不住三两荤油，穷汉莫有非分的念想。有碗饭吃就很好！一个个穷人，捧着自己粗枝大叶的海碗，吃着半菜半粮的三餐，安分，知足，从不妄想。

　　碗是一面镜子，它承载着岁月的沧桑，见证着民间的悲凉，喜乐悲哀都在碗的肚子里盛着，碗不说话，只知道喂养。碗是一个生命的图腾，碗里有时候是一碗稀菜汤，映照着稀薄的希冀和渺茫的未来；有时候是喷香的米，从土地中长出，从汗水里抽穗，开出暖暖的花朵；碗里有时候是半碗白酒，那去意已决的心，饮尽这酒，碗落地而碎，听到的似乎是生命终结的声音，那个人，摔了碗，从此背负着一个故事消失于江湖；碗里有时候是半碗草木的汁液，幻化出苦涩酸麻的银针，刺向肉身里的邪气和恶气；碗里有时候也盛着阴谋，是蛇蝎的心搅拌在蜜糖里，是裂肌穿骨的刀，剔除无辜的血脉。

碗的造型当初大约取样于乳房。一个孩子出生先是以母亲的乳房为碗，三餐都从那里淘换，母亲们不管吃下的是怎样低劣的饭食，端上来的一定是热烘烘雪白的汤汁。一个能够独立吃饭的孩子就拥有了自己的一只碗，孩子从小就知道：端好自己的碗，不能打了饭碗，打了碗就丢了饭，日子怎么支撑？每个人一生都抱着碗，就像婴儿时抱紧母亲的乳房。

端好自己的碗，吃自己的饭，眼睛别向别处瞟，这是吃饭的规矩，也是做人的规矩。人家的细瓷碗盛着肉香和鱼鲜，那是人家的日子，人家的命。不看，不闻，只管把自己这碗饭吃得香甜。更不要吃着碗里的看着锅里的，人不能贪，一旦贪了，自己眼前这碗饭也未必保得住。长辈们指着碗敲打着孩子。一只碗奠定了乡村孩子粗陋的人生观，完成了不识字的爹娘对孩子的基础教育。孩子端着那只碗，没有办法不去想那只细瓷碗的香。他日头下一次次偷偷仰天追问，黑夜里一次次辗转难眠，还是禁不住去羡慕。终于，端着半碗糠菜的孩子不再言语，他已经从牛槽边、粪堆边、河滩里、大田里梳理出了碗的走向，他已经偷偷从祖父那本老书卷里窥见"王侯将相宁有种乎"的禁语。他冲手心里吐了口唾沫暗下决心，他知道，土坷垃里永远刨不出金疙瘩，那几本泛黄的旧书里也许有神秘的咒语。他从碗里看见了"断齑画粥"的范仲淹，看见了忍辱奋发的韩信，他看见了草莽皇帝刘邦，也看见了忠义将军岳飞。草根里跳出来的英雄豪杰，像一碗胡辣汤，刺激得他热血沸腾，捧着粗糙大碗的孩子，另一只手悄悄捧起了书，白天里挥动锄镰的手，月光下拿一杆苇管，悄悄在细沙地上写写画画。

一只细瓷带花的碗，常常被奉若神明，但是细瓷里的人生却满怀惆怅，他不知道细瓷之外还有多么坎坷的世途，描花之外还有多少等待缝补的棉麻。细瓷碗的人生没有远方，没有了俗世的艰辛也没有了人世间的悲喜萦怀，它在绣楼上郁郁寡欢，它在书斋前素手调琴。没有人生的碗，素淡得成了一种祭器般的摆设，锦绣年华都付诸没有梦想的荒芜岁月，它眺望烟火鼎盛的人间，却正好遇见那只粗瓷大碗伸长了脖子往这厢张望的目光。

不管细瓷的还是土陶的碗，每一只碗端起一个宿命，一段人生。宿命不同，碗里的悲喜各异，但故事并不如碗的身世一样尊贵或卑贱。持老烟袋的手，早就看清了那孩子的心性，不紧不慢，他的训导像一袋老辣的烟：不管土陶的还是细瓷的碗，你端着它，就有一碗饭吃，生活就是安宁的。如果饭碗丢了，那么人生就玄乎，如果碗摔破了，前途就渺茫了。端着野菜粥的碗心里是苦的，但端碗的心可以是甜的，如果两个都苦，穷人还有活路吗？

一个丢了碗的人，在世间如何行走呢？碗是一种差事、一种奉献、一种责任。要让生活不空碗朝上，那个捧碗的人就要在世间勤勉地耕耘和奔走，携带着世间的风雨和尘埃，劳劳碌碌。一辈子，不就是为碗饭吗？人们感叹着。

空碗朝上的日子是悲惨的，空碗朝上的人生是屈辱的。街头那破衣烂衫的叫花子就是空碗朝上的践行者，这最寒酸的乞讨境地，都需要一只碗来支起生活的帷帐。那只碗，有时候是破的，豁开一个大口，兜不住这个人人生的种种；有时候那么脏，挑剔不得生活的泥沙。他们拿着一只破碗，佝偻着、萎缩着举过卑微的头顶，那时候，碗里的一口吃食，已经远远高过了头颅，高过了他的尊严。有时候，他窘迫得连一只破碗都没有了，寻到一只破瓢、破瓦瓣做碗，那半片碗片、瓦瓣伴随的是多么残缺的人生啊！最让人心酸的是有些叫花子，连一只残破的碗也没有了，在这世间，没有了碗的人，他随时都可能被一阵风吹走，被一片尘埃淹没。他只有努力地伸着手，不断地伸着手向一个个行人求乞，他将手掌擎着，做成一个浅浅的小碗状，乞食在碌碌的红尘。连一只破碗都守不住的人，如世间的一粒飘蓬，更似一粒尘埃，落到哪里，便在哪里归于泥土。

端起碗，必是端起了沉重的人生，端起了肩上的责任。端起碗的时候，看见食物还得看见食物背后的艰辛和劳作，想起碗边的一粒谷来自哪一滴汗水的浇灌，碗边的每一粒米都有恒远厚重的身世，都是春耕秋收的一帧记忆。

一只碗，陪伴一段生命的旅程，你不论在何时都离不开碗支撑的岁月！你贫瘠时，碗会流泪，它恐惧着，难过着，它盛着淡淡的汤，稀薄的米，它哀怨地看着自己空有一只巨大的乳房却挤不出一滴乳汁。懂碗的人，抚摸着碗，安慰着碗，他无能为力，只能愧疚地说，阳光灿烂的日子，我怎么就没有去耕种，满地庄稼的时候，我怎么就没有去收割？可是为什么有些人一辈子把自己埋在庄稼地里，埋在劳碌奔忙的生活里，手里那碗饭依然摇摇晃晃，依然吃不饱肚子，碗不明白，端碗的人也想不明白。

　　碗边的岁月有时是悲凉的，有时是困顿的。一只碗，是有灵性的，它最担心自己没有终生陪伴主人，在瓷的光泽尚鲜润的青壮年月里，一纸红签的批复，将碗的终点定在午时三刻。在人生的终点处，那个即将被执行酷刑的人，接过一碗送行的酒，咕嘟嘟饮尽，身着囚衣的他，喝完了酒，用牙齿咬住碗的边缘，此一生，这是最后一次与碗亲近了。"啪"的一声，他将碗摔掉，就如摔掉这一世的所有牵挂和刑枷，傲然地走向了断头台。那一声响，是他自己亲手画上人生终结的句号。敢死队是一群热血的汉子，他们在践行酒面前，袒露着胸膛，或许还要歃血为盟，一股热血冲击着他们的灵魂，咕嘟嘟几口，浓烈的白酒喝下去，"啪啪啪"，碗碎了一地，那些碗片疼痛啊，疼痛的还有他们亲人的心，但是，他们赌上了自己的命，为了某一种执着的事业。

　　有时候，一只碗是短命的；有时候，一只碗的岁月比人生还要难挨。这只碗，如果去陪伴一个心在高处的青年，碗的怀抱里也充盈着梦想和激情；这只碗，如果去陪伴一个凄凉晚景，薄荫凉寒里，颤抖的手端着一碗或半碗残羹冷炙，碗也黯然伤神；碗有时候空空地等在桌上，那副寂寞的筷子都闲出伤痕，碗始终没有等到那个人。那个人，闯外去了吧，也许有一天衣锦还乡，也许再也不回来，碗只能被陈列在供奉桌案上，满满的思念化作满满的忧伤。放在供桌上的碗是神圣的，它将那些美好的祈愿和感恩呈献给天，呈献给地，呈现给人们的祖先，更呈给它曾经服侍过、惦念过的人。那些好似虚无缥缈的神迹却是人类精神的支柱，供桌上的碗，完成了从物质到精神的桥梁沟通，是人与灵魂世界的红媒。

　　有时候，人们在灯红酒绿里，在杯盏碟盘中忽略了碗，忘记了碗，那只碗被一个一直等待在暗处的人悄悄拿走了。锣鼓一停，妆容卸下，那些围绕着他取悦着他的面孔一个个褪去各自姣好的戏装，转身消失在茫茫人海，那个惊醒的梦中人，再也找不到曾经相濡以沫的碗了，他蹲在戏台下号啕大哭。

碗，取土而成，聚火而做，在高温里赋予它神圣的使命，赋予它喂养一个生命的使命，赋予它分享一个人一生悲喜的使命。一只碗，盛过一碗稀粥，半碗苦药，盛过年的一碗素饺，清明的一碗薄酒，盛过大块吃肉大碗喝酒的豪爽岁月，盛过一日看尽长安花的飞扬。一只碗，它走着走着就面目斑驳了，就纹理粗糙了，就棱角模糊了，碗，停留在岁月的边缘，看着它的主人，眼神苍老而疲倦，换一个更新的碗吧？碗不难过，它感觉主人有了新的前程那是它的荣幸，那是它喂养的主人啊，就像母亲看着自己的孩子一天天长大长高一样，未来自己会孤单会落寂那也是心甘情愿的。那个人乘上快马走了，借着高枝飞了，碗被遗落在一个角落里，有时候，盛上一点水，滋养院落里的小狗小猫；有时候，装上一点粮，成了鸡鸭鹅甚至树上鸟儿的食钵。碗无怨无悔，不管去喂养谁，只要还能喂养，还能用水和食物给一个生命生机和活力，碗就是幸福的。碗的一生就是这样，别让它空着就行，空碗朝天的岁月是多么难过啊，那一只惊恐的口张大了问天，天哪，为什么这样？！

端谁家的碗受谁家管。离开粗瓷大碗的人生，端起另一碗饭，那被叫作铁饭碗。一碗饭有一碗饭的规矩，一碗饭有一碗饭的难处，新的饭碗教会了他尊重和真诚，也教会了他顺从和无奈。他有时候怀念粗瓷大碗的自由岁月，碗有时候也是一副燎烤啊，锁住了自由的翅膀！光看见人家吃肉，没看见人家挨打啊！碗边跌落他一声叹息。

碗满了空，空了满，摇摇晃晃走得很累。洗洗涮涮的日子，叮叮当当的碰撞，盛来盛去，半满不浅，鸡飞狗跳，鸡毛蒜皮，一碗水怎么端平，谁家的碗里不是苦乐各半呢？

碗里的岁月有时候是苍凉的，碗里的岁月有时是厚实的。伤感的碗，喜悦的碗，尝尽生活百味的碗，更知道母亲的辛劳。母亲精打细算，就是经卷里开出的花朵。有时候一块山芋也会被母亲煮出甜，煮出蜜，煮出四季的芬芳；有时候，一碗粗茶也会被母亲捋出诗，敲出歌，捻成曲。榆钱饭、槐花饼、野菜粥，它们被母亲用心的五味调制，将它们付与春风般的荡漾。

碗在桌上陪伴着你，碗在地头供养着你，碗最难忘那些流浪在田边的岁月。劳动力在大田里一去一整天，一天三顿饭有两顿是在田里吃的。村庄里，那些从古老的岁月里走出来的小脚老太太们，干粮、烙饼、炖咸菜、咸酱、萝卜干儿，塞满一只只海口的碗，碗跟随颤颤巍巍的小脚来到了地头去安抚那些在酷热里流汗拼打的胳膊，用它的温柔去安抚他海啸的威力，喊叫着的饥饿，然后，碗把自己身体的水、酒、糖、醋，换出了人生的酸甜苦辣咸，从毛孔里走出。走过了人生、走过了人体的碗里的那些内容，突然觉得坐地成佛了。

碗的劫难有时候来得突然，一层经年的油垢附着在裙子上，盛不住一碗水，轻轻一端，就"啪"的一声滑脱在地，碗分两半，兄弟们各奔东西。碗含着泪也含着期望走上了手术台。"哧啦哧啦"的金刚钻钻得碗皮疼肉疼心肝疼，碗片上三三两两的钻孔，是一个个咕嘟嘟涌血的弹孔，一块小铁，是最好的药，安抚着伤口，重新箍起分道扬镳的兄弟，重新挽救了碗破损的生命。一只被锔补过的碗，时刻提醒人们，世途凶险，且仔细保平安。

碗磕磕绊绊走到最后，还是躲不过破碎的命运，在洗刷时，它与另一只碗轻轻的一个拥抱，就把自己碰伤了筋骨，他太苍老了，经不住那股激情；或者，在人的手里一打滑，从空中落了下来，碗碴儿碎了一地，人小心地捡起来一块碗瓣，微微叹息。等土豆出土，人们做餐的时候，捡起一块小小的碗片，刮掉那块茎上的皮，碗的残躯成了一个利器。它远远地看着这些食物送进锅灶，再盛进一些新碗的怀抱。碗碴儿微微叹息了一声，那些美好的过往，我也有过啊。碗碴儿默默回到角落，守着蛛网交织，守着缓慢的落日，守着人间依旧火热的生活。

　　一个人在世间奔走着，那只碗跟着它风风雨雨，开口向天；一个人走完了世间的路，归于尘土，那只碗仍然护佑着它，扣过来，扣成一个尖尖的坟头，呵护它的灵魂。

老炕

（一）

"三亩薄地一头牛，老婆孩子热炕头。"这是一个北方乡下人最理想的小康生活，冬天里守着田园和亲人，端坐在热炕头上，这样的日子就是这样简单宁馨富足。

过去的冬天里，乡下人清闲，没事时依偎在自己家的热炕头上，听北风吹，看天欲雪，就一碟凉拌白菜心，喝一壶婆娘自酿的米酒，幸福在脸上开花，日子是富足舒坦的，满足安宁的。

南人习床，北人尚炕，家在山东半岛，自小只迷恋乡村大土炕。炕是用土坯垒砌而成，炕一头接着灶口，炕洞里是弯弯曲曲的烟道，一头通向烟囱，炊烟就是从炕洞里蜿蜒爬出，留下热量，然后放逐天际，形成一缕浪漫的田园景物。一日三餐，母亲们在灶前燃起柴火，酝酿炊烟，那炕就暖暖的，使人迷恋。上学归家，抖去一身雪花，往大炕上一坐一躺，被家的温馨笼罩着，被炕的温暖滋养着，就是最大的幸福。

炕长与房间的宽度相等，宽两米多，一根长条木镶嵌在炕边，像镇守边关的将军，把守着炕的边缘，人们叫它"炕沿""炕帮"，炕有了边沿有了防守，睡在炕上面，就不必担心夜里会从炕上滚下去。北方的冬天寒冷无比，一盘炕，为屋内取暖立下汗马功劳，民间常说"暖屋热炕"，把炕烧暖是对抗寒冷的最佳方式。炕是一家人的温暖，即便是三九天气，炕头依然暖如阳春，尤其是那叠放被盖的地方，简直就是一个小火炉。

冬天天短夜长，白日不怎么干活的农人，中午都不做饭，早晨吃完的饭笸箩盖个包袱，塞到炕头上，用件旧棉袄盖着。中午，谁饿了就伸手进去，从笸箩里掏出地瓜、饼子，有热炕给煨着，那些饭食依然热乎乎。漫长冬夜，早早吃过晚饭，就赶紧铺下被窝，以免炕上的热力挥洒到屋里，炕凉了，梦就冷了。铺好被窝并不急着睡觉，冬夜长着呢，孩子们在被窝上面就着昏黄的灯光写作业、读小人书，或者跟母亲一起剥花生、苞米，刮地瓜枣。母亲还在屋棚上吊个"拨锤"，边搓麻绳，边给他们讲故事。孩子们分别坐在自己入睡的被窝上面，这叫"坐被窝"。坐过的被窝，睡觉的时候是温热的。

老炕的用处多，不仅供人们睡觉休息，它还是妇女做针线活的阵地，是客厅和餐厅。漫长的冬天，女人们恋着炕，一个针线笸箩，花花绿绿的布，暖暖融融的棉花，女人一日日在炕头上忙活。棉袄棉裤，过年的新衣裳、新鞋子，都在炕头上铺展剪裁缝制，女人在炕头上用针线钩织憧憬：儿子的千层底鞋底要多纳几针；闺女的小花袄要卡身，肥大了孩子嫌丑；老人的裤褂要宽松些；还有些剩布片，给男人缝一个崭新的烟包吧，给女儿缝个新毽子吧。有时候她拿张大红纸，用小巧的剪刀剪出各种各样火红的窗花，憧憬着越来越近的年景。一只猫蜷缩在炕头，分享着一家人的幸福，懂得了女人的心思。除却炎热夏天将饭桌摆在庭院里，其他时候，都是炕上摆满热汤热菜，喂养一家人。家里来了客，都是招待在炕上坐，"来，上炕，炕上暖和"。一个被主人热情推到炕上坐的人，感觉得到了最好的礼遇，而一个进门就自己脱鞋上炕的邻居，也必然是这家无比熟悉的常客。

炕是提升阳气的地方，常年睡炕头的人，脸色红润，气息茁壮；炕还是一帖上好的膏药，哪里不舒坦都能给炜好。肚子疼了，趴在炕头上热一会，立竿见影就好了；若是染了风寒，受了凉气，也很少去麻烦村上的赤脚医生，把炕烧得热烘烘的，拉过被子往炕头一躺，有时候再用一碗红糖姜水辅佐，捂出一身畅快的汗，就浑身轻松，那症候不治而愈。

炕是人的摇篮，也是人生的辞行之地。孩子们在大炕上出生，在大炕上长大，大炕写满了他们童年的美好，记录了他们成长的欢乐。人老了，热力薄了，就更喜欢热炕头，而那些血气方刚的小伙子往往睡不了太热的炕，热血沸腾的年纪，本来就活力四射，火星子直冒，热炕睡多了就上火。所以乡下人常说："傻小子睡凉炕，全凭火力壮。"其实，在冬天谁都愿意睡在热炕头上，把炕头让给老人，是他们心照不宣的孝道。

炕只是烟火行走的烟道，不可能是恒温的，烧火做饭的火力渐渐暗下去之后，炕也就渐渐凉了，睡到天亮之前，正是室外温度最低的时候，炕也就达到温度的最低值。为了尽量长久地保存热量，锅灶烧完火之后，要用一块板子把灶口封上。没有风经过，空气不流通，那些热量还存得久些。还有个好办法，就是让锅灶底的火长久不灭。晚饭后，趁火星尚存，用小锨板将一些碎糠如黄豆秸屑、麦糠等推进锅底，那些碎草燃烧缓慢，不起明火，往往是到睡觉前锅底还是有火力。锅里当然得有些水，那些水是干净的，睡觉前再堆满锅底的碎草，炕就能热到天亮，早晨起来，锅里的水还温着，正好洗脸刷牙。

离家在外的人，时常怀念老家那盘老火炕，那盘母亲烧热的火炕上，梦都是香甜的。一股浓重的乡愁里，移居城市的人也想在楼房里造一盘火炕，但是那装修精美的墙壁，怎么忍心烟熏火燎？于是只好折中，称供暖的热水烘热的地板为地炕，也有用电供热的炕。无论怎么都制造不出乡下那样有滋有味的泥坯炕，一缕乡愁，还是在城市里荡漾。

（二）

炕席与土炕是相依相偎的，是炕的一件衣裳。与南国水滨不同，南方江河沿岸，塘湾四周芦苇高茂，多用芦苇编席，而苍茫的大北方，挺拔着片片红高粱，那青纱帐收过粮食，一类专门编席的高粱，俗称"席胡秋"就被请进地屋子。用高粱篾子编席，需要三十多道工序。秋秸收获后，先去根、剔梢、去叶子，然后破篾子，用专门的工具"席刀"将完整的高粱秸劈成宽度均匀的几份篾子。在干净的池塘里浸过篾子，捞起篾子晾至湿柔，就要给它梳妆打扮瘦身，将篾子的内瓤刮干净，将碍手碍脚的毛毛刺剔除。经过这一打扮，身段窈窕的篾子就像待字闺中的妙龄少女，就等一双灵巧的手把她装扮成新娘了。腰身柔软的篾子，攀折在人的手指上，跳跃舞蹈，走出十字花开，演奏曲桥流水。

"炕上没席，脸上没皮。"席铺在炕的最表面，不仅是炕的脸面，还是一家人的脸面。

过去人虽穷，却是极讲究脸面的，过年过节，家里客人多，衣裳可以不添，鞋袜可以穿旧的，但炕上的席子不能太寒碜。客人坐在炕头上喝酒拉家常，倘若一领破旧的席子，篾子扎煞出来，戳了客人的脚，那主人家的脸面就丢尽了。"穷得铺着炕"是乡下人描述困顿人家最极端的语言。所以过年买一领新炕席是在亲友间保全面子的办法。正月里，围坐在崭新泛亮的炕席上，谈着一年的收成，吃着一年中用贫穷和渴盼积攒下来的好东西，火热的老炕透过炕席，传递出暖暖温情，驱除了庄稼人一年的辛劳，给了人们向往美好生活的力量。

一进腊月，买新席、换新席便成了过年的前奏。但席子是奢侈品，不能年年铺新的，一领新席，在正间屋，也就是待客的屋里铺几年，边角就开始碎了。手巧的男人找些对颜色的高粱篾子，从角上仔细修补，不特意看还发现不了那个新鲜的补丁。若男人不会补，就轮到女人展示针线了，找几块旧布用糨糊打片布壳子，裁出来适当的一块，拿跟席子颜色相近的布片镶包一番，借助针锥用针线把补丁补上去。再好看的补丁也是补丁，有补丁的一角总是被换到炕角的最里面，平日在被子底下藏着。一领新席，在岁月里慢慢失去了鲜艳的颜色，疏散了筋骨，几个补丁辅助着它的喘息岁月，这时候，主人就要隆重地买一领新红席，将旧席子换到不怎么见外人的内间炕上。

在民俗婚嫁中，炕席有着极为重要的象征意味。现在很多地方还讲究铺"对席"，给新娘子做床的床上铺两层床单，床单就代表席子。在过去，普通人家给新房的炕上铺两领炕席，称"对席"。

细究根源,"对席"固然跟成双成对的吉利数字有关,正宗的根源是,很早的时候,婚嫁要铺红席,新人一下轿子就得脚踏红席,脚不沾土。红席铺地相当于今天隆重的红地毯吧。富人家摆阔,从轿口一直到炕前,一领席子接着一领席子,一溜红彤彤的新人大道;穷人家就只能用两领席子,用"倒席子"的方法,轮番交换,保证新娘脚不沾地,直到走到炕上为止。

新婚炕上铺的"对席"并不是简单地叠在一起。一领从炕头开始铺就,一小半贴屋山墙而立,大半在炕上;另一领在炕尾巴也是这样,如此,在炕的中央处相压接。炕席不是简单地重合在一起,这里蕴含着朴素的哲学意味:男女成家,组成新家庭,但新的合集之外,每个人还有自己的家人,也应该有自己世界。一对红席铺在身下,时时在提醒幸福的新人,不能把对方牢牢抓紧,给对方一些空间和自由,生活才会红红火火,甜甜蜜蜜。而且,对席的两头各余存半边,是不是在久远的时代,就从婚礼开始提倡男女平等呢?

(三)

老炕是用炕墼支成的,在乡下,不缺的就是土,土打墙、土坯房,土墼搭土炕,怪不得人家一直都说乡下人是土老帽。土就是金疙瘩,土生一切,乡下人爱土,爱用土墼垒炕。拖墼是农家一项重要的劳动。

若是有人家准备翻垒新炕,就要在春日里拖墼。这是农家极重要又极普通的一样活计。新建的屋不管茅草坯顶的贫家陋舍,还是富裕人家的青砖大瓦房,拖一批好墼,垒几盘新炕是最要紧的事。新炕烧几年,炕洞慢慢就被烟灰屯满了,烟灰屯堵的烟道走烟不顺畅,做饭时灶房里满是柴草烟气,呛得一家人红眼大鼻子,得赶紧盘新炕。或者是炕上有正淘气的小孩子，老墼的筋骨经不住跑跑跳跳的折腾，"嘎嘣"一声，墼块断裂。只是一个地方断了墼还可以剔下这一块残的，用完整墼补上去，若是伤口多，窟窿大，也只能盘新炕。

选一处平整的场院地，拣个晴朗的春日，爷俩推着独轮车，到大堤上、野地里选上好的黄泥土推回来。黄泥土推进空寂了一个冬天的场院，在小山一样的土堆中间铲出一道环形的凹槽，单衣的父子俩就开始从地头沟渠里或池塘里，或者再远一点的甜水井里挑来水泡土。土要干净土，水要清澈的水，这样拖出的墼胚才最好，垒出的炕睡上去、坐上去才最亲。大扫帚把场院划拉干净。天空晴朗得不带半星儿云彩丝，看样子三天五日的不会有雨。那时候广播上也播放天气预报，但是老犟头偏愿意相信自己的眼睛。老人泡好土，开始往里拌杂草，麦穰草、麦糠，儿子急了，不是要最细最干净的土吗，咋掺上这些草屑？老犟头嘿嘿一笑，说，草是墼的筋骨呢，光有肉没有骨头，它怎么能挺立起来。说着，他赤脚挽起裤腿在泥水里慢悠悠地反复踩踏，直到感觉泥巴草糠已经拥抱成一家，均匀得无可挑剔才算完成。他拿起搓墼的模具"墼挂子"说开工。"墼挂子"极其简单，就是做墼的模具。模具是约三指宽的四条木板做的长方形，两端各有拉绳。老人用"墼挂子"把地面一刮，这样，万一有大扫帚漏网的土坷垃或者小石头，就给刮到旁边去了。不管拖墼的场院怎样干净，每拖一个墼之前刮一下是必备的程序，就像乡村的日子一样循规蹈矩。刮完地，把"墼挂子"往地当中一放，除泥的小伙子就赶紧除一锨泥放在"墼挂子"中间。刚开始干的时候，年轻人没有数，不是除多了就是除少了。一锨湿泥拖一个墼用不完，老人吹胡子瞪眼地把多余的泥挖出些抛在下一个墼的位置上，泥除少了填不满"墼挂子",老人又瞥他一眼,他就颠颠地再去除一趟。后生有心计,一会儿就揣摩明白了,拖墼的泥除得不多不少,正好一趟泥巴拖一个墼。

除泥是力气活,拉"墼挂子"是技术活。老爹总这样说。那泥抖进"墼挂子"中央,老爹用双手将泥巴抹平,然后缓缓拉动挂子两侧的拉绳,挂子轻轻腾空而起,金蝉脱壳一般,在地中央留下一块棱角分明的长方形湿泥,这就是刚刚出炉的炕墼。就这样一块一块拖下去,中午时分,场院里整整齐齐,像排好队列的士兵一样,散发着泥土芬芳的新墼在热烈的阳光里慢慢收敛着湿气。

春日正午的阳光热辣辣的,拖墼的父子俩脱了长衫,慈眉善目的婆娘上场来,看看一排排新墼,看看牛犊一样的儿子和一旁叼起烟袋锅的老头子,笑吟吟的。拖墼是累活,她在家烙好了单饼,煮熟了鸡蛋,犒劳这爷俩。

春天里,拖墼的日子里,也是孩子们玩泥娃娃的好时候,猪窝后的瓦片上总有些泥娃娃在悄悄地晒干,歪歪扭扭的篮子、筐子,刃厚把短的铲子、大刀,四脚不齐的板凳,奋拉着翅膀的泥鹅泥鸭。家里人也不去动它,任它们在阳光下慢慢晒干,因为他们知道,这些粗糙的泥巴里盛放着一些美好的小小的梦。

墼块在阳光下晒一日,骨架就硬实了,就需要把它们扶起来,用三指厚的脚跟站稳在场院里。扶它站起来之后,还要用一把钝刀将它紧贴大地的那一面修饰一下,削掉多余的土粒,使它每一面都光洁。五六日大太阳,新墼就变得干硬,随时准备出征去盘成一铺新炕。新炕要热火朝天地烧一段时间,别以为表面已经干了就可以睡了,还有湿气呢,一块块被阳光打扮出来的墼,还要在烈火中继续锤炼才能成为人们依赖的炕。

　　一盘炕，春来迎接鼓窗的南风，秋来迎接熟透的谷米，日纳烟火于怀抱，夜托酣梦于手掌，它是一家人的摇篮。在一些特殊的时候，它还兼具了禽类畜类甚至谷物庄稼的保姆。春天，人们腾出热乎乎的炕头来育地瓜秧，也用热乎乎的炕头来孵化小鸡小鹅，赶上阴雨的日子，眼看没干透的麦子就要发霉，人们掀开老炕的炕席和草，将一面大炕用来摊晒麦粒，有时候还需要在灶下架柴生火，强行烘干。

　　日出而作日落而息的庄稼人，栖息在这踏踏实实的大炕上，他们爱着这盘大炕。娃儿们在炕头上出生，在大炕上一点点长大；老人们年纪大了，越来越离不开大炕，尤其是冬天，屋外西北风嗖嗖地刮着，小清雪扑簌簌下着。街头只有几个不怕冷的顽童。这时候，炕头被烧得热热的，老人在炕头安详地端坐，或手捻一根麻绳，或拿小剪刀剪一幅窗花，或者什么也不做，几个老人就这么面对面坐着，间或一句话，说的是有年头的事情，更多的是沉默，看棂子窗上的日影一点点挪移。小孩子也在炕头上蹦跶着。猫儿蜷在老人的脚边、被窝下，呼噜噜的酣睡将岁月吟唱得如此安详。

　　老炕一年年托举着人们的梦，不论在地里、场院里、菜园里的活计多么累，一躺在热乎乎的老炕上，人的筋骨就舒展开了。躺下去一个快散架躯体，老炕就用它的暖、它的硬度重塑你，清晨起来，你又是精神抖擞的铁汉子、硬婆娘。老炕，摇篮一般，一年年地将孩子养大，那个咿呀学语的小孩牙子，转眼成了半铺炕，转眼又成了齐檐高的小伙子，站在炕上，头顶着了屋顶。走出家门的孩子，在城里扎了根，但他一辈子都在怀念那铺老炕，有一年，他经过一个拆迁村庄，从一所老房子的垃圾里拣起一领旧炕席，他把带着花布补丁的炕席运回家，小心地收藏起来。

瓦罐

拂去一段岁月的尘埃，打开一个乡村的记忆，那么多盆盆罐罐矗立在农耕岁月的烟火里，像一座座时光的记忆之碑，它们粗布黑脸浑浊的身世，草莽的行走，盛放了一段珍贵的岁月，喂养了一代问天的生灵。瓦罐是乡村的兄弟，它替日子盛放米面糠，盛放水油盐，日子的五味，烟火的魂魄被瓦罐管理着。

瓦罐，是日子绕不过去的那段简陋，在泥巴里寻到生存。

瓦罐它知道自己的身世，只不过一把泥土经了些水的恩泽，多经了些火的烧炼。是这水火不容的两极，在自己体内结成闪电。如果不是水的粘合，火的皮鞭，它，还将是一抔散土，春天里扬起尘，冬雪下硬得窒息。

瓦罐知道自己的根底浅，资质差，比不得那些精美带花的瓷器，它们取自高地上的土，经过了细箩的筛选，泉水的沐浴，经过了一千二百度的高温；而自己呢，随便地取了一把土，可能是菜地沟垄里的土，田野阡陌下的土，甚至是河滩场院边的土，带着沙砾和草叶，带着草籽和棘尖，甚至带着羊粪的气味、草木灰的影子。不去管它，左右只是制一批陶器。制陶的手也粗糙，心也粗忽，也可能草籽、沙砾还在坛子壁上，形状也还稍稍有些偏差，就那么急匆匆地装进土窑。捉襟见肘的生活，贫贱的日子，容不得细致，耐不得高温的烘烤，就像百姓的日子，粗一点、慢一点、陋一点，追不到云端的日子，眼睛就别往天上瞟，安于本分，守住贫贱，才是正道。就像陶，原本是这样平凡的土，硬要拿烧瓷的高温来拔高，最后还是会把它烧裂或者烧得变形。做就的骨头生就的肉，没有那个骨头碴子，就得安于本分，做一只粗糙的瓦罐就好，盛着粗茶淡饭一样可以喂养身体和灵魂，硬要心高气傲地攀高枝，说不定会摔个粉碎，扭曲了自己。

　　瓦罐知道自己的资质有限、火候不够，资历尚浅，比不得那猛火里走出来的钢与铁，也比不得瓷的坚硬与华美，它甚至连一层小而薄的铠甲都没有，一件表面没有釉的陶器，甘愿被叫作瓦罐或者泥瓦罐。瓦罐不去比，它只低头过自己的日子，柴米油盐，日升月落。没有釉来保护的瓦罐走得小心翼翼，它知道生命的脆弱，生活的多舛，它敛声屏气，站在闹场的外围，江湖的角落，生怕生活的硬石，击破它有限的担当。它薄壳的胸怀走得羞怯，从不张扬于庙宇厅堂，去展览自己粗布的衣裳，本色的骨头。它只有一把骨头，它用它挑起了日子的幡。它躲在粮仓库房，装着米面豆谷高粱，它怀抱着五谷，就像怀抱着婴儿，它知道，自己的怀抱终究只是个驿站，这些麦谷稻豆在它的怀抱里等待一个走出江湖的时机，某一日南风叩窗，它们将作为神圣的种子出使大野，教化蒙昧的土地躬身打开怀抱献出精华。它们将在那里落地生根，繁衍子嗣，界定疆土，蓬勃成天地间浩大的生机；或者它们随着炊妇的召唤,沐浴、入禅,被烟火从体内置换出热能,去暖苍生的胃腹,去支起生命的火焰。

最初,一块泥巴,在匠人的手里变成碗变成盆变成罐变成坛,它嘻嘻笑着,享受这种变身游戏的生活,它乐于这种被捏来捏去,破了再拿水粘合的重新再塑一个角色的生活,它不知道,这样混日子终究只是土,永远不成器。它咬牙切齿地恨过那些烧制它的火焰,它不知道那磨难意欲将它锻造成器。那火把它堵在四面不透风的绝境里,黑暗里的恐惧,火焰灼身的彻骨疼痛使它咬牙切齿。它看见自己几乎成了火,浑身通红的几近透明。在它慢慢习惯了火的温度,疼痛过后,所有的疼都已经如风吹衣襟般轻浅。火逐渐暗淡下去,并用诵经般的咒语告诉它,你可以出世了,我的使命完成了。于是,火撤身、委顿、熄灭。瓦罐突然就无比怀念火,那个刚刚还给自己苦难和煎熬的火,被自己咒骂和诅咒的火就这么消失了,它的来去,只为给你锻打一副筋骨,你成器了,它也就走到生命的尽头。未曾出窑,瓦罐先明白了道理,这一辈子,并不是一定要做什么轰轰烈烈的大事,在黑洞洞的瓦窑深处,默默去成全别人才是最大的功德。

瓦罐一出世就带着火的谦卑之德,让做什么就做什么,盛放米面固然被喜欢,体面,可盛放了草糠它也不怨尤,需要它做一只水罐,它就每天盛放着一罐凉井水,在锅底咕嘟嘟的火焰里将水煲成滚烫,伺候着那些嘴巴。有时候,一只瓦罐的命运在制陶的时候就被移植了,一块不兼容的泥巴,几粒粗砂浮在了表面,或者做陶的手那时候恰好想起了什么心事,一疏忽,它的形状缺了一点灵气。出窑的瓦罐,被众多的手挑挑拣拣,最后剩下了它。一只品相低劣的瓦罐眼巴巴张望着尘世的热闹日子。最后,一只粗粝的手拎走了它。不值钱的家什总得用起来。于是它成了一只尿罐，每夜在更深人静的时候听候调遣，在尿骚的浸泡中过完一生。那瓦罐一定也怨尤过，可是世间，有多少树叶就有多少角色，每一个边缘都要有针脚去缝补吧，每一个角色都得有合适的去担当吧。坐在最隐蔽角落里的瓦罐，其实知道的比谁都多，它一眼就看透了生活的全部。

瓦罐的衣衫朴素，一色灰黑蓝调，不好看的粗大腰身，像那些吃糠咽菜的母亲们，怀揣着沉重的生活行走，走成了一个个补丁摞补丁的陈旧衫子里的祖母，走出了一身岁月的伤痕和焗补。瓦罐，粗粝，笨拙，大口朝天，不停地提醒着、索要着。它的索要有什么用，向生活伸出一千只手，能抓到的也不过是粮糠参半，也不过是喂给了锅碗瓢盆，它自己一点都不留下。

瓦罐盛着四季冷暖，盛着人间的所有光阴。瓷瓶在窗台上浸养着花枝，盛着暂时芬芳俗世的烟火岁月；瓦罐在角落里盛着盐盛着酱，盛着被疼痛盐渍过的日子。入地的种子，入口的粮米，来来去去，瓦罐是本流水账。米一半糠一半，日子是平仄的，咸一半香一半，烟火是分绺的。瓦罐，什么都得装，粗的细的、咸的淡的、苦的辣的、酸的甜的。爱恨情仇都在一只只瓦罐里结怨或冰释，浅的满的命运，都随一只粗陶跌宕沉浮。每一个坟头下都埋着一只小小的瓦罐，装着它的一生传奇。

装过什么重要吗？一切不过是在这里存身片刻，经过什么重要吗？一具皮囊无非被时光淘洗几十年，最后盛满了看不见的岁月。两个枯木一样的老妪，坐在冬阳里，谁享过富贵花开，谁挺过风雨的皮鞭，都不重要了，重要的是她们坐在同样的时光里接受同样公平的阳光抚摸。

瓦罐的岁月无非是满了浅，空了填，在空与满之间轮回；人的欲望无非是得得失失的膨胀与不甘。瓦罐主宰不了自己的空寂，人拒绝不了天地的奖罚，一只行走于光影错综里的瓦罐，是一个行走于嘈杂浮世灵魂的雪亮的镜子。

瓦罐是个神秘的酵坊，那些戴头巾的妇女把日子的疤抠掉，把生活的错节掰开，丢弃一些虚妄的根，一半眼泪，三两辛酸。她把这些细枝末节甚至旁门左道糅合在一起，存放进瓦罐中，期望哪一天他们幡然悔悟，浪子回头。慢慢地，那些瓮中之物却渐渐散发出香气。

"瓦罐不离井沿破"，在劳劳碌碌的奔忙里，瓦罐始终走不脱在磕碰中碎裂的宿命。一只瓦罐，一只泥陶的器皿，怎么经得起长年累月的征战，怎么敌得过井沿青石的铠甲，怎么敌得过岁月的流矢。一条炸纹的骨骼疏松着，胆战心惊着，再经不起稍微摇晃的颠簸，一拍两散的肢体张开着巨大的悲哀，就这么了结了吗？这尘世间的奔走虽然劳累和辛苦，它也许多次渴念过丢开这样的日子，可是真要脱胎换骨般换成看客的身份，它是那样焦急和不甘。这时候它需要一个箍漏子匠，就像一个病入膏肓的人需要草药汁、手术刀或者经卷的重塑。那钢钉将它们焗补在一起，成为一个补丁，填补着捉襟见肘的粗糙日子，继续如履薄冰的征程。有时候，任是起死回生的妙手，也无法挽救几块瓦片的身世；刀伤药再好终究要留疤痕；时光再绵长，也总有走到最后一天的时候。瓦罐碎成瓦片，在牛蹄印下，在小推车的轮子下，在蹦跳着的孩童的脚尖下碎成尘埃。有人拾起它，刮掉植物块茎的皮，留下新鲜的饱满入锅入碗；有人拾起它，在水面写下几个象形字，展读童稚的乐趣；有人捧着它，铭刻了箴言悬挂于书桌。

年轻的瓦罐生涩，有着旺盛的欲望，总想把自己装满；满了又空了，空了又渐满，轮回了几遭的瓦罐渐渐明白，自己什么都抓不住，就像谁的手都抓不住时光。生活给你的一切，你终将全部还给生活。留下了什么呢？大约就留下些欢喜或者忧伤的心情记忆吧。一切都随风吧。

深夜一盏灯

那时候的夜太黑了，在如浓墨一般的夜里，哪怕是一点黄豆粒般的火头，都是温暖的、明亮的，那是希望、是力量、是破窑旧屋里的一轮太阳，能够照亮烟火日子里的迷茫。

家里的陶盏我见过几次，有关它更多的记忆是在老电影中看到的。它就像一只拳头大小的碗，像一个小小的池塘，半塘黄澄澄的菜油，那个游弋在塘中的裸体棉线，半身在塘水中，半身在塘壁上，头露出来，一头浓黑的发。在夜色深重的时候，它的黑发就会发光，光亮虽然弱，却把屋子塞得满满的。这陶盏油灯是祖母留下的，到母亲手里已经不怎么用，菜油那么珍贵，母亲把灯火定位在煤油灯上。这陶盏照过正月里我落草人间那个神圣又煎熬的时刻，更多的是煤油灯陪伴母亲长夜的操劳，映照了我们一家人最美好的时光。

小煤油灯似乎是属于娘的，不知道娘为什么有那么好的眼神，我从黑漆漆的外面回家，进入家门，在煤油灯的光亮里，需要缓神半天，才能看清灶屋里的情景。而娘就是在这一丁点的光亮里自如地劳作。这盏极小的煤油灯挂在灶间靠锅的墙壁上，灯芯又细又短，火头只一点点，多年后读到"一灯如豆"时，我固执地认为，那就是写我家灶房墙上的灯。乡下人的叫法很粗陋，婶娘闯进来，亮堂堂的嗓门差点把灯火给扇灭，"真是好眼神，点这么个'狗屎明子'也不怕装错了锅。""狗屎明子"的灯头火听了一忽闪，很委屈，差点熄灭，不怪婶娘的腔口大，怪娘的针尖，娘在挑灯芯的时候，不允许它太大太亮，那样明晃晃的，费多少油啊。灯头火懂得这女人的心，所以它再委屈也努力地燃烧着，用那一点点光亮照耀女人那贫寒的日子。

一盏煤油灯衣着简陋，就像那些乡下的母亲一样，黑的蓝的补丁衣裙，遮盖了她们尚且丰润的青春。小煤油灯是一个旧墨水瓶子或药瓶子做的，只要有一个不怕火焰光芒的铁盖子，它就能应对接下来的煎熬日子。铁盖子上面钻一个小洞，卷一根细长的薄铁皮筒，棉絮揉成一根灯捻子，吸饱了油的灯捻子，就像被揭开红盖头的媳妇，点燃灯芯，就是一生劳碌的日子。

娘有非常好的眼神，外号就叫"好眼神"，她能在火星般幽暗的灯光下旋飞自如，淘菜、洗地瓜、蒸瓜干、贴饼子，一样都不错；她在那样幽暗的灯火下切白菜条、切萝卜片、切土豆丝，长的长，扁的扁，细的如丝，圆的如珠，不仅切得好看，而且从没有切到过手指。那是用心在切菜，靠的是心里的分寸，不靠灯火照。娘对资源是极端吝啬的，收拾好锅，烧火的时候就不点灯。摸黑烧火的时候，我看不见锅盖里的蒸气什么时候"突突"地宣告饭熟了。锅灶里有火光，犯不着去费灯油。娘说着，从灶里拿出半截燃烧着的干柴，像个熊熊的火把，照着乌黑的锅盖和灶屋那黝黑的墙。

娘教我说，要知道是不是开锅了，根本不需要用眼睛去看，可以听：开水不响，响水不开。听见锅里水花在翻腾，沙沙地像下雨，那就是锅快开了，过一会儿，那响声消失了，就是开锅了。我问，那怎么知道锅里的水快烧干了呢？娘说，水快干了的时候，有轻微的沙沙声。都是沙沙声，我还是糊涂，不知道娘的耳朵是怎么练出来的。

那盏小煤油灯照耀着娘做饭、喂猪、收拾灶间，等她把一大圈鸡鸭鹅狗猪都伺候完了，小煤油灯就结束了一天的工作。娘到大炕上来，在炕角，借着我们学习的灯光做针线。炕上那盏大灯腰身粗壮，一次能装半斤多灯油，是爹娘预备了给我们学习时候用的。娘用一本老书的熟宣纸书页捻成灯芯，它导油迅速，燃烧得激烈。大灯的灯芯也被挑得高高，火头亮堂堂。在这盏大灯下看书写字的时候，时间长了感觉亮度也不够，我经常一点点往灯前凑，有时候被灯头的火"哧"地燎了头发，才慌张后退。

娘到炕上来做活的时候，在灯影暗处，悄悄借着灯光，尽量不出声响，只有给针认线的时候到灯前来。一旦我们写完作业，也不再看书，娘就把大灯熄灭，把小煤油灯又从灶间端过来。家里有个简陋的灯台，一块锥形的干泥巴上，栽着一截干树枝，树枝有不同方位高低不同的三个杈，娘根据做活需要的灯光高度把小煤油灯挂好。有时候娘在炕边搓麻绳，一家人一年到头要做多少双鞋啊，每一双都得用麻绳勒紧。那麻匹从地瓜棚子的梁边上挂下来，娘仔细地梳理着，用指头捻着，她挑选着平衡着，让一根麻绳的两股尽可能地匀称。娘的手也因为这些梳理被麻线咬得粗糙甚至裂开口子。冬天的时候，娘的手因为洗菜洗衣洗碗洗盆一天三次搅拌猪食，常冻得裂了口子，那些时常绽开露出鲜红的肉和血丝的口子，让娘很劳心，每天晚上，她做完了动水的活之后，就在灯火上疗伤。她从梳头匣子里取出一管"口子油"，涂抹到开裂的部位，先使劲搓，搓得油匀称了，再靠近灯火燎烤。烤得轻了，油滋不进开口深处，烤得重了就要疼，娘常常咧嘴"咝咝"地吸气，有时候突然将手收到嘴边吹气，甚至有时候疼得蹦起来。

　　孩子们睡觉的时候，娘还在做活。她有做不完的针线活，新衣裳旧鞋子，做新的补旧的没完没了。顽皮的我们扯裂的衣服上的口子需要连，磨破的地方需要补；她一年到头有搓不完的麻绳：打苫箔的麻绳，垒屋靶子的麻绳，纳鞋底的麻绳，扎口袋的麻绳；她还需在灯影下抚摸粮食：剥花生，褪苞米粒子，刮地瓜枣，那么多的粮食要经过她的手进一步筛选。娘的影子被幽暗的灯光投射在墙壁上，那影子有时候半天不动，像一尊佛像；有时候一仰一俯，很有节奏地轻轻晃动。娘做活的时候很安静，只能听得见针尖引导麻线的声音，花生破壳的声音，苞米粒子从棒子骨上被剥下的声音。有时候也有娘的一声叹息，那一声很低很深，是她积攒了一天的劳累浊气在身体里再也藏不住。有时候她将一根银针在鬓发间轻轻一抹给它加油；有时候她用针尖将快要委顿的灯头火拨得再亮一些；有时候她身子一抖，将指头尖放进嘴里吸吮；有时候她停下来，仔细地打量我们的屋脊，我们的椽子窗，我们装满地瓜的棚子，还有熟睡在炕上的我们。有时候半夜醒来，娘还在油灯下做活，喃喃地喊一声，睡吧娘。娘回过身给掖了一下被角说，这就睡。可是再一觉醒来，娘还坐在那里。

　　娘也有晚上早早收拾完活计不熬夜的时候，那时候像过节一样快乐，娘倚着壁墙，给我们在墙上做手影。她的手靠近油灯，两只大手夸张地投影在一侧墙上。她三挽两挽，墙上就出现一只黑色的兔子。那小兔身形逼真，耳朵可以动，耳朵动的时候好像在那里吃草，可是，什么声音惊动了它，它竖起耳朵谨慎地听。风的声音？云的脚步？都不对。于是小兔子就撒开四蹄，撒欢地跑起来。娘做的这个手影太妙了，稍微大一些我就跟娘学，可是技巧都掌握了，手指并拢的力度不够，那兔子跑着跑着就零碎了。

哥哥比我手巧，他学的手影很像，但是哥哥不满足做手影，他开始做电影。他说不喜欢跟大家在一个屋子里写作业，娘只好让他去里间屋。那盏大油灯从此就坐在了里间屋的老三抽桌上。我对哥哥那间紧闭房门的小屋很好奇，总是喜欢探头探脑去打探。一次，我发现了秘密。哥哥用一块玻璃片在灯火的上方燎上乌黑的油烟，当整块玻璃面成了一块黑布的时候，他就用一根细竹枝在黑幕布上画图画：他画了一座小房子，房子旁边站着人，房子后面有棵大树。他看看我，说，咱们放电影吧。他用纸壳灯罩将灯的光焰遮住，只留下一个四方的孔。他将刚才画好的玻璃片靠近灯火明亮的孔洞，墙上就出现了很大的图画，就是他刚才画的。我感到无比震惊，油灯还可以玩这样的花样。哥哥觉得树画得不够好，就把玻璃片的一部分重新在灯烟上熏过，从头画树。这个秘密后来我悄悄告诉了娘，娘笑着说，你哥真会玩。

乡村的每一盏油灯下，都是这样的场景，娘在油灯下做针线，孩子们在同一盏油灯下读书、写字，灯影暗处一个汉子手持烟袋锅点亮另一盏灯。灯影一闪，孩子们褪去，抽烟的男人褪去，只有一单薄的女人的身影，她偶尔伸伸疲惫的胳膊，偶尔轻捶疲累的腰肌，偶尔看看孩子们鼻息均匀的被窝，偶尔起身，在梁头续上一把麻缕。有时候蟋蟀催促她一声，睡吧；有时候，老鼠从衣柜底下啃噬着木头表露不满；有时候，村庄都睡了，只有这一户人家的窗还有微弱的灯光。院子里的狗一个梦呓"呜呜"一声低啸，月光拨开香椿树的遮挡，要替这个最辛苦的女人染黑一丝白发。

面对茫茫的黑夜，手足无措的你，找到一盏灯，就找到了娘，就找到了被爱充满的家；娘，就是一家人的灯盏，她一辈子都燃烧着，努力推送更多的光亮和温暖。

火盆

（一）

　　小时候的冬天似乎格外冷，大雪埋住一座座村庄，整个冬天都不肯化去。晌午，阳光强烈，加上屋里生火做饭提升了温度，屋瓦上才变得明晃晃，有滴滴答答的屋檐水垂落下来。日头偏西的时候，屋檐下就挂上了长长的冰凌。祖父掩了掩宽大的棉袄，用一根带子从腰勒紧，推开风门。他手端一个泥盆，那是火盆，是乡下人冬天里的室内取暖工具。祖父在院角，将火盆装些碎草，上面盖上碎苞米骨头棒，点燃。碎草抽抽噎噎地燃烧，一股青烟被北风扭得四下流窜，祖父不急不躁，好像任由顽皮的孩子尽情打闹，他吸着一烟锅旱烟，等烟吸透了，火盆就不再冒青烟，一盆火红的炭骨冒着短小的火苗活力四射。祖父粗糙的大手小心端起暖烘烘的火盆，笑吟吟地回屋。

　　火盆是在秋末冬初就做好的，做法非常简单，到村外挖些干净的带黏性的黄泥头土，拌点麦糠和成泥，黏土有时候还是要裂的，为了让火盆好制作，往往需要绞碎一些破布片、旧绳头甚至女人掉落的长头发加进泥里，这样火盆就可以更好地成型，不易碎裂。做火盆的模子是一只旧脸盆，脸盆倒扣在平展的地上，在盆面擦一层"粉"，"粉"就是锅底掏出来的草木灰。然后，一层层往上糊泥巴。开始时泥巴打滑，拍多了渐渐就好了，泥巴糊上去要轻轻拍打，拍打得火盆瓷实而且火盆四壁均匀。做好的火盆就像一个丰满厚重的大脸盆，要放在阴凉处慢慢地干，干急了会有裂纹。祖父时常去火盆前看看，发现小裂缝就立即用细泥给封好。火盆干透了，小心翻转过来，从中间把脸盆抽出，一只丰满的火盆就笑吟吟地端坐在墙角，等待着北风紧、雪纷飞，等待着滴水成冰的天气它来施展身手。

在乡村，通常的取暖方式是通过烧火做饭烧热大炕，辐射得屋里暖和，所以俗语说"暖屋热炕"。炕热辐射屋暖常常抵御不了隆冬的寒冷，尤其是屋里有老人和孩子，抵挡不了大寒的侵袭。严寒时候，大雪纷飞，即使将炕烧得热鏊子一般烙屁股，屋里还是会感觉凉气刷脸，炕前的脸盆清晨会结成冰碴子。"针头大的洞，牛头大的风。"冬日里，一个小窟窿就能掠夺走屋里好容易积攒下的热量。于是父亲总是寻找着凉气的来源，不断用碎石锤紧老鼠洞；将门帘挂在堂屋和卧房的门外；用高大的茅草和芦荻垒一扇独扇的风门挡在堂屋门外。尽管如此，四九天气，还是到了寒气逼人的时候。

是时候请火盆出场了。每一餐的灶火，总要有些热炭，从热灶膛里拣几块红彤彤的木炭置于火盆内，端到屋子里，屋里顿时就腾起一股暖流。热腾腾的几乎带着短小火苗的炭火在火盆里跳跃，老人在炭火的上方烤烤手，说，暖和。泥做的火盆，任凭盆内的炭火多热，火盆也是敢搬动的。有时候，一个火盆在熊熊燃烧不断释放热量的时候，被搬来搬去，给几间卧室驱赶寒气。

清晨，小孩子懒被窝，大人在早早生起的火盆上烤烤棉袄再给孩子穿上。绣花、扎鞋垫的大姑娘，一根绣花针拿久了，寒气就聚在手上，手僵了做不了活，双手拢在火盆边烤烤搓搓，绣出的花就更灵性了。外出的人回家来，也许顶着一头的雪花，拿笤帚扫扫一身的雪粒子，坐在暖融融的火盆前，无比感慨，或许对生活有了更深的思考。冬天，在火盆边，多少英雄变得儿女情长，被这一小盆红通通的炭火拴住了出去闯荡的脚步，多少游子又在日思夜念老家炕头上火盆那冒着蓝火苗的温馨。冬日，家里来客串门，最热情的招呼就是拉到火盆边说，来烤烤火！围着火盆拉呱着日子，闲话着岁月，一天天地向年关迈进，向春天的盼头挪动。火盆的微红，映着庄户人一脸的安详和知足。

火盆，演唱着温暖使者的主角，还客串着美食的源地。一把黄豆，一把苞米粒，几个花生，祖父就变戏法一样把它们变成香喷喷的美食。瘦小的苞米粒埋进去，过一会儿它就蹦跳着出来，变成一个爆米花。祖父一边欣喜地用拨火的钎子挑出爆米花，一边说，看看，女大十八变，小丫头转眼长成大姑娘了。有时候，祖父悄悄把地瓜埋进深灰里，慢慢地热。闻到香甜的味，小孩子馋猫一样到处找，直到那冒着油、滋滋响的地瓜被祖父从深灰里掏出来，小孩才恍然。于是下一次，小孩子趁大人送客去了，学着大人的样子，将地瓜悄悄埋在明火里就上街玩耍了。等到家人闻到焦煳的气味，那红皮地瓜已经变成个灰锥。最可爱的是祖父烤着火盆喝酒，他把那黑色的小烫酒壶倒上半壶白酒，将酒壶根部埋进炭灰里，伸手摘下挂在屋脊挂钩上的小小的腊条提篮，拿出几条小干鱼。祖父用铁筷子夹着干鱼在火盆上烤，鲜味首先惊醒了炕头小猫，喵喵叫着，围住祖父转，还用头去蹭祖父。祖父找过猫食碟子，将鱼头、鱼鳞和杂刺、肚腹之物分享给猫。有一只莽撞的野猫，瞪着眼"噌"地从窗口的猫道冲进来，见屋里有人又仓皇逃窜了。祖母将猫道那里竖起本厚厚的书，边嘱咐祖父，小心外来的猫馋极了撞破窗户纸。祖父呷了口酒，啧啧着，干鱼肉放嘴里品咂着，慢悠悠地说，撞破了再封。

火盆前的时光是温馨的，听北风敲窗，几片干树叶在窗外飒飒轻响；看雪花飘飞，给院中的草垛披上斗篷。守着火盆的炕头上，绵绵是祖母那些久远的故事和传说。火盆前的祖母戴着老花镜慢悠悠地在绣一副鞋垫，或者补几双袜子，或者就那么比画几片布片，拼接成她需要的枕头套、小兜肚。故事像手中的线一样绵绵不断，善良的后生遇见画中美女，八洞神仙扶危济困，猪八戒背媳妇，武二郎上梁山。冬天日短，不觉中日影就从窗户棂上没尽了，火盆里的火也暗淡下去，小孩子打一个长长的哈欠，灶屋里响动锅碗瓢盆的序曲。祖父就着火盆里微微露红的炭苗点燃了烟袋锅，烟雾缭绕里那张布满皱纹的脸上恬静安详。

有时候，火盆边像一幅静物写生，祖父背倚着炕头上高高的被卷闭着眼睛，他是在打瞌睡还是在想久远的往事？火盆边小弟睡得小脸红彤彤，拨浪鼓在枕头边寂寞着。祖母双手插在宽大的衣袖里，眼睛似乎在看向窗台上阿姐的算盘。猫儿从静物里走出，它先是在火盆边伸伸懒腰，扭扭捏捏地走到窗户边，透过封窗纸上的小玻璃片，看窗台上的麻雀。看着看着它就抬起前爪，要去挠那梳理羽毛的雀儿，一爪子挠过去，碰上了硬邦邦的玻璃。祖父惊醒，把猫儿引过来，抱在怀里。祖母轻拍窗棂赶走了麻雀。此刻，火盆里也许只剩下些热炭灰，堂屋里，锅碗瓢盆又响动起来，风箱慢悠悠响起，炕头热起来。火盆的暖又被炕头的热继续下来。

（二）

终于到了大雪封门的日子，一场大雪降临这个偏僻的小村庄，世界成了童话。

夕阳从沉沉的天幕后撩开一角，神圣的光环映照大地，硕大而轻盈的雪花落在我的面前。那些神奇的冰晶、花瓣落在菜园里，一畦准备着铠甲过冬的菠菜，被初雪亲吻着、洗濯着，尘埃化作水珠滴落，菜叶碧莹莹，闪烁冬日里罕见的亮色。雪花轻盈，飘荡在天空，慢慢洒落并轻偎在稀疏的篱笆上、草垛上，落在那些毛茸茸的干扁豆藤上，落在拥抱着的苞米秸秆上，落在月季花干透却未凋零的花骨朵上，那样自然，那样和谐，好似它的到来就是为这样的相依，就是为给那些枯木干藤再开一季花朵。雪成了藤上的花，花上的蕊，蕊上的蝶。于是，我的童年在那个冬天有了心花怒放的记忆。有如此神迹来装饰我贫瘠枯燥的岁月，有这样的曼妙舞蹈装饰萧索暗淡的冬天，于是，生命之初的记忆里，我对雪形成了膜拜的姿态。

来自天空的雪是圣洁的，是上天的恩赐。漫天扯地、浑然苍茫的感受，打破了人们对世界的通俗认知，于是故乡把落雪的日子视为节日。雪初来的时候，乡村是沸腾的、喧闹的，就像满世界都在迎接一个踩着锣鼓点袅娜到来的新娘子。孩子们在雪扯起的帷幕间恣意歌舞着，奔跑着，欢呼着，庆祝着。一场好雪，是村庄的吉祥，更是孩子们狂欢的盛大乐章的开幕。

初雪闲飘的时候，大人们扛着把铁锹，往白菜窖、萝卜窖上再盖一层土，拍打几铁锹，就像给襁褓中的婴儿掖掖被角，在悄悄嘱咐孩子好好睡觉；在粮食囤前扯扯油毡，或者再盖一层苫。"大雪不封地，过不了三两日"，他们念叨着农谚，在雪中满怀深情地打量着丰收的粮囤。大雪是真正入冬的仪式，是一声冬藏的号令，大雪封门是猫冬日子的开始。雪天，开始点起火盆，用它的热烫一壶酒，暖炕上团团坐了，炉灶上吱吱啦啦，炒鸡蛋的香、炸花生米的香、煎白菜包的香、烤小干鱼的香混合在炊烟里，飘荡在雪的曼舞中。落雪的日子，盛大节日般的故乡，被酒香、菜香熏醉的雪花，飘得更舞步翩翩了。

在白雪铺毡的大地上，孩子们的欢腾在升级。打雪仗的两帮孩子，稚嫩的小手冻得好似小胡萝卜，捧起一把雪，就那么扬向对方，好像擎着落地的雪做了又一次飞翔；将散如面粉的雪攥成团，成为一粒硕大的弹丸，"嗖"地打在对方的肥大棉袄棉裤上，飞进对方的脖领子里。打雪仗的时候，偶尔有大人加进来，他笑着，用小小的雪球，小小的力度追打孩子们，其实，他只是想逗得孩子们反扑。他貌似狼狈地逃跑和还击，在佯装孩童的一场雪战中，短暂地回到自己相违已久的童年。疯累了的孩子们齐刷刷躺在一片干净的雪地上歇息，他们的嘴里呼出粗壮的热气，头上也热气腾腾。

大雪落下来的时候，村上几个闲人在准备他们的套子和网。有一年大雪之后，"能人"大伯带我们去老鸹岭套兔子。他一路不停地观察雪上的痕迹，说，今年的兔子都不大。他在几处有爪印的狭窄过道布下网和套子，就带我们到一处避风的沟底，他好像预知这里有干柴和红薯，不久就生起一堆火，在火堆里给我们烤地瓜吃。北风在头顶呼呼吹过，吹落一些树枝上的雪，落在火堆上立即就化了。我问大伯什么时候能套到兔子，他说得等明天才知道，兔子都很聪明，要到黑夜里才能中套。吃完红薯，大伯到岭上去拾柴，我们几个小孩每人攥个大雪球，用树枝挑着在火上烤，看雪球迅速融化，雪水落到火堆里，将火苗浇得奄奄一息，然后我们将雪球移开，那火苗又一点点旺盛起来。

大雪封门的日子，老奶奶们很少出门，她们一天到晚守着针线笸箩，盘腿坐在热炕头上，给一家人做过年衣裳，或者扎鞋垫、剪窗花，用智慧和巧手，营造着年的美好。老人们的屋里几乎都要生一个火盆，温暖着居室。大雪封门之后，七奶奶的炕沿上一天到晚燃烧着火盆，"能人"大伯在林地里寻到枯树，烧成炭，背回来给七奶奶生火盆，所以七奶奶的火盆不仅不冒烟，还有一种松树香味。七奶奶的火盆和七奶奶一样慈祥大度，我们玩饿了，常常不回家寻吃的，而是到七奶奶屋里，伸手烤火，将小红萝卜似的手指在炭火上烤得发痒。七奶奶的火盆里总有烧好的热红薯、热土豆犒赏我们的嘴巴。有时候，七奶奶慈祥狡黠地一笑，说今天是什么日子，我们立即就拿舌头舔起嘴唇，对暗号，说过节的日子。她从炕头墙壁上的"蜂窝"洞里，拿出一块熟兔肉，用根银针扎住，放在火盆上烘烤一下，递给涎水滴答眼睛泛贼光的我们。

我因为吃馋了兔肉，回家也缠着爹置办网套套兔子，而爹却不许我去，说天寒地冻的，兔子也不容易。我说要不我们就捕鸟吧，二满和他哥哥用筛子捕了好多鸟，烧麻雀也很好吃。娘嗔怒地看了我一眼，回头对爹说，冬至就杀只鸡吧，孩子们也该犒劳了。娘不仅不准逮麻雀，雪持久不化的日子，还在南屋屋檐下的长木橛子上挂了几穗高粱穗子款待麻雀。娘不吃素，也不念佛，但一生怜悯幼小。娘在雪天还喜欢从月季花风干的花心里收集雪，她用一只旧瓶子装了满满的雪，掘开院子一角埋下去，夏天的时候，她取出瓶子，用融化的雪水调治一些药膏，等第二年冬天谁的手脚被冻得生了冻疮，她就拿那药膏给治疗。

化雪的日子真冷，到处是泥浆，鞋子湿了就更冷了，我们愿意听大人的嘱咐，不到处乱窜。趁着早晨还有冰碴儿的时候出门，聚集在七奶奶那里，听故事，烤火盆，混点吃的，也常常跟她学点简单的剪纸。有七奶奶的火盆烤着，大人足够放心。有时候我们也钻进地屋子里看编席。地屋子聚集着许多男人，一人一铺席，他们驾驶在上面，不断扩大自己的领地。有个闯过关东的乡人，常常讲一些关东轶闻，使我们大开眼界，故事拴住我们，忘了回家吃饭。地屋子里很温暖，太冷的日子，偶尔也生火盆，做条编的时候，在火上烤一烤棉槐条、柳条，让它们的身体更柔韧，编出的筐笼就更细密更好看。

化雪的屋檐滴滴答答，可一到下晌，水就结冰，成了一根根尖溜溜的冰溜子，小孩子不免要敲打几根，"咯嘣咯嘣"地吃冰溜子。

落在故乡的雪，那么轻柔，那么安静。有雪相伴的冬天，故乡是浪漫的，有火盆坐镇的冬天，故乡是温暖的。那些冬夜，乡村寂静得只听见风吹草叶的轻叹，薄薄的窗纸里，或是一盏温暖的烛光伴夜读的身影，或是一位默默在衣裤上打着补丁的母亲，守着一炕香甜的酣梦。那雪，乘夜色飞翔在天海，悄然抵达，默默滋润，在洁白的窗户纸上吟唱眠歌；那夜，尚有余温的火盆在屋角安然打坐，像极了一尊泥佛像。

大雪封地的日子是天地间休养生息的规律，让大地睡一个酣足的觉，让大地上的根枝不再贪心地聚集，暂时忘了生长，在内核处聚集一个圆满的年轮。生命不是一直快步向前才美好，外部的丰茂还要有一个沉淀成珠的内核。大雪封地，那么多生灵找到了它们的归宿和灵魂。

壶中日月

下雨的日子，蓑衣在屋山墙角上打瞌睡，水桶在屋檐下唱歌，不能上坡不能下园的时候，是庄户人家的闲散日子，也是喝酒的日子。男人在仓房里找出把花生米，女人从棚架间摘几根扁豆，割一撮带雨水珠子的韭菜，在灶房吱吱啦啦给男人炒俩小菜。男人在大炕上盘腿而坐，开始喝酒。他在漏斗状的酒杯里斟满白酒，那个酒杯是褐色的，有点像他饱受阳光浸润打磨的脸，酒杯有个耳郭形状的小把儿，下部像盘曲的古松，这看起来古色古香的酒杯，倒进去的酒也是褐色的。他喝酒很慢，一次抿一小口，或者"嗞"地吸一声，咂咂嘴，说，酒真是好东西！孩子闻着下酒菜的香凑上去，问父亲酒什么味道，父亲说是香的，是暖的。父亲用筷子头蘸一点酒抿进她嘴里，辣得她嗷嗷叫起来，赶紧用手抓父亲的下酒菜，一边流着眼泪说父亲骗人。父亲说，你小孩子家的，怎么能尝出酒的好。啥时候觉得酒是香的了，你就长大了。被酒教训过的孩子，对酒充满敬畏和隐隐的期待。

庄户人那一壶酒真是好东西，"酒是粮食精，越喝越年轻"，他们提着一个透明的玻璃瓶子去装酒时念叨。那个瓶子是托人从卫生院里讨要来的，是个装葡萄糖药液打吊针的大瓶子，乡下人管它叫葡萄糖瓶子。它有一个橡胶塞，最好用，装酒后塞住了，一点不走味。有的大瓶子里还装着棵人参，不知哪年哪月一个从东北回来的亲戚送的，一直在不同的酒瓶子里泡着，被泡得胖胖大大的人参像个四肢肿胀的小兽，扒着透明的玻璃想往外钻。没有卫生院关系要不来葡萄糖瓶子的人，还是提着酒葫芦来打酒。供销社售货点有个大酒缸，盖着厚厚的盖顶依然酒香四溢。没事的时候，有些酒鬼就喜欢站在售货点里闲聊，捞不着喝一口，闻闻酒味也解馋啊。打酒的人从提篮里倒出地瓜干，在秤盘里称过，售货员拿过酒瓶子，就着酒缸给装酒，今天的地瓜干略微涨秤，酒有点装不下了。哎唉，把酒提子给我。装酒的男人说。他接过酒提子，将装不下的酒一饮而尽。他咂咂嘴，看见柜台上谁装盐的时候漏下几个粗盐粒，赶紧拾起来扔进嘴里。来闻酒味的人咽下口唾沫，打趣他，嘿，喝完酒别打老婆啊。

喝酒打老婆在乡下不是稀罕事，这也是婆娘们把酒瓶子藏起来，把地瓜干看严实的关键所在。一个常年在风里雨里焦头烂额熬着的汉子，一脑门子的压抑和苦累，满耳朵再是唠叨，乘着酒意，难免发飙。

乡间那壶酒既是欢乐的海，也是添伤的舌。人们的生活需要酒来锦上添花，也需要酒来弥合伤口。酒搀扶着庄户人摇摇摆摆的人生，红白喜事，都要一壶老酒出场。一壶老酒是散发喜讯的鸿雁，粗杯陋盏一碰，将满心的喜气倾倒，将那个苦累的人生眩晕。婚嫁酒，生日酒，满月酒，远行酒，归来酒。没有酒，人生就简略了程序;没有酒,生活就缺少了气氛;没有酒,就没有了生活的波澜壮阔、跌宕起伏。"喝了咱的酒,上下通气不咳嗽",酒平息了许多小小的疼痛,冲撞开气血的淤阻,驱走了血液里的寒湿,点起骨头里的火焰;"喝了咱的酒,一人敢走青沙口",再懦弱的人,几杯酒落肚,腰杆就直了,胆气就壮了,骨头就硬了,脾气就倔了,昔日被生活打败,被贫穷打败,被各种各样的帽子打败,败得头插进裤裆里苟延残喘,败得落花流水一地鸡毛的人,突然就豪气冲天,酒替他们喊出了骨髓里的天问,替他们喊出了千年的不平。喝上一壶酒,有的人就在炕头上甚至胡同里、大街上咧咧开震山吼的大戏,有板有眼,怒发冲冠。"喝了咱的酒,见了皇帝不磕头",喝了酒他就无法无天了,他就不知道规矩了,他面对天王老子都敢斜着眼看,他指点山村里的江山,也指点那些鸡鸣狗盗的污秽。他笑过哭过骂放浪过,风卷残云,一贯维护的老实人形象轰然崩溃。一朝酒醒,他掩面过街,日子还得继续,或许还有个烂摊子需要多赔笑脸去收拾,可是那一哭一闹,一肚子苦水就倾倒干净了,日子该怎样还怎样,只是比先前顺溜了许多。

喜事在酒杯碰撞的酒花里喜上加喜,传统的年在酒杯上盘腿而坐。过年的时候乡下人要喝"圈酒",几户人家的几个男人形成一个小圈子,他们就转着圈子喝酒。这个圈子或许是一大家子的叔伯兄弟,是宗族至亲;或许是一起外出出过夫,一起下窖编过席,一起合伙做过农活的,还或许一起去捣鼓过小买卖,是说得上掏心话的好哥们;或者就是平日里联络多一些,对人品和行事都互相敬重的头面人。整个正月里,除去拜年走亲戚,晚上的时间就轮着喝酒,一圈下来,一个圈子的人每家不漏。有的人不止一个圈子,兄弟们的圈酒要喝,伙计行里的圈酒要喝,还要额外置办一场答谢酒,前年木匠给打的柜子，手工钱上有情面；扎福棚的师傅说什么也不要钱，他女人坐月子的时候，自家女人是送去两把鸡蛋，但是这个人情还能就这样算了？赤脚医生要请，年根下老娘一次次打针，人家不管忙闲，不论早晚，啥时候叫啥时候就来；有一次自己说话对三叔有点不尊重，事后悔青了肠子，可是不好意思去当面道歉，请一局酒算是赔礼了。那么多人情需要一壶酒去维系，那么多疏漏需要一壶酒去弥合。

真喝酒的人不讲究席碟厚薄，粗酒能喝细酒也能喝。情谊相投，浅薄的席碟一样喝成细酒；心路不对，再好的酒肴也喝得疙疙瘩瘩。喝酒有粗喝与细喝之分，粗喝粗到什么程度？没有特殊的下酒菜，就是窝窝头、地瓜干，一碗咸菜寻常的饭菜，突然酒虫在肚子里大闹天宫，他急溜溜趁着女人不注意，从酒壶里倒上一杯，就着咸菜几口喝完；有时候是农活赶得紧，容不得一杯酒慢慢滋生情调，或许有下酒的小菜，但是细菜也得粗吃，急忙忙地喝完那一杯，算是稍微舒活一下筋骨，就狼吞虎咽吃完饭下地了。细喝酒可就滋润了，那得是一个闲时候，一切都收拾利落的一个晚上，或者就是刮风下雨，老天爷给放假的日子，再就是漫长的冬闲里了。高粱晒米，大豆归仓，乡下的男人打着补丁的旧棉袄又窜出些不安分的花朵。他们被生活拉直的眼神在渴望一些事物。他们粗糙的手抚摸着粮囤里金贵的粮食，颤抖再三，不忍与它们分别。还是有些地瓜干被装进布口袋，在门市部里换回一壶酒。酒是粮食酒，无非是地瓜干酿的、高粱米酿的，那是比火焰烧烤还要灼热的老烧酒，用它可以刺激一下麻木的口舌，麻木的肠胃，以及麻木的日子。女人拿出一把黑乎乎的烫酒壶，不知道原本的铁就这样颜色，还是经年的火燎改变了它的真容。她将白酒缓慢珍重地倒进一些，拿脱去粒子的高粱穗子点燃一小蓬火，那缓慢的火燎烤壶身，半壶白酒慢慢泛起波涛，黑乎乎的烫酒壶口隐隐有些雾状的升腾。细喝的酒不一定有多么细致的菜，还是就地取材，女人拌一碟白菜心，炸一碟花生米，两人对坐在大炕上，慢慢喝，跟悠然而降落的雪花一样悠闲。

有些酒是突然撞进门的，就像突然回来的亲人。在严寒的天气，男人从十几里外的修渠工地回来了，从劳累的苦役中解放出来，他或者是顶着一身风雪或者捆绑着劳累疲乏，女人给他斟一杯酒，自己也添进酒杯一点点。已经是大雪封门的时候，哪里都去不了，半壶酒，简单的酒肴，男人将酒盅吸得"嗞"的一声响。半壶酒，陈年老屋，新盘的炕，贤惠的媳妇，这是一位男人最满足的时刻，仿佛一年年扶着风霜的行走，带着疾痛的奔波，就是为了抵达这片刻的辛辣滋养出的温暖。他嘴唇颤抖，从一脉清泉的骨缝里，咂出高粱米魂魄里的醇香，搜索出梁山好汉的辣气。热辣辣的酒，把他野草般被风吹弯的脊梁骨撑直，在他瘦弱的筋骨深处，荡气回肠。半壶酒，是他捉襟见肘的粮仓里，一滴真实的泪水和汗水，从辛酸里发酵；半壶酒，是他磕绊征途上的一场黄粱美梦，他拥着它疆场驰骋；半壶酒，也是他冬日黄昏的一角温热茅檐，把他的苦寒一袖裹走了；半壶酒，生出些刀光或剑气，生出某一年桃花微红的笑；半壶酒，人生的最佳状态，忧愁也可以稍息，烦恼也可以抛后，两朵红云栖息在看惯风雨的面颊，坚硬的土炕，破角的炕席，补丁紧咬补丁的棉被里开出绚烂的香梦。

冬天是喝闲酒的最好日子，蛰伏的男人们喜欢用酒打破闲散的无聊，抵御风寒的侵袭。喝酒需要一个烫酒壶，烫酒壶有锡铁壶，直接放在火苗上燎烤，或者栽进火盆里煨热。瓷酒壶比那矮墩墩黑乎乎的锡铁壶好看，壶体上或许有一丛腊梅花，花枝疏朗，梅花点点，用笔简约，却似漫天雪地里真的梅花一般绽放一团火焰。瓷酒壶比锡铁壶轻快，不用火烧燎，但是易碎。将瓷壶内注入半壶开水，悄悄摇晃片刻，这既涮洗了壶体内壁，又为壶内预热。感觉瓷酒壶烫手，就将热水倒掉，将酒壶盛上酒，放在一个大搪瓷茶缸里，往茶缸里倒上开水，内热外热相加，一会儿，冷酒就热了。

闲酒喝得很慢，酒的温度降下来，有时候需要重新烫，那烫过酒的水是不舍得扔的，还可以喝，小孩子不敢喝酒，喝一口烫过酒的热水也感觉很威武，似乎那水里隐约有些酒味。

冬天家里来客人的时候，喝着喝着酒就冷了，需要反复烫几次酒。这样阵线拉得很长的酒局，还是锡铁壶实用，屋里生个火盆，小铁壶倒满酒，拿铁钩子将火盆的炭火捅个空洞，将铁壶栽进去，男人们边喝边聊，有时候听到铁壶里发出"嗞嗞"的声响才慌忙取出来斟酒，不知道快烧开的酒是不是劲更足，男人们总是喝得开怀大笑。烫酒壶不用的时候，就规规矩矩地站在橱柜上，跟酒瓶摆在一起，有一只深蓝色的酒盏罩在烫酒壶的开口上，像一顶威武的帽子，护着烫酒壶打开的心扉不受尘埃的污染。

有时候，不是男人想喝酒，是酒肴突然杀出来赶着你喝酒，那么好的吃物摆在桌上，不喝两口实在对不起那些下酒菜。一场暴雨过后，男人们到西河崖去拉网，从上游欢蹦乱跳下来些大鱼，嘬嘴鲢鱼、黑头鱼、鲶鱼、鲫鱼，一人分了半水桶，小鱼喂鸡鸭，大鱼下锅炸，香喷喷半盆鱼端上来，哪有不喝口酒的道理；有时候事出意外，半夜里听见鸡歇斯底里地惨叫，男人披起外衣捞根棍子就去解救，黄鼠狼还是把鸡给咬死了。女人掐腰在院子里将老黄家骂了上下十八代，还是无法改变老母鸡的命运，大锅"嚓嚓"地响，满屋三间地香，送一碗给老爹老娘，送一碗给最要好的邻居伙计，剩下的一家人过节一样享用，男人自然要取过酒瓶来两杯。孩子们都在暗暗感激黄鼠狼，只有那个女人有些伤心。很多时候酒肴是孩子们找来的，麦收之后的野地里，黄昏时候瞎闯子在庄稼上聚会，孩子们摸回半水罐，拿盐水泡过下油一炸，满口肴；大热天的中午，孩子们拖根竹竿林子里转来转去，粘回一串知了，油炸去翅，正好下酒。

乡下不喝酒的男人是被人取笑的，不喝酒日子还怎么过啊！生活的方方面面都离不开一壶酒来主持，大事喜事一定要酒来助兴，来锦上添花，盖房开工要喝一壶奠基酒，上梁大吉了要喝完工酒。孩子结婚要喝定亲酒、媒聘酒，亲枝近叶要喝贺喜酒，婚后叫三日送五日，件件风俗要酒杯来周旋。闲暇里的酒杯是快乐的从容美好悠闲自在的，当孩子捧回成绩单的时候，做好事被邻居表扬的时候，庄稼丰收的时候，一家人团坐在炕头回忆或畅想的时候，酒杯是个快乐的陀螺，在男人们手上旋转。

酒能成就好事也能使人懊恼，年年月月，村村都会上演酒的闹剧。张三被李四请到家里喝酒了，本来喝得好好的，回家怎么就跟老婆打起来了。张三老婆被打，不跟醉鬼张三计较，却跑到李四家门口去叫骂，在你家喝酒回家打仗，你给放了什么药，点了什么炮？李四感觉很窝囊，李四的女人感觉更窝囊，我赔上酒赔上菜，赔上油盐酱醋，赔上柴火工夫烟熏火燎，不赚好还赚人家跳门子骂？李四女人不跟张三女人计较，却跟李四没完没了，你结交的什么伙计，有没有这么欺负人的？一顿酒，两家闹。李四女人还是好的，要是换成王五的女人，直接就从屋里蹿出去，跟张三女人开火了，你凭什么来骂我，我的酒肉喂了狗，狗还冲我摇尾巴呢，你挨揍挨得不屈，是你欠揍，是你没本事，来俺家喝酒的人多了，咋别人没回去打架，好意思出来说。张三女人若是火性烈一点，这两个女人就一定打起来。两个男人在一起喝酒，两个女人在大街上骂街，这一景，够味道。还有两个喝酒的男人打起来的，张三喝了酒就是不回家，夜都深了，李四王五搀着他往家送，送到半路他就跑，一次次跑回李四家，李四也是喝了酒的人，三番五次就恼了，你这是想住俺家啊！滚！两个醉哈哈的男人，说着说着就扭到一块，李四老婆也大骂，你们这是喝的什么酒，灌点黄汤马尿就不知道自己姓什么了。这个忙活了一晚上，饭都没吃安生的女人忍无可忍，叫来张三家的孩子和女人，张三在女人呵斥下、孩子搀扶下，边往回走边嚷嚷，他凭什么打我。李四也在骂，鳖犊子喝了酒还要无赖。第二天，张三照着镜子说，这脸上咋了，怎么破皮了。女人白他一眼。李四也坐在屋子里发愣，说他们都是啥时候走的？张三李四在街上见了面，哥长弟短，路人说，你们俩昨天晚上唱的是哪一出？两个人都愣愣地，说他们俩抱个子打架了，他俩说，哪能呢，哥，俺俩能打架？这辈子做不出这样的事来。

　　酒在乡间的功劳还在于做和事佬。两家人家因为排水沟，因为自留地，因为孩子的一场小吵闹，就翻了脸；兄弟们因为一句话，妯娌间因为一把葱一头蒜，一句话音高声低，就结了疙瘩。原本都是鸡毛蒜皮的小事，越积越久，成了隔阂，长辈人出面调和。嘱咐一家准备酒菜，咱们喝顿"义乎酒"。兄弟们坐在一起，开始都别扭，酒替他们打开了冰凌，翻开了话篇，话一说透，都是些误会。酒杯碰，手相握，哥长弟短泪水涟涟，妯娌间上来敬个酒，兄弟媳妇给大伯斟酒，小叔子给嫂子敬酒，一家人就"抹抹桌子另上菜"，和和睦睦了。

　　乡下的男人是迷恋一壶酒的，酒让他们疼痛的骨骼变温顺了，酒让他们筛糠的寒冷逃遁了，酒让威严的父亲慈眉善目，酒也让他们慷慨豪放。

乡下人的酒壶里并不总装着解脱和快意，一杯苦酒，一杯闷酒都是汉子们的拐杖。人生的坎坷遭遇，生活里屋漏船破，亲人的病痛离世，这些苦酒，他们都得一一接过，慢慢饮下，没有谁能代替这个肩膀来扛这一切，没有谁能躲过生活的刻刀。那杯酒凝结出头上的霜、胸中的堵、眼角的悲苦和眼神里的沧桑。那麻木呆滞的面孔和那收容一杯闷酒的愁肠，在乡村的屋檐下声声叹息。他们靠一杯粮食酒麻醉着自己无力回天的痛楚和亲人生死离别的悲痛，那杯酒，恨不得是一杯毒药，从此结束他的苦痛，与亲人一道远游。

更多的时候，他们靠一杯酒安慰和治疗疼痛的筋骨，麻醉支离破碎的梦想。在麦收的日子里，秋收的鏖战里，劳累了一天，他们用那肿胀的手，颤抖着端一杯酒，几口喝下，急急地就口菜，然后，在坚硬的土炕上呼呼大睡，积攒明天的力气。寒风凛冽的冬天，他们从风雪中归来，也要喝酒，他们搓着通红的手，将黑色小铁酒壶在火盆上燎烤片刻，热酒斟进白色的小瓷盅里，也不用就菜肴，几口就杯底冲上。在庄稼干旱、河滩晒底的时候，他们如同恹恹的秧苗，一杯酒如火上浇油，延展他们的忧虑；在麦子扬花、地瓜干半湿半干却遇连阴雨的日子里，他们的酒杯盛放的是丰收破碎、粮食变霉、生计困顿的泪花；在孩子高考落榜的日子里，他们的一声叹息落在酒杯里，忧郁的云彩遮蔽了晴空，好像一朵将开的花遇到了冷雨，苦涩、冷寂。

生老病死的世间，苦辣酸甜的日子，他们靠那酒杯搀扶着，艰难跋涉一路艰辛走来，小巧的酒杯是他们一辈子的知己。两碟小菜一壶烧酒，父亲们把酸甜苦辣都吞咽了，放下酒杯，就给了生活一个坚强的身影，给了儿女一个温暖的怀抱，给了亲人一朵微笑的花。

风箱轻语

那日站在春天的山埂上看桃花，日色将暮，山坳里散落着农家小院，青瓦红瓦错落的屋顶上，一缕缕炊烟袅袅升起。内心陡然感动，那股炊烟好像久别重逢的挚友，瞬间的激烈拥抱碰落我满怀的旧日尘封。一股醇厚乡情、哗然而开的乡愁随炊烟伴随扑面而来，我仿佛闻到了柴草烧饭的香味，听到了风箱不急不缓的喘息。

思绪被拉回到童年的院落。柴草垛在院角闲散着，公鸡高挺着胸脯，在草垛前刨食，母鸡慵懒地趴着打盹。这是黄昏，母亲扯一抱柴草抱回灶屋，在黑洞洞的灶下点燃。她一手向灶膛里添着柴草，一手缓慢地拉着风箱。风箱的"小舌头""咕哒、咕哒"有节奏地拍打，灶膛里的柴草在风的鼓动下，燃得旺盛。火旺起来，火苗淘气地伸出灶膛外，舔着锅门脸，母亲就把风箱的拉手推到底，让风箱歇息。

旧时的农村，家家的灶屋里都有一个土坯垒的灶台，行军埋锅造饭是安营扎寨的标志，家居垒灶安锅是停下漂泊、落脚人间烟火的标志。灶台旁总要配置一台风箱，就像博大的天空需要大地的陪衬，钢铁般的汉子需要如水女人做伴，人间灶台，需要用风箱来吹风助火，助长火焰的威武，因风吹火火焰高，一饭一粥才更香甜。

风箱来自遥远的年代，鼓风冶铁的战国，风箱的鼻祖助推着缤纷的马蹄，高昂的欲望。群雄逐鹿的兵荒里，良田荒芜的征战里，谁能想得到，刀枪剑戟的出征，正是最原始的风箱送出的城门。风箱一定为血溅疆场而自责过，为血染的大地悲伤过，为那些被黄沙淹没的青壮垂泪过，风箱发誓，从此只打锄镰，不打刀枪，可是风箱哪里主宰得了自己的行踪？人随王法草随风，风箱随着那推拉它的手，来来去去，炉火依旧熊熊，战火也依旧熊熊。风箱隐姓埋名潜入民间，换上布衣钗裙，从此只催炊熟米，不再过问江湖。于是，风箱成了老百姓唇齿相依的陪伴。风尘仆仆走到六七十年代的乡村，风箱仍然稳居每家每户的灶房，成为农妇们煮饭调羹的好助手。

风箱又叫"风匣子"，是一个木头匣子，它与锅台接近平齐。风箱的根扎在锅灶深处，风箱像个被锅灶宠大的孩子，总在不断淘气地去挠锅灶的痒痒，那灶火常常笑得颠颠的，如小脚老太的颠跑；风箱的手牵着锅灶，像一个怕羞的闺女牵着情郎，那牵在一起的手还要悄悄藏在背后；风箱那个吹气的凸嘴，悄悄伸进锅灶特意留出的凹洞，像那只怕冷的小手，悄悄揣进男人的棉口袋。如此天作之合，锅灶和风箱就紧紧密密、亲亲热热地过起了日子。

天高云淡的时节，地气上升，一顿平常饭是很少用到风箱的，只有蒸馒头、下饺子，需要急火的时候，在灶洞里添上满满的柴，风箱"咕哒、咕哒"紧拉几下，火苗就呼呼蹿起来，锅就很快沸腾了，就像是农忙时节，田间场院里那小步勤挪、紧锣密鼓抢夺天时的夫妇。在天空阴郁、阳气不升的日子里，风箱就是农妇手中的宝贝，少了风箱，有米可炊的主妇也常常一筹莫展：火势温吞，满屋生烟，用嘴吹，用蒲扇扇，灰末子旋飞起来，火星子乱爆开来，火就是一副怏怏的表情。还得风箱出场，一物降一物，卤水点豆腐，风箱一亮相，将一场温吞缠绵的战事快刀斩乱麻，只几下，就用热烈的火焰化解了湿柴的情绪。有些柴草太碎了，把堂堂正正的锅灶委屈得直冒烟，那些麦糠和半糠半土半碎草叶的焚烧物，在灶膛里无精打采，闹着要熄火罢工的情绪，风箱出场，缓慢地劝说，细语地抚慰：咱怎么说也是有用的草，难道甘心跟土在一起腐烂？燃烧起来，把你的骨骼展开，把你的热血澎湃。呼呼，风箱这个老先生，对待破罐子破摔的碎草们，还真有办法。

烧火的小孩盯着风箱，风从哪里来的呢？这个长长的匣子里装着风吗？风箱是村上的老木匠制作的，这个使用经年的物件，一点都不走形，一把老骨头越老越结实，只有老木匠知道秘密，他选了最不易变形的枣木、槐木来打制一架风箱，匣子里面有不少机关，长方形箱体只是个外框，内里有可活动的木板，木板上垒满鸡毛，不透风的鸡毛做成"活塞"，"活塞"上装有拉杆，通到风箱外。风箱的拉杆有单杆、双杆之分。风箱两端有活舌风口，相当于进出气的阀门，箱体一侧的凸嘴即送风口，直通灶炉膛。风箱的"活舌"俗称"小舌头"，在拉杆底下，记录着风箱的每一下劳作，那"咕哒、咕哒"的音响就是由它演奏的。

风箱看似简单，制作起来却大有技巧，从取木、晒干、烘烤、裁板到最后垒制完工，每个环节都不能有半点疏漏。同样是风箱，有的拉起来特别沉重，一顿饭做完累得胳膊疼；有的鸡毛太稀漏风，拉起来倒是轻快，就是不送风，小步勤挪，像那戏文里跑路丫鬟的小碎步，又像那跑城的徐策，颠来倒去，"咕哒、咕哒"，做一顿饭的时间光听响动了。买风箱还要女人亲自去选，拉几把，感觉应心应手才是自己的家什。

风箱的歌吟就像一首安魂曲。当夜幕低垂，牛羊归圈的"哞哞"声此起彼伏时，故乡袅袅升起的炊烟笼罩整个村庄。从坡地里回来的人，听到村庄里家家传出的"咕哒、咕哒"声，劳累先消散了大半。孩子们疯玩在大街上，当停下来听听，自己家母亲拉风箱的小曲还没有结束，就再玩耍一会儿，若听得风箱静默了，就赶紧回家，省得母亲站大街上喊。

淳朴的乡下人，从风箱里听出许多故事。谁家的婆娘性子毛糙，谁家的媳妇做事周到，站在当街一听就知道，风箱泄露了许多秘密。那气急败坏地拉得风箱喘粗气的，必是刚刚挨了骂的孩子，正跟风箱较着劲，可怜的鸡毛垒排来回反复，可怜的小舌头，"秃噜秃噜"直抖；或者是孩子正急着跟伙伴去厮混，恨不得一把火就将饭烧熟；那紧拉几下又半天不动的毛愣媳妇，肯定是在晴天没储备下干草，一顿饭几度断火，那家的灶屋里，必然湿烟缭绕，被烟熏火燎呛得又是咳嗽又是抹眼泪；那风箱的脚步略快，却不失板眼的，大约是煮着一锅饺子，到了需要急火成炊的节骨眼；那慢悠悠的散板，必是饭食从容，一家人没有着急的活计，且慢火煨之。

灶前烧火是乡下小孩的必修课。母亲洗好一锅地瓜，就去忙别的活了，小孩被圈在灶前，手劲还嫩呢，双手拉风箱也拉不动。小小的人儿不服输，双脚蹬着风箱门帘，整个身子前后摇晃，也拉得呼呼地，风就吹亮了锅底。一会儿，孩子的小脸蛋就红扑扑的，额头渗出细密的汗珠。母亲经过时，摸了一把小孩子的头，说，脸红了呢，孩子说，灶火烤的。大一点的孩子知道偷懒，懂得一心二用，一手端着本刚借到的小人书，看得入迷，半天添一把草，这边柴快熄火了，那边还沉浸在热闹的故事里，好一会儿，才拉几下风箱重新火起，一锅地瓜都给煮夹生了。也有那手勤的，柴添得猛，火拉得急，自己却沉浸在《大闹天宫》的故事里，直到在院子外垛草的母亲跑进来大喊一声，你没闻到煳味？！

小时候，我常常自告奋勇帮妈妈烧火，贪恋着拉风箱的优美姿态，喜欢推拉风箱时"风舌头"拍打着箱板的声音。贴饼子的时候，娘说，火力猛些，锅热才好，我就添了满满一灶底的苞米棒子，结果将火压住了，就使劲拉风箱，柴草跟风力在决斗，风箱出气不顺也特别沉，我就脚蹬风箱使劲拉，最后"呼"的一声，比火山爆发还要悲催，火掀开柴堆，冲着锅门口来了，我正趴在灶口拿火棍捅火，一下子被火燎了头发和眉毛，吓得一屁股蹾坐地上。

母亲轻声细语地教我说，别把烧火做饭当小事，火头军不是谁都能当好。在母亲的教导下我渐渐明白，控制风箱是烧火的关键，拉风箱要平稳，不能长一下，短一下，往炉膛里放柴草也要均匀，不能太多或太少。柴多压住了火，柴少了，风箱一拉就将底火吹走了，火容易灭。火旺起来，风箱就可以歇一会儿，不用一直拉。该大火烧的时候，就要让灶膛里的火旺旺的、急急的；该小火的时候，灶膛里的火就要细细的、慢慢的。在母亲的调教下，我渐渐地学会了拉风箱、烧火。烧火的营生干多了，也就悟透了母亲的话，风箱里包含着"折中"的生活哲学呢。

有些风箱不在灶屋扎根，依然沿袭着祖上游吟诗人般的漂泊。那些风箱跟着手艺人走街串巷。春天农忙之前，打铁炉灶在街头火星四溅。拉风箱的是半大孩子，一头汗水，大风箱呼呼地鼓着风，将犁具、镢头烧红；崩爆米花的白发爷爷，一手摇着爆米花缸锅，一手慢悠悠拉着风箱，一锅香甜在火苗上孕育着，周围围着一圈吞咽着口水的孩子，他们多想怀着赚取几粒爆米花的虔诚，上去给爷爷拉拉风箱啊！还有那补锅匠，在风箱"咕哒、咕哒"声中，用一个钢锅在呼呼燃烧的炉火上融化钢水，倒在一个模子里，制造一个小碗，或者烧着焊条，将女人们送出来的漏了的脸盆、菜盆等那委屈的伤口焗补弥合。冬天里生产队的粉坊长天风箱在高唱，漏下的地瓜粉需要在滚开的水里走一遍才会各自独立，才不会扯胳膊连腿沾在一起。那坐在大锅口拉风箱的人，一边不停往灶里添苞米棒骨，一边将风箱不缓手地来回拉动，那是我所听见的风箱的战歌里最酣畅淋漓的旋律。

　　如今，无论乡村还是城市，方便快捷的燃气使人们早已经淡忘了风箱，就算乡村有大炕的人家，烧火也换了电动鼓风机。只有些老人还固执地使用风箱，那老风箱就像一个老伙计，用着它就想起了过去的岁月，那些艰辛的透着淳朴之美的岁月。

　　"咕哒、咕哒"风箱喘息间，人俯仰推拉间，花开花落，一年又一年随风散去了；"咕哒、咕哒"，那个风口吸进了岁月的潮汐，送走了生命的烈焰；"咕哒、咕哒"，拉风箱的母亲们身影如此安详；"咕哒、咕哒"，拉风箱的孩子们童年多么欢乐。"咕哒、咕哒"风箱歌吟着的乡村黄昏静谧安详，一声声风箱的歌吟是乡愁的引子，穿透了万水千山，穿透了经年风雨，抵达怀乡游子的酣梦。

窗上流年

儿时的乡下，家家使用木椟子窗。不是雕花的绮窗，不是讲究的多格窗，而是七竖两横加个边框的最简单结构，这就是胶东半岛的农家窗——椟子窗。椟子窗的七根竖木就是椟子。木椟子间用白纸封糊。椟子窗的窗纸是薄得透亮、密封极好的白纸，因而旧时称呼这种白纸就叫"封窗纸"。

乡下人讲究多，一扇窗的开合封闭也有规矩，农历八月是约定俗成的封窗月。那时候，天气刚刚转凉又凉热不稳，八月是双月，又暗含"发"的吉祥，是一年中最吉祥的月份了。七月和九月呢？不是太热就是太凉，这月份封窗自是不妥。况且乡人怕把"七仙女"和"九仙女"封在家里，会连着生女孩。八月封窗时，一般只封几个窗椟子，算是举行仪式，以后随着天气转凉再逐渐封齐。

小小一扇窗，挡风寒，御雨雪，敌蚊虫，挡邪气；小小一扇窗，是一户人家的耳朵，谛听自然界的天籁之音，鸡鸣犬吠，秋虫低吟，春风鼓窗，叶落人静；小小一扇窗，是一户人家的眼睛，看得见青天白日，朗月稀星，看得见小院的你来我往，鸡飞狗跳；小小一扇窗，是一户人家的喉咙，吸进果实和花香的甜润，呼出柴草的烟气和屋内的浊气。薄薄一张白纸，隔出的是两个世界。一个是天地间的院落，沐浴天光，凭借自然；一个是大炕上的人家，生生不息，怀抱希望。

椤子窗眼睛、耳朵和喉咙集中在窗中间，那就是"卷窗"。在窗中间两根椤子上做一个小小的"卷窗"，算是给窗开了光，一扇窗从此就是灵性的，烟火气息浓烈。卷窗是活的，底端卷进一根细高粱秸，四周用小鞋钉钉住，用红线绷紧。卷窗"垂帘"的时候，一扇窗是完整的，封闭的，风丝不入，尘埃止步。当手推着高粱秸向上卷，"卷窗"卷珠帘一般在漫天白雪的窗上闪出空隙，窗外的世界豁然打开，屋外的新鲜空气吹进来，做饭时屋里积下的烟也可以通过卷窗放出去。卷窗可以随时开闭，非常方便，当人们听到街门响动就会推上卷窗去，瞧瞧是来了串门的邻居还是讨饭的。卷窗还好似城墙的垛口，监视敌军，发射弓箭。冬日淘洗了麦子、苞米晒在窗外的席子上，平日吃不饱的鸡就飞上去偷吃粮食，麻雀的大军也会汹涌而至，一根长胡秫秸通过卷窗递进屋里，卷窗下支个东西小心压破窗纸，看鸡的人，只要在屋里用胡秫秸一拨拉，竟如扫射一般，鸡们、雀们就屁滚尿流、逃之夭夭。

养猫的人家还会在窗上留一个"猫道"。"猫道"是一个特殊的通道，只用于灵猫的行走。"猫道"在窗的左下角或右下角留出一格椤子空隙不用纸封，而是用一块同样大小的布，只粘住上方，下端两角各缀上一枚铜钱，这样，猫可自由出入，猫过去后，因铜钱的重力，布是紧贴窗椤垂着的，不会让风灌进屋来。

窗还是一家人的展望，是梦想的舞台。窗纸薄得半透明，白得炫目。白如雪野卧在枕边，清幽雅致，毕竟空灵，手巧的媳妇们，用一把小巧的剪刀，从大红对联纸里找到花朵，挑出喜庆。她们用窗花表达着心声，谁家的窗户贴满胖娃娃手执荷花抱大鲤鱼的，来年那家窗口就会传出婴儿响亮的啼哭；若是一只灵巧的蜘蛛从天而降，扯着丝线在纺棉花车旁，家中必有喜事，不久就吹吹打打迎进一朵花，或者有学生娃背起包裹远走他乡求前程去了。平常的日子也被窗花打扮得鲜艳欲滴。那贴在窗的四个角上的叫"窗角"，贴在卷窗下的叫"窗门"，贴在普通的棂子上的叫"窗花"。"窗角"和"窗门"有金鱼、莲花、喜鹊登枝之类。最庞杂的是窗花，贴在棂子间的窗花是一个热闹的大舞台，生旦净末丑，神仙老虎狗，人间百态，生活百味，尽数囊括。老人的窗上张贴着岁月故事，什么《井台会》《梁山伯与祝英台》《孟姜女》《穆桂英》等故事和戏剧，她们用剪刀娓娓道来，流淌着岁月的清泉，闪烁着岁月的琥珀。大姑娘的闺房，窗上盛开着富贵的牡丹，清雅的兰花，是精致的腊梅枝和翘首的喜鹊，是莲花开得娇羞或热烈，是鲤鱼跃出水面，莲娃嬉戏塘中。中年人喜欢硕大的花瓶，繁盛的花枝，是压弯枝头的果子，是咧嘴的石榴，平安的柿子。也有牛耕图、推碾图、织补图、荷锄图，总之，生活里有的，睡梦中盼的，都在雪白的窗户纸上灿然开放。

　　栩栩如生的动物花草窗花之外，还有很多故事性很强的花样，包含农人朴素的哲理和家风。幼年时在一家乡亲窗上曾经看过《孟香女哭甜瓜》的窗花，情境是在一个小屋子里躺着一个女人，门口是个愁眉苦脸的男人，门外跪着流泪的少女，面前守着棵瓜秧。这幅窗花占着四根窗棂，铺展在半个窗上。邻人解释画意说：孟香女的母亲有重病，天亮前吃上一个甜瓜方能医好性命。时寒冬腊月，孟香女为救母命，将甜瓜种种在冰封的土里，一夜未眠，向苍天苦苦哀告，从入夜哭到天明。天地感她一片孝心，从一更到五更，甜瓜渐渐发芽、长叶、开花、结果、成熟，五更前孟母吃了甜瓜，得以活命。我曾想，过年张贴这种情节的窗花虽不很吉利，但乡人那种传播淳朴孝道的心情却令我感动。最精彩的是"猴子娶亲""老鼠嫁女"之类动物为主角的窗花。新郎、新娘、轿夫、吹鼓手、打头挑旗的、放鞭炮的，还有丫鬟和抱嫁妆的，它们身段表情绝不雷同，活龙活现，神态各异，正好能贴满每根窗棂，且猴态逼真、鼠相可爱。还有一种活的窗花，做法比较复杂，有斗鸡、斗羊等。两个动物相对，它们身上的许多关节是活的，用线连在一起，一根细秫秆通到窗外，顶端插了几根鸡毛。有风吹来，鸡毛被吹得转动，牵动秫秆又牵动了斗鸡（或斗羊）身上的线，它们就在线的调动下，两头相碰"斗"起来了。窗是一家人的节气和时令，八月封窗，九月晒窗，十月拴茧，冬月看雀影，腊月贴窗花，正月待风，二月听鼓。三月插柳，五月插艾，六月撕窗纸，一扇窗豁然开放，窗纸羞答答地退场。

封窗仪式之后，就是秋收的时节了，那外窗台成了一个晒场。墙是土打的，用小夯夯得相当结实，墙厚，棂子窗内外都有很宽的"窗台"。外窗台可做"晒场"，园里摘下的扁豆、豆角种子，都放在窗台上晾晒，秋天可以把剥去皮的玉米棒子整齐地摆在窗台上晾晒。乡下经常要支箔铺席晒粮食，在天井里竖两个支架，另两个支架就是棂子窗台的两端。内窗台基本也是盛放东西的。女人们扎花绣鞋垫剪窗花的针线筐笼，男人抽烟的烟匣子，平日里都是放在窗台上。娃儿们放了学，大部分没桌子，都是趴在窗台上写作业。和内窗台相对的上方和两侧没什么别的用处，却成了个美的园地。有一类年画叫作"窗旁"，就是专门装饰棂子窗两侧的，顶上的称"窗上"，这三幅画是一个整体，最简单的"窗旁"有雕版印刷的，线条粗犷，画面比较简洁，大致是庞大的花瓶里开着不同的花，后来有比较考究的胖娃娃执荷花抱大红鲤鱼等，画面上多的是金元宝、玉如意，表达了人们喜欢儿童，同时盼望过上富足生活的朴实愿望。

十月，天冷了，树叶完全落光，那椿树丫上的椿茧水落石出，母亲将椿茧采下来，用针尖扎住它们的飘带，"拴"在窗棂上，母亲说，这样存放的椿茧，春天才能爬出健壮的好蛾子。母亲等春天的蛾子在窗纸边的干树叶下完籽之后，就将它的小屋——空空的椿茧收走。她将茧剪开成五星形状，缝在斗笠的尖上防漏雨。

晴朗的冬日，麻雀飞到外窗台上，隔着窗纸，丝毫不戒备屋里的人，自由地在窗台上跳跃，那影子就映在白白的窗纸上，像演皮影戏一样好玩。有时候吃饭时落下的饭渣，炕上的人用笤帚扫起来，推上去卷窗，将饭渣撒在窗台上，鸟雀们就经常来光顾。时间久了，鸟雀就熟识这个洒落着食物的窗台，有事没事就站在窗台上梳理羽毛，叽叽喳喳，朗照的冬阳下，那些可爱的影子就那样映照在窗纸上，给寂寥的冬日增添无限乐趣。月夜，窗外那株高大的月季，映上小窗，那些经冬未开的干花骨朵，未落尽的叶子，浓浓相偕地如一幅写意水墨画，触人遐思无限，给乡下人朴素的梦境增添了些许色彩。

热烈的窗花伴随人们过了热闹的年，春耕要开始了，人们从窗纸上探听时令的脚步。当哪一夜，窗户纸"咕咚咚"敲起了拨浪鼓，人们的心里就亮堂了，还寒乍暖，南风鼓窗，新的春天又来了，新的一季又开始了。酣梦伴着南风鼓着窗纸的"咕咚咚"节拍，脚步铿锵地走进田地，梦游在青葱的麦野。

旧时的窗户棂还是简易的记时工具。那时候讲故事或说往事，并不说几点几分，上午往往说"上几根棂的时候"。如太阳光照着最西边的一根棂子，就是上一根棂了。下午后就开始说"没（mò）几根棂"，即窗东边几根棂上没有直射的阳光了。农妇们聚在一家炕上做针线，她们最明白，没几根楗子的时候娃儿们该放学了，在地屋子编席的男人该回家吃饭了，她们也就早早地瞅着窗楗的暗影准备着一家人的晚餐。

　　个别人家屋里，窗两侧各留一个四方的小洞，叫"蜂窝"，用糨子糊张报纸挡着，只固定了上方，报纸自然垂着，挡住视线，类似"猫道"。小"蜂窝"的隐蔽是因为里面一般放稀罕的东西，例如喂孩子的鸡蛋，芋头碗，老人的糖罐子，点心等，家境的好差，从这个小"蜂窝"就能看出来。而窗户外的"蜂窝"就是真正的"蜂窝"了，养一窝家蜂，萦绕着季节的花事，用蜜点燃平淡的日子。蜜蜂有时候也会中毒，有些花不仅有蜜，还有毒，那些中毒的蜜蜂落叶归根般迢迢飞回，打算将生命终结在蜂巢的门扉前。它恰恰昏迷落在了窗下的一丛花上，那丛花高大健壮，花并不很美，也并不香，它却是中毒蜜蜂的救星，落在唤作"光光花"丛里的蜜蜂，慢慢就解了毒，恢复了元气。多年后，我仍然记得，一只只垂死的蜜蜂在"光光花"的手掌上脱胎换骨，顷刻还阳的奇迹，那时候，夕阳正照在最后一根窗户楗子上。

　　从八月披上雪衣，到腊月根封新窗纸过年，楗子窗要披着这身衣裳熬过四个多月。一百多个晨昏，足以让晶莹的雪变成陈旧的黄。也许远处一声炸山轰石头的炮声就震出了旧衣衫的伤口。在冬日的寒风里，它哆嗦着嘴唇"嘟嘟、嘟嘟"地呻吟。针头大的窟窿牛头大的风，怪不得屋里清冷。女人赶紧在做饭的时候用铁勺子烫点糨糊，找出封窗时剩下的白纸，比量着那窗上的"伤口"，仔细裁出一块补丁，给窗户及时补上。有时候感觉屋里透风，可是窗纸密不作声，包庇着裂缝暗涌冷风的恶作剧。女人有办法，她找块轻薄的棉衫在窗前悬挂，从棉衫的微微飘动中寻找蛛丝马迹。那漏风的地方只是一个缝隙，女人就裁出一个狭长的窗花，镶嵌了窗纸的裂痕，平息了北风的战乱。最头疼的是半夜里孩子们不安分的脚丫子，那睡觉不老实的小子，在炕头上睡热了，脚丫子就想突围，梦呓着，霍地一蹬被子，脚丫子就上了窗台，"咚"的一声，在窗纸上戳个硕大的疮疤。女人披被坐起，赶紧找衣裳塞住豁漏。清晨，女人对着面缸发呆，空空的白面缸，连烫点糨糊的面都打扫不出。男人却不急不躁，依旧坐在炕沿上抽旱烟。吃饭的时候，男人从孩子用完的练习本上撕下一张纸，拿刚刚吃完的地瓜蒂在纸上反复蹭。黄乎乎的地瓜油加上写满字的纸，"忽"的一下就神降在窗户上，那窗户上就添了一个丑陋的却烟火味十足的补丁。

窗户纸那么薄，只要舔湿手指头放在纸上稍用力，它就无声地破裂了。小孩子学着电影上的样子，从窗外沿着刚刚捅破的湿窟窿向屋里窥视。遗憾的是，除了准确无误地捅破窗纸之外，从没有听见、看见电影中那样密谋、藏宝或者蒙面打斗的场面，迎来的却是母亲的一声断喝。狼狈逃窜之后，再偷偷折返回来，看母亲在窗前拧着眉头给窗纸打补丁。幼小的孩子冬日不能出去玩，也会拿捅窗户纸取乐，小小的手指尖像一把利剑，"啪"的一声脆响，窗纸碎裂了，老人慌慌地说"了不得"。这一声响和惊慌，却逗得孩子大笑起来。一旦一个小孩将捅窗纸当成乐趣是件很挠头的事。不管大人怎么诱骗说窗外有"猴猴"，都不能遏制他的新乐趣。没办法，只好一个人拿着绣花针，在小孩子捅破窗纸的刹那，用针后根轻轻地扎一下他淘气的手指头。被疼痛咬了一下的孩子，似乎才真正有点明白"猴猴咬"的含义，而不懂得看窗户纸上的影子是那么熟悉。如此被"猴猴"咬两三次，他就真的不敢去捅窗户纸了，每次手指痒痒的时候，就站在窗户前喃喃自语"猴猴咬"。

　　在岁月的洪流中，榫子窗逐渐被拍在岸上，乡间已经很难寻觅它的踪影，只在些陈年老屋子的墙上，还偶尔一睹它沧桑的容颜。一日在乡间，看见一个荒芜的庭院，院墙倒塌，泄露了一茬茬荒草繁衍的秘密，茅草屋豁漏的大嘴巴，对着天空好像在喊谁回家。那老房子镶嵌着木榫子窗的黑牙，那些木头是烟火喂结实的孩子，还黑乎乎地站着，等谁给它娶一个叫雪的新娘，顶着窗花的红盖头。我一次次用手指捅破的雪啊，被谁用大红的窗花补上？那些补丁开得牛肥马壮，开得喜上眉梢。站在人家的空院落里，我心里满是惆怅，忍不住轻轻拿手指捅了一下榫子窗间那些黝黑的空白，仿佛"哗啦"一声，我听到的是时光破碎的声音。

第二章

农具歌，慢生活，乡俗生暖

墙上的镰刀

　　一把镰刀挂在泥胚老屋的山墙上。老屋多年不住了，似乎成了一座祭祀的祠堂，承载着许多念想。老屋里储藏着旧物、囤底、苫子、蓑衣、斗笠、残破的独轮车和纺车、生锈的镢头、锄头等。打开那把锈迹斑斑的锁，沉重的木板门一开，哗啦，一屋子月光，漫过记忆的峰岭，抵达那时的岁月。那把在山墙上悬挂着的镰刀，正如一弯新月挂在苍穹。那把已经哑钝的镰刀，在岁月里默默地收割，将那么多美好日子收割了去，那么多熟悉的面孔收割了去，将农耕岁月的牛马驴犁耧耙都收割了去。

　　这把镰刀的锋刃已经锈钝，已经好久没有被磨刀石的教导唤醒，我却能通过铁锈，看见年年收割时光里它锋刃的光芒。"嚓嚓"，父亲们在五月端阳之前，要将镰刀在磨刀石上检阅一遍，这是一队整装待发的士兵，它们的刃口看起来光亮，其实，那只是光环，它更需要一双老手，撕破它的虚荣和浮华，露出它纤细的一线钢刃，好钢用在刀刃上，钢是镰刀的灵魂。这些镰刀，在磨刀石的粗砺训导下，摒弃虚华,露出锋芒。在微醺的南风里,它们已经闻到了麦熟的香气,它们热血沸腾,激情四射。它们即将出征,去征服,将那些待产的少妇一一放倒在产床上。"夜来南风起,小麦覆陇黄。"那些收割是快乐的,镰刀在一只只苍老的手上、一只只红润的手上或者一只只稚嫩的手上被牢牢握紧,"喳喳""喳喳",成趟同行的麦子被割倒,成片的金黄被割倒。天空敞亮,大地酝酿着酒香。

一把镰刀是乡村的月亮。木柄被勤劳的手抚摸滋养,那些油汗养成镰柄光滑的木质,看起来光亮,摸起来滑溜。那是长久的劳作里,干裂的木质从握紧它的手中吸取的脂膏。镰刀带着胜利者的尊贵站在田埂上,它所到之处,望风披靡。没有哪一棵庄稼躲得过薄薄的刃,没有哪一棵草逃得过锋利的尖刃的搜索。

一株成熟的庄稼是渴望一把镰刀的,正如一棵高大的树最终渴望在木匠的刀斧之下走向成材的永恒。庄稼在镰刀手里涅槃,在场院里梳理出果实和草糠。鲜亮的绣花姑娘们终究要走出闺阁走向一顶花轿,走向柴米油盐的粗陋日子,走向汗水裹挟泥巴的民间交响,走向一个儿女绕膝、腰身粗大的家庭主妇的角色。那些在灶间烟熏火燎的母亲们不怨恨镰刀的催逼,风风火火的日子,没有一把镰刀悬挂在墙壁,就温吞得成为煎熬。

镰刀,一次次出征,在庄稼的花轿前践行成人礼。割麦割稻割豆,割谷穗割黍穗割高粱穗,一把镰刀,于万军丛中金戈铁马,进出从容,它游走在季节深处,在成熟的香气里舞蹈、欢歌。一把镰刀,不是田野深处的常胜将军,一场收割就是一场厮杀,镰刀在杀敌三千的时候,也会自损八百。一块磨刀石是镰刀的母亲,是粮草官,是后备队,在田头上,镰刀丢盔卸甲,遍体鳞伤,磨刀石蘸了些水,手持手术刀,咔嚓几下,将镰刃的伤口剜除。疼痛之后就是新生,磨过的镰刀，比原先薄了，小了，这一次的打磨实际上折损了它的生命，然而，保持了它的锋利，母亲的狠心锤炼，保持了它作为镰刀的尊严。一把镰刀，在收割着岁月的时候，也在收割自己的日子。

从季节的繁忙处走过的镰刀，常常瘦骨嶙峋，像那些紧握镰刀的人一样，它们经过了一场浩大的战事，损伤精气的镰刀，需要在炉火中重塑。呼呼的风箱拉响了，铁匠铺在呼唤游子归来。"快把那炉火烧得通红，趁热打铁才会成功！"多么慷慨的召唤，镰刀片被从镰刀柄上退下来，从容地走向那炉火。那一片薄薄的铁，被重新投进铁匠那熊熊燃烧的烈火中，那火焰灼心，烧得它几近熔化，几乎失去原来的模样。"咕哒咕哒"的风箱告诉它，只有摒弃旧的自己，才会得到灿烂的新生。于是镰刀一闭眼，在熔化中接纳了那些新的铁块和钢。抱残守缺，你就没有新的动力，镰刀在涅槃的一刻，终于明白。烈火灼烧，千钧捶打，千钧一发的淬火，都是生命中绕不过去的坎，都是破茧成蝶、赢得新生的涅槃。一把锋利的镰刀又在铁砧上复活。

一个出生在乡下的孩子，可以读不好书，却不可以握不紧镰刀。手握一把镰刀，是父辈要将生存的本领教给你。握紧镰柄，看似简单的动作，却需要汗水、智慧甚至鲜血去践行。一只稚嫩的手，要有足够的力气握紧一根木柄，用心灵传递给它坚定不移的信念。心要沉浸到土地上来，而不是看着麦田上的麻雀、布谷、鹧鸪，像它们一样想去飞翔。身子伏下来，先给即将收获的庄稼鞠躬，一个不肯对土地俯首、不肯跟庄稼贴心的庄稼汉，是没有可能赢得一年年丰收的。镰刀，要贴近地垄，贴近麦子的根，这样的收割，麦子不会流血，不会疼。镰刀高了，割出的麦茬在尖叫，动不动就咬一口裸露的脚踝和小腿；镰刀低了，镰尖钻进土里，挑起灰色的烟尘。

有时候一块石头是拦路虎，专在你不小心的时候抱住镰刀撕咬，刃口火星四溅，一道恒久的伤，豁口的墙，掩饰不住的尴尬和失败，明晃晃地呈现在镰刀上。有时候，镰刀这把鬼头刀对准了无辜的生灵。麦田上的找姑鸟凄凉地鸣叫，反复在头顶盘旋，你不知道它在哀求什么，挥舞镰刀的刹那，几只毛茸茸的雏鸟就袒露在阳光下。你需要小心翼翼地劝说镰刀，回避，回避。有时候镰刀杀红了战袍，收不住手，一只雏鸟就鲜血横流，你站在麦垄间，跟天空的鸟儿一样伤心。

镰刀有时候需要鲜血来祭奠，一个初学使镰的人，极容易将刃口挥舞到自己的手指上，脚面上甚至小腿上。作为父亲，知道有些伤是不能避免的，不头撞南墙，他怎么知道这世间还有走不通的路呢？流血和受伤是最快的成长阶梯。那一个个使镰的老把式，当初谁不是眼往高处看呢？我怎么就驾驭不了一把镰刀？！紧握镰刀的半大孩子，在田埂上悟道。

镰刀在五月点兵出阵、凯旋之后，就介入了人间的烟火日子。那一场麦田里的酣战，使它赢得了荣誉和信任，佩戴着刈麦勋章的镰刀，时不时出场维持万物的秩序。夏苗在大田里饮着烈日和雨水的鸡尾酒，那些刚刚露头的小草交给锄头去摆平，镰刀离群索居，小隐于河滩上。那些油亮鲜嫩的草，镰刀割起来斯文绅士，那是给牛羊马兔的美餐，一把离开庄稼地的镰刀，被汁液饱满的青草簇拥着，被棉槐枝条的坚硬挑衅着，被河滩秋天高大的芦苇藐视着，被大豆即将爆炸的豆荚呼唤着，镰刀一直都免不了世俗的叨扰。一把镰刀，其实最怕闲下来，几天不张口，没有被植物的汁液滋润过，那刃口就警惕性松弛，战斗力下降，雨脚勤谨的夏日，雾气弥漫的秋天，闲下来的镰刀闲得筋骨疼痛，闲出一身锈末。烈火焚烧、千捶百打、淬火出炉，一把镰刀的宿命就是战斗。闲挂一弯斜月的日子，镰刀其实满眼悲凉。

酣然大睡的镰刀，时常梦见热火朝天的收割，就像那个老眼昏花的男人，每年都要从墙上取下镰刀，在磨刀石上剔除它满身的锈迹。野外，轰隆隆的收割机在满眼金黄的麦穗前耀武扬威，这是一场没有任何悬念的战役，所有麦穗都已经举起金黄的旗子投诚，再也用不着手握镰刀日夜厮杀，再也不用担心麦熟一晌，割晚了麦穗落在大田里。老人试试镰刀的刃口，依旧锋利，这个刃口曾经吞下过多少岁月啊，现在没用了。老人摇摇头，把镰刀重新挂在墙上，那道狭长的锋刃雪亮，像一道闪电。他浑浊的眼睛望向村口，那里的麦收稀稀拉拉，只有几个人在玩转一台大机器。人都到哪里去了呢？他回头，问墙上的镰刀。

簸箕

衔接空旷田野与忙碌村庄的是场院。除去打场的忙碌时节，晒粮的日子里，场院是空寂的，偌大一片场院群，只有两三个看场的小孩，他们负责撵鸡赶鸭，捍卫粮食。接近黄昏，一个个农妇从村庄走来，腋下夹着簸箕来收粮食。

簸箕是大腹便便并不美观的农具，它的职责是筛选。与筛和箩不同，筛和箩是从眼睛上筛选，看表面。谁大谁小，尺度恒常，谁也蹚不了浑水，小的就让你过去，大的留下来。可簸箕不这样看，一张文凭就能糊弄得了我吗？冠冕堂皇的外表不是我审视的尺度，我是簸箕，专门挑内核、选品质。于是，簸箕凭空制造了风，将那些混迹在粮食中徒有外表的虚空伪君子们吹出了原形。干瘪的种子、徒有其表的壳子、假冒的草籽，簸箕将它们一一吹出自己的视线，将体系庞大的杂草摘除，将内心坚硬恶劣的石块剔除，留下最根本最诚实的粮食。簸箕就这个脾气，衣襟肥大，粗人一个，挑选的标准却谁也代替不了，你看不上簸箕的相貌，可是你得敬奉它的为人。

北方的簸箕是用匀称的细柳条编成，脱了皮的柳条雪白，一张新的簸箕是雪盈盈的。那些柳条刚刚定格的青春还有些生涩，纯洁的梦想还没有经过雨露风霜的打磨，它们意气风发地面对粮食和草糠。柳条的筋骨密匝匝排列着，形成一个半开放的器皿，两张簸箕扣起来，就是一个薄薄的长方体。簸箕有宽大的肚腹，用来装那些饱满的种子，有坚硬的边沿，用双手来把住，还有薄木片儿镶嵌而成的"舌头"，舌头薄如锨刃，在盛粮食的时候，它可以"嚓"的一声，长驱直入粮堆，将粮食装进自己的肚腹。那薄薄的"舌"似乎还要说些什么吧，端簸箕的农妇一定最懂它的话。

簸箕闲置的时日就挂在山墙上，跟那灰不溜秋的麦糠抹泥的墙做伴，闲听灶房的油盐酱醋的争吵，观看院子里鸡飞狗叫的烟火日子。簸箕在灰尘与蜘蛛网的覆盖下打瞌睡，不选粮食的日子，这个严格的考官，日子风清月白。簸箕也怀旧，想念它青春挺拔的河滨岁月，它是水滨的柳，乡下人就叫它水柳，也叫它柳子。它喜欢这些乳名，就像农户里母亲们嘴里喊的狗娃、杏花、小芹一样亲。水柳在河边婆婆娑娑地生长，跟大片的芦苇耳鬓厮磨，跟紫凌凌的水红花遥遥对歌，与明晃晃的溪流水镜花互照。溪流的雾水氤氲洗浴，野地里的野风亲切抚摸，每一枝柳条都窈窕婀娜，身量纤细，风韵绰约。正是柳叶眉，眉弯弯，杨柳腰，柔纤纤的时候，一把镰刀，收割了青春飞翔的梦。斫叶去皮，青涩的心事雪一般洁白，在一把斫刀下羽化成仙子，在粗糙灵巧的手指下，翩然飞舞，组成浩大的阵容，编成柳条篮筐，柳条筐箩，柳条升，种种珍贵的器皿在柳条的舞蹈里生成。柳条编的最多的是簸箕。柔韧的水柳条，在一把亮闪闪的斫刀下褪下暗绿的盔甲，露出雪亮的内心。太湿或太干，都容易折断，一截新鲜的柳条，必经过日头的锻打，月光的淬火，不经过霜露的滋润和炉火的燎烤，终究是青涩不谙世事，只有一次次的磨砺之后，一段柳条，才走上成大器的舞台。

湿润的枝条在层层打磨之后，才具有了柔软的筋骨，阔大的承载胸襟。一扇专事筛选的簸箕，成长是一帧月光里的史书。一根经过了多次磨砺的柳条，柔软如线若丝，左插右穿，见缝插针一般，经纬缜密，变格匀称。需要它直行时它勇往直前，需要它迂回时，就是折腰屈膝它也不抱怨。

经烈日刺痛，历风霜浸润、火光映烤、时光腌渍的柳条，从芬芳水泽转身走进村庄，走进一户户农家，去完成一个新赋予的使命。

簸箕是属于乡下女人的，是女人认养的一个孩子。一个乡村女人，针线饭食固然重要，那是作为女人的本分；打理庄园也重要，那是碗边的花朵；收拾场院，筛选粮食和种子自然也会，那关乎烟火和繁衍。上得厅堂，下得厨房，拿得起针线，端得起簸箕，这是评判一个庄户女人的硬道理。

簸箕就是农家的日子，它盛着二十四节气。早春里，用簸箕盛出种子，再挑选一遍。秋日里储存下的种子，谁沾了湿气，谁走了油，谁遭了虫咬，这些变节的失身的种子都瞒不过簸箕，簸箕没有眼睛，但它心里一清二楚，"刷刷、刷刷"，谁该去，谁该留，它最有数，就像那黑脸的包公，绝不容私情。被簸箕筛选出来的种子总是不辱使命，在广袤的田野里吸水照日头，用露水洗脸，在月光照耀下悄悄生长，一年年将饱满的穗子、丰收的芳香送回村庄。

最忙的是收获的日子里，簸箕在场院边缘闭眼打坐，心如明镜。哪一粒粮食被浮土悄悄吞下了，随着扫帚的风浪悄悄溜到了场院边缘；哪一粒粮食潜藏在壳子里，不愿意与它的故交糠壳们分开；哪一撮稗子的籽粒暗度陈仓想混进农户的粮囤里去过温暖的冬；哪些土块好想冒充高等作物接受崇高的礼遇。簸箕不说话，但心里那笔账明明白白。女人也不慌，看着那些明修栈道暗度陈仓的浮华者，只管忙碌着，她知道，最后由簸箕来把关，丁是丁，卯是卯，谁都乱不了秩序。那些堕落的麦子谷子豆粒苞米粒，连同浮土被簸箕吞进来，女人开始颠簸箕，双手握住簸箕的两边，运匀了气息开始簸动：左边一下、右边一下、前面一下、后面一下，双手力道不同，粮食在簸箕里起伏的方向就不一样，涌起的波涛不同，暗流的潜伏就有不同的杀手锏。女人的身体微微起伏，像一首节奏鲜明的乐曲在她心田荡漾，她在用肢体的仰俯倾侧暗合着美妙的旋律。她的颠簸动作很有讲究，上下交替是平簸，左冲右突是颠簸，从里往外是顺簸，把外面的收到最里面来是跳簸。她的每一轮颠簸都是奏鸣曲：序曲，展开，呈示，高潮，华彩；簸箕像一首巨大的交响乐强弱对比，快慢交替，将单调的劳作簸出节拍，簸出律动，簸出无限想象力。

簸箕是她的帅字旗，调动着千军万马，左一挥，千骑卷平岗，右一舞，鼙鼓动地响，那些麦啊、谷啊顺着她指挥的方向流动、汇集、咆哮、飞翔，她左手高颠一下，左翼腾空而起，围魏救赵，将兵力集中到势单力薄的右侧；右侧抛空一甩，谷物又沿着力道的方向挺进中原。看技术娴熟的村妇簸簸箕，就好像看一场大戏，锣鼓铿锵，出将入相，走马观花，千朵艳艳。声响像咆哮的海浪，像塞外的朔风，像跌落的潮头，像万马奔腾的蹄音。而她就像个隐藏在幕布后的人，慈悲地微笑着，看那些糠皮、碎草做飞雪的姿态飞走，看那些莹润的粮食在簸箕的后沿稳如泰山、神情安然。"簸之扬之，糠秕在前"，谁躲得过岁月的簸箕呀，那些丰满的粮食不着急，着急的、担忧的是那些混迹江湖的幌子。

一扇簸箕用久了就有了这家女人的气质，它饱经了谷物的打磨，草糠的挑衅，石块和土坷垃的进攻，甚至蒺藜种子的匕首，光鲜逐渐褪去，硬度变成韧性。一扇在农家驻守过的簸箕，连把手上都是被劳作的手抚摸得光滑可人的光芒。那处处领先的"舌头"最先在一次次的突围中破损了，它的肚腹也磨得几乎透明。那个已经苍老的妇人取出斫刀，砍来柳条，给老旧的簸箕打一个个补丁，还没有老得不成样子，哪能就这样退下生活的舞台？

农事不忙的日子里，她耐心地把簸箕交给孩子。总要担起生活的担子，再心疼也不能护一辈子，该交给他们了。不就是扇簸箕吗？心高气傲的姑娘不服气，可端一扇簸箕没那么容易，看人家像舞蹈一样有板有眼地颠簸，到了自己手里，就是扭麻花。

脚要沉稳，腿要扎牢，手上有劲，臂上平衡。老得蹙起菊花的婆婆在那里轻描淡写般，一辈子都风风雨雨过来，面对一扇簸箕，她淡定得像一个神仙。

人要学会挑选，你选外表华丽的，还是要那诚实牢靠的，你自己得有一扇好簸箕呢。姑娘红着脸假装没听懂，夜里却辗转反侧，那些轻飘飘的面孔就被簸出了姑娘的梦，最后的两个后生在她的簸箕里反过来簸过去，天亮的时候，她终于握住了其中的一颗太阳。

一个会挑选的姑娘做就了一生的踏实和幸福，一个会挑选的娃娃，懂得从庄稼行里看见一轮明月，从黄土地上读到黄金，懂得从露珠里找到珍珠，懂得从锄头下去除杂草留下丰收的希冀。

母亲也是懂得挑选的，她从六个娃娃里选中老大去学木匠，选中老二去读书，选中三娃去赶牛犁地，选中五娃去当兵。多年之后，没有一个孩子走错路，没有一个孩子抱怨母亲的选择。母亲就是一扇老簸箕，老是老了，可心里的那杆秤准星没歪，她知道谁家的日子需要帮衬，谁的心灵需要缝补，谁该加润滑油了，谁该给打打气了，谁该给敲敲警钟了。一扇老簸箕，即使补丁加身，不散架，使命就扛在肩上。

接过簸箕的闺女，在虚虚实实的岁月里眼不容沙，将日子过得滴水不漏；接过簸箕的儿子，将虚浮踩在脚底，把诚实根植大地，活得掷地有声、堂堂正正。

簸簸箕的母亲，硬要儿女学习簸簸箕。现在都什么世道了，还要这些老规矩！世道不管怎么变，理是不变的，一扇簸箕要端平，只有端平了，才会有嘴去说话，你若心不平，谷物和糠秕就永远分不明白。你可以身体微倾但簸箕不能倾，面对粗糙的甚至带血带疤的生活，你可以低头甚至屈膝，但灵魂不能缴械；顺风顺水的时候你更不能张扬，你若护着自己的短，把簸箕往后仰脖子了，胸是挺得高高，但是藏在肋骨间的糠秕永远簸不出去，那些缺点会毁了你。簸簸箕的时候，心要沉下来，只有沉到底，你才能像一颗丰满莹润的粮食或者种子，永远不被生活的风扇到边缘。

簸箕口的薄木片就是生活的舌头，不管酸甜苦辣，总是由它来先尝。尝过了人生百味，练就了大肚能容，人生也是一场场颠簸，不经过九九八十一难，难能读懂生活的真经。女人在那里颠簸着麦粒谷粒，也掂量着自己的人生。在苦熬苦煎的日子里，她坚信，这些都是会被颠簸出去的尘土和碎屑，是秕谷糠草，一定有沉甸甸的饱满日子在后面。

空虚的日子，浮夸的品行，在簸箕面前藏也藏不住，扇出虚头巴脑的空壳子，留下的就是诚心实意的胸怀，留下的是饱满晶亮的日子。母亲们的簸箕，还盛满她的子女，孩子在颠簸中成长，那些坏毛病还不等长大，一冒芽就被簸箕掐掉了，扇走了，在簸箕的眼里，谁敢走歪道？那粗糙的手掌，抚摸着，揉搓着，那些青涩和硬外壳就褪掉了，簸箕云淡风轻地训教着。

　　总有些跟你拧着干的粮食，无论你的簸箕怎么苦口婆心，他都油盐不进。你发现，有些还带着糠壳胞衣的粮食，总是簸不出去，它比粮食还沉，你也不忍心就此把它们与糠放在一起，就在灶台下燃烧了辛苦长大的青春。于是你苦口婆心地揉搓，这孩子在打场的时候欠了些棍棒的重力，不是谁欠它的，而是生活原本就不够均匀，经历的敲打少了，就难以成才，你想起村上那个被劳教的半大孩子，都是爹妈娇惯太多，管教没跟上啊。你将那些不成材还靠着胞衣求庇护的粮食聚集在簸箕前端，用粗糙的手一一狠搓，每搓一掌，你的掌心都火辣辣的疼，你知道，管教的时候，他疼你也疼，可是，你不能不狠下心来。当年，那个选择念书的孩子突然跑回家，你逼着他在工地上打了半个月小工，双手磨起血泡的时候，他回来恳求，你仍然不赦免。如果没有那次经历，他不会那么珍惜他的书本。他在工地的日日夜夜，正是你坐卧不安、失眠痛苦的日日夜夜。

　　那些乡村女人在簸着簸箕，簸箕在她们手上那样自如，像一个展演的道具，在竹篱茅舍的庭院，在庄稼婆婆的田边，在青篱流水的溪旁，在麦粒金黄堆积的场院，她把日子放在里面颠簸，剔除风霜雪雨，留下春暖花开；她把人情放在里面颠簸，忘记家长里短，记住滴水之恩；她把苦辣酸甜放在里面颠簸，在苦里开出黄花，在酸里泡制咸菜；她把色彩放在里面颠簸，把黑色装点做梦的夜晚，把白的洒向一树树洋槐花，把红的挂在阴天的苍穹，把绿的变成碗边的美味菜蔬。端着簸箕的她，颠着簸箕的她，肋下夹着簸箕的她，在乡间从容行走着，走着走着就走成了一帧风景，一段念想，一缕灵魂。

　　簸箕是送种子出征的地方，也是验收种子的后代回归的地方，生活就这样周而复始地轮回，日子就是在庞杂里选择丰盈、丢弃芜杂。种子在这里怀揣使命出征，粮食在这里怀抱荣誉接受检验，母亲这扇老簸箕，怀抱里多半生的时光是空的，似乎种子的来去，只是在她们这里举行一个仪式，这仪式短暂却神圣，照耀它们的一生甚至更远。

端正一颗心，该去的都会去，该留的一定留下来。

打满补丁的簸箕最后挂在墙上，闲下来的簸箕感觉到筋骨都松散了，补丁再硬也焐不住时光的散沙，老了就是老了。那个端了它一辈子的女人也被手术刀缝缝补补打满了补丁，她说，一只满身是裂纹的破陶罐，说不定哪一天就哗啦碎了。当有一天，那个簸箕思念了好久的女人终于回来，和它一样挂在墙上，簸箕默默合上了眼睛，一朵泪花包在一片脱落的碎屑里落在地上，簸箕不知道，自己是难过还是高兴。

乡间一片瓦

在乡间，除非仰望，你很少看得见瓦片。一片瓦要进入人们的视线，要么是崭新的刚出窑的瓦，要么是从旧房子上褪下来、等待轮岗的瓦。那些崭新的瓦被大马车运载回来，它们刚刚被锻打成型，百炼成钢，它们崭新鲜亮、旌旗猎猎、阵容威仪，它们整装待发，即将奔赴高高的新房屋顶，跟屋顶荣辱与共厮守一生。奔赴高原哨所是神圣的，它们热血沸腾地盼望去完成驻守的使命。进入你眼帘的崭新的瓦，是在接受临行前的检阅，这一去山高水长，年岁恒久，除非是使命暂时终结，跟一所老房子一起完成了覆盖的使命退出江湖，否则，一片瓦一辈子长在房顶，永不言老。屋拆了，瓦还在，它们有序地从房顶褪下来，安静地归于大地一角，等待号角再次吹响。房子拆了，再盖起的房子已经是沧海桑田，完全不是原来的模样，但是瓦的使命并没有终结，一片瓦，只要它还没有粉身碎骨，它还得继续驻扎。这次是换岗，接下来它们要去庇护厢房、猪圈、鸡窝，总之，乡间没有一片无用的瓦、闲置的瓦，一把离开土地变身成瓦的泥土，终身是庇护者的身份，就像那些父亲，一旦手中托起婴儿，这一辈子，再苍老也为他们操心劳神，一直到油尽灯枯。

瓦的故乡在大地，一抔黄土剜离地母的怀抱，淋水成亲，压模成坯，做成齿痕交错首尾游荡的游子，在一场烈火的焚烧锻打中坚挺腰身，生出骨骼，铸出灵魂。瓦，是坚硬的化身，是卫士的代名词。

瓦是有黏度的黄泥土与清澈江河水结合的一场热闹亲事。那个叫作泥坯的孩子，被搅拌的汗珠唤醒了责任，被揉捏的粗手叮咛嘱咐，被脱坯的模子严格训导，被风的手指拂去青涩，最后，交给火，交给那个熔铁烁金的火炉去熔炼。瓦胚是青涩的，脆弱的，徒有其表，只有单薄的外形，却经不住任何摔打和风雨。青涩的瓦在熊熊烈火中被烧去浮躁，提取出硬度，练出耐力和韧性。瓦在火的学堂里出师，带着火的坚硬和温暖，奔赴一家家的屋顶，固守着一家人的尊严，呵护着一个个安宁温暖的日子。

烧土成瓦之后，那瓦就是越过龙门的鲤鱼，是涅槃重生的凤凰。护佑屋顶是瓦的神圣使命。一座土房子，用来遮避风的袭扰、雨的淋漓，用来遮挡过盛的日晒和野兽侵犯。瓦是屋的金冠，是屋顶的头盔，是屋子的厚蓑衣、大草帽。盛夏，瓦在烈日下周身滚烫，发着高烧。怕什么，比这强百倍的窑火都烧过了，已经是金刚不坏之身，烈日晒不化的是瓦，瓦紧咬牙关，将热吸进自己的躯体，滚烫的瓦下，于是有了宅屋的清凉；风是呼啸的吸血蝙蝠，倏而来，忽而去，狂卷着沙砾和浮土，撕咬着瓦，瓦的腰身是坚硬的，有过冰与火的洗礼，瓦与瓦首尾咬紧，挽起臂膀，它们训练有素，团聚御敌，不给风一丝破绽。风的撩拨、风的挑衅、风的淫威都用过了，瓦心如止水，瓦铁面无私，瓦纹丝不动。瓦底下，女人颤颤地说："听，风那么大，好像要把屋顶卷走呢。"男人说："放心吧，有瓦在，风撕不碎瓦，屋就破不了。"风的手指都鲜血淋漓,还是没有办法撼动瓦一丝一毫。

瓦也有情,漫长的雨季,雨水倾情地滋养,瓦缝里,也会生出些鲜嫩的苔痕——瓦松,那是瓦的心思凝结成的药材,是经验在雨露里发酵成甘醇的金丹,一蓬瓦松,在岁月里提炼出消炎止痛的仙术。瓦是有情的血肉之躯,面对雨,它的沉默比天空还厚重。它安抚着雨水,引导着雨水。它将那三月细雨的缠绵,六月骤雨的狂暴,九月寒雨的惆怅,冬月凄雨的委屈都收在宽大的怀抱里。瓦的怀抱是冰凉的,不能给它们温暖,却可以给它们一条归宁的栈道,瓦间的凹槽汇集着天堂的访客,推心置腹地劝说,那些雨水,就认了从天堂跌落的命运,绽开笑脸,奔向大地的无涯,认领了滋养的使命。

瓦是雨水的驿站,也是雨水的初恋。无声的细雨,抚摸着瓦的鳞片,浅语盈盈,节制地表达,瓦沉默中透着柔情。那雨若雾若烟,朦胧的天地间,无法捕捉它缥缈的身影,瓦的脸却鲜润了。心思缜密的人,看一眼对面屋上明晃晃的瓦面,陡然地怀想起陈年往事,瓦片上,是明晃晃的乡愁啊。瓦的壮志夏雨最懂,一番锣鼓喧天的击打,台口过后,一阕《得胜归》奏得意气风发,一曲《将军令》演得狂飙铿锵。《十面埋伏》的明枪冷箭,嗖嗖寒气,时急时缓,雨的手指在瓦瓣上弹奏着马蹄踏碎疆土、烈焰款摆长风的雄健。最后是一曲《霸王卸甲》的舒展:乌云过境,白雨滚珠激情过后,云开天朗,烈日映照,霓虹乍现,天下大定。瓦的舞台演艺的剧,开场是大战洪州,落幕是花好月圆;瓦的柔情秋雨最懂,一唱三叹,欲说还休,长亭路辗转,枫叶泣血,晚霞流连,伊薄衣碎裙,荆钗蘸墨,沿着雨声放逐相思。三更雨,滴滴答答,不落梧桐,不打秋窗,淡淡的缠绵,如琴弦上流淌的小调旋律,如款款旋转的舞裙,那排屋檐,滴落了多少珍珠,送别了多少缠绵的故事。

屋檐，瓦的兄弟连，家的诗性别名，一件温暖的披风。屋檐挑起一勾弯月的冷寂，最能触发人的遐思，开启乡愁。屋檐下，那些黄土墙的胸膛，常开着鲜艳的花朵，辣椒串，高粱穗子，斗笠，草帽。屋檐是鸟雀的家，"不借你家盐，不借你家醋，只借你家高楼大屋檐下住"。燕子在檐下筑窝，麻雀在瓦缝间藏身。农闲时，农具在屋檐下歇脚，果实在屋檐下休整，瓦看着一院子的丰收，笑得抖落下一只只报喜的蜘蛛。

瓦的脊背，鸟儿来歇脚，猫儿在逡巡，一粒种子从风的指丫漏下来，在瓦的齿间小心翼翼地安家。瓦是月光的舞台，星星的书卷，那一个个长夜，瓦坦荡荡展开，迎接月光的舞蹈，铺开一张张硕大的宣纸，任月光挥洒诗行；瓦的脸颊里藏着人间故事，岁月遗篇。风轻轻地掀动，那卷比竹木简还要古老的沧桑，展开一卷《史记》或《春秋》，给飞过的萤火虫阅读，给仰勾的北斗星阅读，给一缕弥漫的雾气阅读。

当初从母亲怀抱中出走，瓦半喜半忧，脚跟一离开大地，眼泪就流下来。那里肮脏寂寞，牛羊的粪便覆盖过，枯草败叶覆盖过，抬眼是蒿草，闭眼是庄稼，出走再疼，瓦也愿意。听说，瓦的江湖水深浪急，那抔土还是背井离乡，接受血与火的挑战。那行热泪是为哺育过的土地流的，瓦土不愿意就这样衰老下去，跟自己老得越来越黑、越来越矮的母亲一样。

如今，浴火重生的瓦在高处俯瞰着母亲，满脑子是田野的风声和虫唱。瓦知道回不去了，也不想回去，离开了大地的土，经历过火塑造的土，就不再是土，从此与生长和孕育挥别，再也做不得一片庄稼的母亲，做不得一树桃花的娘家。泥土出身的瓦，愿意这样在风寒霜重处，坚守一片瓦的使命，做一片捍卫生存尊严的铠甲。

经过了风霜的瓦更坚硬。一片新瓦，总是过于浅薄，那亮眼的新色，是一览无遗的纯真。被风抽打过，被雨打磨过，被霜淬火过，被雪捂住发酵过，瓦才渐渐有了阅历和境界；被月光镌刻过，被星子阅读过，被寂寞抚摸过，被孤独亲吻过，瓦才明白使命在身的庄严和神圣。一排瓦，在笙歌寂寞处，凝视着远方，守卫，庇护，那些打磨和侵蚀，让瓦更加成熟和坚挺。

瓦也不寂寞，劝嫁了雨水，霜就要来陪伴了，雪就要来厮守了，那些沉默而庄重的来客，都是瓦的知音。

亦刚亦柔的瓦是神圣的，脊瓦、檐瓦、鳞瓦、边瓦，每一片瓦都镇守一个关口，截击着风雨霜雪，尘埃飞沙。瓦臂膀互枕，肩背相依，或俯或仰，严整相承，瓦是一队兵将，镇守着房屋的阵地，恪守着严密的风尚。瓦齐整如鳞，均匀相挂，谁也看不出哪片瓦是主角，瓦不需要谁认出自己，喊出自己的名字，一片瓦是孤寂的，无力的，是沙漠中的一棵草，忘记自己，肩并肩手拉手地站在屋顶，才是无可抗拒的神威。贴近天空，望向远方，瓦坦然如天空的明澈。

一片瓦，慢慢在岁月中老去，如岁月那松动的牙齿，在一个有风的夜晚，在一个猫迹经过的夜晚，寂然脱落，无声无疼。瓦的疼瓦知道。一个妇人捡起一片瓦片，垫在咕嘟嘟冒热气的锅底，垫在跛了的桌脚，垫成捉襟见肘的世俗里的一块补丁；流浪的艺人拣起两片碎瓦，用它相互撞击和摩擦发出的嘶哑的生命绝唱，伴随乞唱的韵脚，续写着流浪文艺的年轮；一片瓦落下来，摔成两瓣，先生拾起瓦瓣，用滑石，在半截瓦上写下礼仪，记下春秋。更多细碎的瓦片，在杂沓的脚步里，折损了边角，慢慢化作粉末，与失散多年的土拥抱在一起，涕泪交加，这一场省亲的眼泪，粘合着瓦的粉末，与土，又合成了一家，回到大地的怀抱。

福棚罩福

　　在乡下，有些词是天生喜庆的，比如福棚，本来就是一个隔开屋内空间的顶棚，却带了那么好的憧憬。福棚是一个很喜庆很祥瑞的建筑附属物，它的名字很多，仰棚、罩棚、顶棚，哪一个都不如福棚叫起来响亮，都不如福棚让人心里舒畅。福棚，人见人爱，福棚，越喊心里越滋润。

　　你来到一户人家的正间卧房，抬头一望，看不见屋脊的横梁椽木，看不见高粱秸垒的草把和从缝隙里露出窄小一溜的泥巴，你就只能看见福棚了，那个巨大的平面横在头顶，一色的旧报纸张贴，泛黄的纸，温吞的字，乌黑的烟熏火燎和边边角角轻飘飘的蛛丝。那是一户人家多年前扎的福棚。福棚当头一扎，几层厚报纸把空间隔开，冬天的时候屋里就暖和多了，屋子里积攒的热气再也不会心高气傲地飞到冰冷的屋瓦下去。福棚即使有万般好，乡下扎福棚的人家也是比较少，因为那是一个万物都金贵的年代。

　　福棚不仅取暖，还挡灰挡土。多年的屋顶，说不定什么时候就掉下个土块，落在趴炕上写作业的孩子头上，落在夜间睡觉的被子上，甚至落在那个张嘴打鼾的口里，都说不定。那些土，有些被睡梦里嚼了咽了，大不了早晨抓挠着头皮说，怎么昨天晚上梦见摔个跟头啃了一嘴土，今天就果真嘴里发碜？那写作业的孩子也顶多拿着这块肇事的土块，嚷着头上被敲起包了，安抚几句也就过去了；最可怕的是，假如落土的时候正好是一家人围坐在炕上吃饭，那土坷垃不偏不倚，恰恰落进一盆炖白菜里，可就炸了锅，孩子们叽叽喳喳新账旧账一大摞，一起声讨屋顶。当爹的这回再没有托辞，他掷地有声：扎福棚。

扎福棚要胡黍秸秆做骨架，自己没种不要紧，借，只要方便，庄户人家愿意互相挪动着，给人家救急。莫说是扎个福棚的胡黍秸，就是盖三间房的草料，也借得出。老酱从外地逃荒要饭来到庄上，村里人不是硬从地皮上给抓起来三间草屋吗？乡下人就这样慷慨，自己明明打着补丁喝着野菜粥，也愿意将半个地瓜救济穷人。

三爷家连续种了两年胡黍了，那半亩地，得攒三年才够盖房的，说好了今年借，明年种半亩地胡黍还回去。高粱秸齐备了，还需要麻绳。其实家里年年种点胡麻，在扁豆沟里，在场院头上，在瓜田的外围种几行，一当篱笆遮挡鸡鹅的尖嘴，二来给扁豆、豆角一个爬高的梯子，让那些梦想的花花果果接近天空和太阳生长。秋天收下麻，沤完梳出麻缕，长长的冬夜，女人拿"拨锤"扑棱扑棱在炕头上打麻绳。

他去集市称了些旧报纸，这是唯一需要花钱的地方，按说孩子们的书本作业本的纸攒起来也够了，可是，他见黄瓢家糊的这样的顶棚丑得很，孩子的字写得张牙舞爪，有的还被教师的红笔圈圈点点，甚至还有的地方打了个鲜艳的叉号，看着怪别扭。你一抬头，都说是抬头看福呢，你却看见个大红叉叉，多腻歪。

备好了料就要请师傅，师傅是本村人，能工巧匠一个，会木匠会石匠，会剪饽饽花会扎福棚，还会帮办喜事的人家缝喜被，真不知道一个拿铁锛拿大锤的男人的手，怎么能拿起那小小的剪刀和绣花针。师傅是提前打好招呼的，在一个下雨的日子，不需要到生产队出工的日子，师傅被请到家里来。是不是要清理掉房里的所有物品？师傅说，不用，把被子遮一下灰就行。师傅需要一个帮手，他站在梯子上往屋顶的房梁上吊线，这家男人就给递递拿拿，吊好麻绳的屋顶，像雨丝密布的天空，那些线高高低低，粗粗细细，有的地方是双股的，师傅用手抻一下，还嫌不够结实。吊好了线，师傅拿米尺横量竖量，从耳朵上取下铅笔，把数值记在一张展开的烟盒纸上。家里请了师傅做活，是要有款待的，要泡茶备烟，还得预备一场庄户酒席。乡下的手艺人出工，很多时候是不收工钱的，乡里乡亲，怎么好意思抹开脸拿钱呢。但是请师傅的人家明白，工钱一定要预备，要预备的还有一顿饭。饭不必是上好的餐食，就是平常的韭菜炒鸡蛋，炸花生米，烤几条小咸鱼，煎大豆腐片，凉拌个黄瓜，这些太素了，没有点肉主家会难为情，上集买半斤猪肉，肥的炒芹菜，瘦的炒油菜，不肥不瘦的五花肉，剁碎了做几个土豆盒。主妇在灶房里一顿煎炒烹炸，搞得屋里屋外香喷喷，那几个孩子此刻最兴奋，一会儿钻进屋里看看扎福棚的进度，一会儿潜进厨房看看八仙桌上的菜肴，有心眼的孩子主动帮娘烧火做饭，一定会捞到片豆腐或者几粒花生米解馋。

师傅把高粱秸比比画画，拿把大剪刀，有的"咔嚓"一声剪去一截，有的却需要用结实的麻绳给接上一段。盘好了框子，就将那个框子固定在屋顶，扎福棚的硬工作算完成一半。往顶棚的高粱秸上糊报纸也是累人的活。优秀的师傅很会挑选报纸，那些带漂亮图画的画面总是张贴在最显眼的地方，蹦到眼帘的字也大多喜庆有余，春风拂面。而有的人家的顶棚却很晦气，据说那家酒席太差，根本不把师傅当手艺人看待，半碟子猫食鱼都糟烂成一团刺，炒的松树蛾子里还吃出一连串头发，干粮硬邦邦还一股脚丫子味。那天的师傅什么也不管，递上啥报纸就贴啥报纸，后来大家发现，这家的福棚中央贴着张硕大的人头像，旁边的大字是"永垂不朽"，外面悄悄在传递这个事，这家还不知道，总觉得，买了那么多报纸最后怎么就不够了呢？还撕扯了孩子两本本子贴上去，那些红叉叉他看一次来一次气，就像他那个欠揍的婆娘，明明杀了一只鸡，偏偏把肉都剔下来，给人家吃炒鸡架骨。

福棚糊完了报纸就算完工了，但是，要想把福棚搞得美观，就得再下本钱。报纸上覆盖一层蜡花纸是最新潮的，但是，蜡花纸得多少钱呢，那纸像油纸一样，表面一层细滑顺溜的油光，闪闪发亮，图案是鲜艳的花朵，据说这种纸不容易旧，用几年还那么新鲜，跟新买的一样。办喜事娶媳妇的人家是会舍得用蜡花纸贴福棚的，那福棚扎起来，在全村都沸腾了，都争着来看那漂亮的福棚，花枝招展的福棚将土屋都耀得鲜亮喜庆。还有更厉害的主，蜡花纸之外，还请了剪花师傅给剪了顶棚花。乡下会剪花的人多，但会剪福棚上的大棚花的就只有几个。福棚中间是一个大圆轮廓的棚花，由四只展翅飞翔的蝙蝠翅膀连翅膀组成外围，最中间是凤凰或者麒麟，福棚的四个角也有角花，石榴、柿子、花生、白菜等栩栩如生的瓜果鲜蔬，将多子多福、事事如意、多生贵子、百财进门等暗喻在福棚上。这样的福棚在村里是拍尖的。嫁进这样福棚遮蔽的屋檐下，这个姑娘该是多有福气的人哪。

这福棚再漂亮再光鲜终究只是个平面福棚，扎上福棚，那储存地瓜的棚子就被福棚遮盖了，废弃了，很多乡下人不扎福棚就是舍不得那个地瓜棚子。

能扎一面福棚的师傅算不上最好的师傅，最高超的手艺是扎活动福棚。地瓜在乡下的地位无可撼动，地瓜的居室要在人卧室里，冷不得，在卧室炕的另一边上方，木梁架起地瓜棚子，夜晚的时候，地瓜能听见人的鼾声，人也能感觉到地瓜的呼吸。扎一面的福棚，地瓜往哪放？炕下挖个地瓜窖子，炕好像就悬空了，庄户人心里不踏实呢。好手艺的师傅出场了，他把地瓜棚旁边的空隙扎成活动的福棚，就像城头的吊桥，平日里福棚落地，看上去就是一个活色生香的平面，需要放地瓜、取地瓜的时候，可以拉动一根绳索，将另一边福棚拉上去，像"吱呀"推开一扇门，福棚闪出一条缝，供人与棚上的一切交流。

福棚是在尖尖屋顶的乡下屋子里扎的，扎完福棚，仰头看时，与现代楼房的天花板如出一辙。据说，现在乡村盖房也已经用水泥浇灌交织面，一户人家有了天生的福棚。会扎福棚的手艺人还有吗？

犁尖开花

一头黄牛在广袤田野上慢悠悠行走。它肩头扛着牛锁，锁头两侧挂着纤绳，纤绳拉着的是一架犁杖。农夫双手扶犁，躯体微微前倾，牛鞭闲搭在肩头，深情谦卑地扶犁耕耘。这是乡村农耕史上最生动最朴素的画面。

漫长的农耕岁月里，一头牛，一副犁铧，昂然屹立在大地中央，成为一座劳动的丰碑。农夫扶犁时那微微前倾的身体是一种膜拜的姿势，是对脚下养育众生的土地的膜拜，是对一头拉起生活重载的牛的膜拜，是对深入土壤进行翻新、耕种和收获的犁铧的膜拜。

"犁"，作为名词是一副木制的框架，是木质与铁器的结合。木的部分叫犁，铁的部分叫犁尖儿，也叫铧。铧，是放光的铁，是一架木犁的精华，好比一把宝刀雪亮的刃口，一把金刚钻顶尖的那点钻石。

一副犁要用结实的木料来打造，能力负千金的牛拉不垮的骨架，需要一棵在岁月里坚韧成长的树才可以担当。那梧桐，木质轻软像膨胀的面包，只能站在乡村的春天里摇曳一身紫花，搅起一阵骚动；那榆树，痂节疤麻，弯沟别膀，只能补白沟崖的豁口，饭碗边的青涩，它的木质极易在风的潮湿里变节，雾的浸润里走形，难以担当重任；还是一棵历经岁月沧桑的槐树入了木匠的眼，木质坚硬，质量沉稳，这才是一副犁杖的骨架。

犁无言，它紧紧抓住牛的绳，拉住铧的沉重，一步步往前走。其实所有的快意在铧那里，所有的沉重在犁身上。

木结构的犁就像一个极尽铺陈的舞台，合手托起铧的舞蹈。铧的舞美再卓绝，它需要一场宏大的渲染，没有犁的肩膀，铧的飞翔就会夭折在一摊烂泥上。一截铧片，如果不依附着犁行走，它就是一截断刀，一瓣飘落的梨花，纵使可以倾国倾城，也已经离开枝头，只有无限怅惘。铧知道自己再英武也离不开这架木犁的成全，也离不开这片土地的成全。没有犁，没有待开垦的土地，一截铧片亮晃晃在阳光里，很快就披上了闲出的锈迹。

一副再好的犁杖，没有铧就是盲人行走。铧是犁底端的那钢利的铁片，是犁杖的灵魂，是画龙千笔之后的点睛之墨。

铧来自最好的铸铁，它经过炉火高温的考验，伴随着汗滴的反复捶打，最好时机的淬火。凝结着智慧和汗水的铧，在千锤百炼中长大的铧，一出世就锋芒凛凛，刀锋上寒光烁烁。那是指向大地的青龙偃月刀，是劈开坚硬的硬土层寻找最柔软暖床安放种子的先锋。它比种子早一步到达，替种类寻好了婆家，装点了洞房，铺好了被窝。它看上去面色铁青，像一个恶人，大地在它的面前颤抖过。熟悉它的人知道，它是一个铁面柔情的家伙，是庄稼的保姆，是农人的拐杖。它剥开大地羞涩的面纱，叫耧车给大地温厚的子房输送希望的种子。犁铧经过的土地是有希望的土地，那些长满野草的土地盼望着犁铧的开光，它们掀开自己的衣襟，袒露自己的腰腹，呼唤犁铧。

犁铧默默游走在土地深处，如一条水滑的蛇蜿蜒着平平仄仄的诗行。犁铧知道，再坚硬的木架，再锐利的铧尖，都需要牛力的强大，都要那看似轻轻扶着犁的手在把握方向。锐利的犁铧不轻狂不张扬，即便遇到一块石头，它也不叫喊，暗中与它较劲，要么把它擒拿起来，扔到地表；要么被它狠咬一口，在雪亮的刃口上撕出一块疤痕。

有些长满青草的荒地闲散惯了，不喜欢犁铧的打扰，不想过循规蹈矩的日子。它憎恨这把匕首，它犁开了它的肌肤，破损了它的面容，修改着它的自由，约束了它的狂放。它不知道，犁铧内心装着多少爱，多少藏在冰冷后面的火焰要将它煨热，煨成一片高贵的土地，一片在世间书写《史记》和《春秋》的土地。荒地跟犁铧打游击，它抛给犁铧茅根草蔓，企图缠络它，绊住它的脚板；它用胸中暗藏的石块狠狠地咬犁铧，"咔嚓"一声，两败俱伤，犁铧崩出一道牙口。荒地不知道犁铧心中的蓝图，它要让大地井然有序，要让这片荒滩有计划地燃起芬芳的花朵，结满累累的果实，要让这片地成为有价值的地。

受伤的铧依旧不作声，一点疼痛算什么，驯服和教化哪有那么容易。它依旧咬着牙激情四射地耐心翻地。犁铧知道，一片暄软的土地是不需要自己的，犁尖的使命就是捋顺大地的砟节、坚硬和坏脾气。一个农夫要在庄稼地里打磨成形，保持锐利的刚度；一副犁铧，要在耕种中变得强大，屹立如山。犁铧深入大地，在大地上开花，它划开的土地开着黄色黑色的花朵，散发着土地深处的泥土香味。犁铧翻出了大地的秘密。有时候，犁的花朵上开着前一季残留的麦根豆根；有时候犁铧的花朵里挑起一条雪白的蛴螬，或者一条暗红的蚯蚓；有时候，犁铧攻破了隐藏在地垄间的田鼠洞穴，将它储存的口粮抄家翻检出来；有时候犁铧挑断了茅草那暗度陈仓的侵略之根，粉碎了它攻占良田的阴谋。

犁铧像农事的总管，没有一个细节它不劳心。收获了的土地要耕耘耙平才能涵养住水分保住墒情；给土地下粪肥，需要犁铧深耕，藏到禾苗根系深处；要播种的土地，需要犁铧犁开一行行的沟，撒播种子，再犁开一行给它们盖上被子；小麦玉米大豆根系随和，可以直接在犁好的田地里播种，而地瓜、土豆、白菜、萝卜、芋头、花生们，需要一个宽大而高隆的舞台接受阳光，发育根系。一条垄需要犁铧翻来覆去地来隆起土，铸成它们春华秋实的舞台。大地丰收了，镢头太过缓慢和沉重，还得依靠犁铧，将长在垄里的花生、土豆从土地深处请出深土层。

一犁三铧是农夫的智慧。犁可以就是那张犁，但是铧片却五花八门，一个优秀的农夫，最会摆弄铧片。春耕秋耕，要用双刃犁片，深耕且两面开花，一轮下来，犁开了深深的沟，这叫劈耕，将土地一分为二，这样的耕法，土地碎得均匀，可全面将地块翻一遍。要平坦均匀土地的厚度，就要"扶耕"，一垄跟一垄，阵脚严谨，队列公正。下粪的时候要用尖头铧片，以有深度的手指将粪肥潜藏在土层深处，如果粪肥浅了，肥料挨着种子就会"咬坏"种子，只有等种子发芽长苗，经得起肥料的时候，根系正好到达这个深度。播种要用小铧，不要把种子埋得太深，种子要能听得见风的鼓点和雨露的唱和，一伸腰就能得到阳光的抚摸。

土地犁得深浅不是一个铧片能自己主宰的，还得那个经年扶犁的农夫把握分寸。播种的时候用小铧片，根据种子的不同,铧片多样。需要在泥土中多睡几天的要深一点，被窝绵软，且酣然梦香；性子急的要浅一些，如果太深了，它钻了一通没出头，就哑了。播种的深浅不能光看种子的脾气，还要看土地的墒情，节令的冷暖。湿润的土，种深一点没关系，早天晚天都无碍；干燥的天气，种子要浅啊，叫它在水分耗尽之前赶紧出人头地，到大千世界来沾点雨露的光，否则，苗不出土就干成棍了。早春播种还要看天气，估摸着还有冷天气，就把种子种深一点，让种子多睡几天，别一出门遇上倒春寒，开张不利，那些经不住的就冻住了，再不愿挪动尺寸，这样年景就悬了。一副再好的铧片也测不准这么多风起云涌的世故，一季庄稼的成败，还需要一个好庄户把式，他头脑里装着大智慧，你暗暗跟他学，学到最后还是镜花水月，竹篮打水。一个头脑智慧的农夫，从来不照搬经验，他鼻息里嗅到的，皮肤上感触的，脚底下踩到的，甚至夜晚睡觉时，受过伤的后脊背隐约的疼痛折射的，都是季候，他比一个物候专家更懂天时地利。这些犁铧最清楚。

初见犁铧的岁月，他们都还是孩童，犁铧在年轻的父亲手中。父亲一手扶犁，一手执牛鞭，穿行在苞米嫩嫩的行距间。他是个牵牛童子，引导牛不要踏入庄稼的阵地，引导犁的铧片不要伤到庄稼的根。耕大田的时候是放松的，不用牵牛，没有深浅曲直那么严格的律条，甚至不用使牛鞭，简单的"哩哩啦啦"就能驱动黄牛的激情和犁铧的狂欢。

一副新犁是生涩的，它需要人用汗水和体膏将把手滋养，它需要牛纤绳将栓子磨合，铧片要在泥土的深层里打磨才会光亮，要经常闻着泥土的芳香才会轻便。

青涩的铧片总是在合适的时候下田，刚刚担负起犁地使命，它紧张不安。它怕自己的锋芒不够锐利，在坚硬的土地面前折损脸面，于是它拼命往深处钻，要一下子掏出地下的所有秘密，可是它走不动了。扶犁的手撤回一把犁椇，说，你的心太急；铧片唯唯诺诺，怕自己的生猛伤了庄稼的根，它左躲右闪，把犁趟子走得歪歪斜斜，它回头一看，羞愧难当。扶犁的老手用了力气纠正它，对它说，万事没有那么周全，伤一点旁根杂须是难免的，只要不走歪路就不会出格。牵牛的孩子默默记在心里。趁老把式抽烟的空当，他悄悄扶起犁跟跟跄跄在田地上行走。犁铧蹒跚着走了个来回，孩子的衣裳被汗湿透了。在爹手里那么简单的事，自己怎么做得这样艰难？这山望着那山高的孩子，尾巴开始藏起来。

一直在大地上游走的犁铧，木柄油亮，铧片带着雪亮的寒光；一旦闲下来，铧片的晶亮也会被岁月当作画布，涂抹星星点点的锈迹，斑斑驳驳的碱花。在收藏一张完成了季节使命的铧片时，老把式将它根部积下的泥细细敲掉，用沙石轻轻打磨泥斑的痕迹，拿一块破旧的兽皮将它包裹起来。铧的使命就是在土层深处翱翔，只有在火热的大地深处俯下身子劳作过，在挂起来的时候，一张铧才不会羞愧。做一个酣畅的梦吧，接下来是漫长的冬天，犁铧在墙角听见风吹门环、雪扫屋顶的弦乐。都安静地歇下了，它们在等下一季的春雷来唤醒，唯有那个牵牛的孩子，日里夜里地勤翻着书页，他慢慢知道，生活远比扶犁耕种更广阔。

十字大街

　　走出简陋破旧的柴门就是胡同，沿着胡同走出去，是一条条狭窄的村街。村街上留不住有心事的脚步，只有那些离不开灶屋和庭院的女人在村街上、胡同口拿着柴草、唤着鸡雏，短暂地停留片刻，喊喊喳喳些闲话。那悠闲的或者是像猫儿趋向某种腥鲜般奔着什么去的脚步，都朝着十字大街行走。

　　一个平原上的村落，离不开一条十字大街的驾驭。这条十字大街是村庄的骨架和灵魂，是村庄各色人等的舞台，没有锣鼓丝弦却自成曲调，生旦净末丑、大悲大喜或不咸不淡都汇聚在这里上演。平日里它是人头聚集的地方，人们在这里铮铮宣布着人生的取舍，斤斤计较着鸡毛蒜皮，各类信息从各家的门户出发，流经胡同和偏街，到达这里，在这里汇集、发酵、交织发布成村庄的家长里短、鸡飞狗跳；特殊的日子里，这里更是重要的场地，它如祠堂般对村民进行精神掌控，担任着各种仪式的践行；这里也是外乡人开锣张市的根据地，一个外乡人要在村庄里做些什么，十字大街是最好的落脚点。十字大街是世道的一面筛，谁都想在这面大筛子里筛出最顶端的等级。哪家的做派可以光明正大摆在街面上颂扬，谁人的品行经得住众口的淘洗。十字大街就是一个中药的多宝阁，你的名声进不进得去，存在哪个位置，连走过村庄的风都知道。

十字大街比村里的任何一条街都开阔，村里有多条街，十字大街的南北分别有开阳大街和后街，东街叫罗锅街，西街叫碗底街，此外还有没名字的偏街。街之外就是巷子，巷子有通达的宽巷，可以宽敞地走过牛驴牲口，也可以拖进一辆地排车；有窄小的巷子，仅供人行走，连一辆独轮车走过去都费劲。窄巷大多是短巷，就三两户人家，在坡高地凹的特殊位置；窄巷终归是可以通行的，死胡同却是浪打礁石要回头，不知道这些死胡同里住着怎样的人家，路走到这里就是一个驿站，不打尖不住店就得拨转马头。住在死胡同里的人家通常脾气古怪，不与外人交往，农具不外借，生活自给自足。一条条胡同连接着一户户人家，就像藤蔓上结的瓜，最终都汇集到十字大街这根主干根茎上来。

十字大街上的硕瓜，打破了村庄的原始和宁静，就像当年的货郎摇着拨浪鼓打破人们的蒙昧一样。村里最重要的供需机构供销社的代销点，恒久地蹲守在这个粗藤上，近水楼台地长成了最热闹的瓜。这个取代货郎担的政府机构有着开阔的门面。三间新砖瓦房在十字街的北面，街之阳这开阔的街口，无遮无拦的阳光照着代销店森严的门板和崭新的对联。代销店里有砖砌的柜台，柜台里站着两个售货员，他们曾经是社员，是田地里挥汗砸坷垃的农民，就因为会拨弄几下算盘，读过几年书，成了代销店里干干净净的体面人。他们的背后是搁物架，一个个小格子里盛放着密密麻麻的货物：毛巾、雨布、绒帽、手绢、牙膏、手纸、头巾、布鞋、黄胶鞋、尼龙丝袜子、手电筒、肥皂、练习本、作业本、梳子、镜子、扎头绳，杂乱得琳琅满目，叫人眼花缭乱；柜台上方的横木上挂着纸，白色的封窗纸，大红的门对纸，像一对高高在上的门帘。代销店里的气味是复杂的，有青松肥皂的碱味，有雪花膏的香味，有酱油咸盐咸滋滋的气味，有木盖子盖不住的酒缸里蹿出的白酒气味。端午有红糖的气味，仲秋有月饼的气味。偶尔有干鱼的气味、虾酱的气味、豆腐乳的气味。那些好喝酒的酒坛子，没事的时候就在代销店里闻味解馋。当然，代销店里也不缺庄户人家的臭脚丫子味、汗馊屁臭味，它们混合在大把抓的茶叶浓香里，混在说说笑笑的粗糙日子里。有时候也有茉莉花茶，那味道十里香，在南大街上也闻得到，一闻到茉莉花茶香，庄户人家就闻到了年味。

代销店的隔壁是药房，村上的三个赤脚医生用消毒水对抗着来自代销店各种气味的诱惑。一墙之隔，一边是天堂般被喜欢和追捧，一边让人侧目和躲避。谁愿意跟赤脚医生打交道啊。可是总有不断往卫生所跑的人，三悠牙疼得哭天喊地，被络腮胡子的村医在右脸上扎满银针，像半个刺猬。小孩子敛声屏气从窗口窥探，见络腮胡子医生问，麻不麻？三悠说，不麻，疼！小孩子就找个草垛根，拿根草棍捅同伴的腮说，麻不麻？药房弥漫的是草药的味道，一个个小抽屉，淡褐色的草纸，一杆轻巧的小秤，三钱两钱地恒定着庄户人家与草的血脉亲情。有时候也有人顶着一张大红布似的脸摇摇晃晃地来，扒下半个屁股被那银亮的针头注射进半针管子液体。小孩子看打针比看中医摸手腕子更来劲，他们喜欢看那个病号龇牙咧嘴的痛苦样，喜欢看穿白大褂的人对着阳光看针管的表情，他们更关心这一针下去，被掏空了的针剂盒。他们盯着那个盛放药剂的小纸盒被倒空，赶紧赔着笑脸向赤脚医生讨要，那个小盒子可以做铅笔盒，可以放攒起来的钢镚，可以做放私房小玩意的百宝箱，有很多用处。

药房隔壁是大队办公室，有时候有干部模样的人在屋子里喝茶，更多的时候一把老锁锁着村庄高干们的秘密。在收缴公粮的时候，春播秋收的时候，那十字街高树桩上的大喇叭就聒噪起来，先咿里哇啦唱一会儿戏，然后就是大队长磕磕巴巴地传达文件。喇叭有两个，高高悬挂在木桩顶，面向东西街各一个，小万能从南街上走来，他骂骂咧咧地说，又他妈的驴放屁嘞，说的啥，南街上没有喇叭，听不见。

娶媳妇的人家，婚车不管从哪个方向进村，都得到十字大街上踩一下街，婚车是干净的马车扎个棚子做成的，外面有的用花毯子，有的用带穗头的台布罩着，也光鲜明媚，像一顶花轿。小媳妇坐在车棚里，人们看不见，看见接媳妇的车就要评头论足半晌了，这个媳妇有福气啊，看看今天的天气，日头多光明，没有风丝，发家的媳妇。婚车在十字大街上故意放慢脚步，衣衫簇新的赶车夫勒住了牲口着急的马蹄。就算是刮着大风、飘着细雨的日子，看媳妇的人也总能找出些给新人喜悦和面子的好话做圆场：看看，龙行雨，虎行风，这个媳妇不简单咧；风助阵势雨水助财，发家的媳妇。只有大雨倾盆的时候，车棚之外罩着塑料布，赶车的被淋得稀里哗啦，从十字街上狼狈又匆忙地走过，家家的门户紧闭，这个踩街的媳妇的心情会跟天气一样阴郁。不管怎样，一个新媳妇从十字大街上踩过，就像她在十字大街注册了户籍，她要在这滩河水里撒网了，她要在这本书上盖章了，她这一辈子注定走不出十字大街的品鉴。

一个庄户人，人生的最后一道程序必须从十字大街上展览一遍，他要展览自己在人间存留的具体生卒年，一张金字红地的"旌"明明白白写着他的春秋大谱，他来这个世界的时辰和离去的钟点；他还展览自己在人间的血脉枝叶，子嗣宏大还是烟火单薄，门户庞杂还是单枝薄叶，人们从缟素的送葬队伍中一眼就看个明白，从葬服的区分上看得明朗，从哭殡的号啕里更能听得清澈。这个故去的人在世间最后的巡游须在十字大街上做一个盘旋总结，一场嘀嘀嗒嗒喇叭唢呐的吹奏，一场儿女子侄的痛哭，一声瓦盆落地、被石头击碎骨骼的脆响，一场人生的锣鼓收场了。十字大街上留下几根裹着黄表纸的柳木"哀杖"，零散了一地的瓦盆碎片，那是他在人间撂下的永不回头的饭碗。

外乡人来到一个村庄，要在十字大街上打场子。锣钹铿锵，一村的人都聚拢了来，原来是要耍式卖艺的，宽敞的十字大街，人们里三层外三层地围住。孩子们手里捏着把地瓜干在啃，男人们有的捏柄烟袋在抽，女人们手里还攥着把韭菜在择。光脊梁的汉子耍一通明晃晃的单刀、宝剑，抡几圈铁鞭，几个红裤子的小孩轮番地拿大顶！敲锣的媳妇也会手艺，拿个围裙三晃两晃，就变出鸡蛋来了，啧啧，把些媳妇们馋得紧，要是咱有这手艺，还用得着天天吃咸菜疙瘩下饭？老婆婆们见多识广，嘴角一撇，说，要是真能变来鸡蛋，她就不用拉着孩子到处卖场子吃百家饭了。

"咚咚咚"，渔鼓咚咚响，又是那说书的瞎子来到十字大街上了，它在十字大街的山墙根坐定，渔鼓一个劲地敲，他闭着盲眼，仿佛一座佛像，人们知道，晚饭要早吃，晚间的书场要开讲了。放电影的一定选在十字大街上放映，雪白的幕布，神秘的发动机，更加神秘的放映机能把人变进去又变到白色的布上行走，竟然掉不下来。村民们想得一夜睡不着觉都想不明白呢。冬闲的时候，十字大街上热闹更多，"砰砰"，一个崩爆米花的老人带着他的崩锅和烟焱火燎的炉灶，引起村里一阵骚动，孩子们变得乖巧了许多，希望得到爹娘的恩惠，给半茶缸苞米粒子和一毛钱，去街上崩一锅爆米花。同样来搅起馋虫的还有卖糖葫芦的，那人抱着一个草把，草把上插满了红艳艳的蘸糖的山楂。黑不溜秋的冬日，人们的眼睛都枯竭了，乍一见这艳艳的红色，口水禁不住就流下来。一帮孩子站在草把子下，仰望着羡慕无比的美味。卖糖石榴的人没有那么好的生意，他在十字大街上站了许久，吆喝了许久，只有老风水先生家的孙子买走了一支。

　　十字大街上时常飘来韵味十足的叫卖声，"赊小鸡嘞，赊小鸭"，这声吆喝像戏里的开场，还是七言绝句的平仄，加上外乡人韵味独特的方言，尾音那绵长的甩腔，让一些经年被烟火打磨的村妇，突然有了些想念家乡的惆怅。十字大街上卖吃物的最多，卖豆腐的干脆利落，平调吆喝出"豆腐"二字，虽然朴实无华，却底气十足，声震四街；那卖油条的叫卖很滑稽，总是拖着唱腔说"香油馃子豆油炸"，下面肯定有淘气的孩子接一句"小孩吃了满地爬"。附近有集市的日子，十字大街从中午开始就有些热闹，那些赶集没卖完货物的，就近进村减价处理。贱卖毛桃了，贱卖韭菜了，贱卖虾酱了，贱卖猫食鱼了，贱卖猪肉了，贱卖布头了。有些人就等在十字大街上拣低价货，那些贱卖的货物都是被集市上挑剩下的，鱼有些糟烂，肉有些变味，布头都有残缺，要不怎么能便宜呢，便宜没好货，他们一再地跟卖主往下压价钱。有些人什么也不买，就是为看看热闹，有时候反而拣些便宜，那卖货的筐底剩下溃烂的几个果子，不值得再耗时间，干脆就往当街一泼走人，他们捡起来说回家喂羊。韭菜菠菜小萝卜，这些菜在十字大街上有时候不开市，原车来原车推走，庄户人家自己都有菜园子，就算没有菜吃也还有咸菜疙瘩，花钱买菜吃不是过日子的道，只有中医堂的老奶奶和杀猪铺的王豹子干得出来。下乡的瓜果李桃也很多，都是在集市上挑剩下的歪瓜裂枣，价钱便宜。有些脸皮厚的围着车子，企图吃个白捡。"先尝后买才知好歹"，他们饶舌着，一旦尝过了，也并不买，哪里有那份闲钱啊，不买还不能掉面子，只好违心地谪贬人家的果子不甜。

打铁的来了，一定是在十字大街上支起铁匠炉，也不需吆喝，叮叮当当一开始打铁，四下里村民就知道了，各找自己家需要加固的、上铁的家什送过去。打铁铺子总是吸引些人观看，炉火熊熊，将坚硬的铁烧红了，然后在铁砧板上一顿大锤抢小锤打，把它改变了模样，还要"刺啦"一声，放进水桶里冒一下白烟。箍漏子匠也来了，一把金刚钻，几个铁焗子，一堆破盆烂罐就好像是从战线上抬下来的伤员，在它手里，两兄弟分家的给说合了，姐妹们闹别扭的给劝笑了，几块碗碴儿他左拼右拼，颤巍巍一个粗瓷大碗又站在那里了，一道横伤裂胸的面缸又泼辣了。只要不缺，都能焗补起来。他说。庄户人家的日子就得这样焗补着过。只是那缺了的，走了的，就再也回不来了，这个家的缺口，谁也补不齐。

十字大街上有时候有些凄凉的声调，让人听了心纠紧了，甚至会流下眼泪来，那个妇人一边抹着泪一边说，锅头堵了，炝出了我的眼泪。一边急急忙忙敞开锅，铲了个金黄的玉米饼子，嘱咐孩子快送去。孩子纳闷着，灶屋里没有烟，怎么就炝出了娘的眼泪？他揣着饼子一路闻着香味跑向十字大街。那声声苍凉的叫喊来自一个挂着竹竿的盲人，他翻着眼白，声音洪亮地诉说，婶子大娘都行行好吧，可怜可怜我这没见着天的人。他的叫唱声音悲凄，孩子都忍不住要流眼泪了。这个叫街的晚上哪里睡呢？他的家在哪里？他有亲人吗？叫街的声音响彻十字大街之后，村庄的夜比以往都沉寂。

　　十字大街有时候也有些不好听的声音，指不定谁家的婆娘丢了鸡鸭，园里少了把青菜或者折损了几个果子，她就站在十字大街上跳脚叫骂。那些贤良的门户一边吃饭，一边啧啧着，真是的，骂大街了哦！接下来就敲打孩子，谁敢出去惹祸，如果被人家骂在大街上，就免不了挨打。孩子们知道不仅不能被人骂在大街上，也不能出息成个骂大街的人。大街上有时候也有打斗，实在憋不住的冤屈，按不下的怒火，陈年的积怨，一碰就着的岔口，一场理论甚至厮打就滚到街上，啧啧，谁家跟谁家滚大街了啊。滚大街的人，至少有一个觉得无比冤屈，需要在这样公众的场合讨出清白。也有可能就是误会，在众人的劝解调停下积怨冰释雪消，怒火灰飞烟灭。十字大街是一个战壕，最后对垒的人都缴械于人情的善良和慈悲。

　　十字大街有时候很奇妙，每一个面朝黄土的人都忍不住想到十字大街上去站站。用自己的手艺挣到钱，穿上了新皮鞋的后生，故意在十字大街走来走去，还要没事找事地去踢一脚街边温驯的狗；定了亲的大姑娘，婆家门上给了块金灿灿的手表，也会挽起袖子一遍遍经过十字大街去代销店买这买那，甚至去药房里说自己有点憋气，露出金晃晃的手表让老中医品脉；那个一生窝囊的人，孩子出息，终于考上了大学，他一改平素只会把自己埋进庄稼地里的脾气，也揣着盒烟卷，站在十字大街上。

　　十字大街就是一个舞台，演戏和看戏的人围着它长大或者老去；十字大街就是一杆秤，准星和秤砣在每个人肚子里，看得明白，称得准确；十字大街是一部村庄的编年史，用石板做宣纸，青苔做狼毫，被风书写，被月光记录，被星星诵读，被飞来飞去的鸟雀宣扬。

　　原以为，十字大街就是最大的闹场，民心的图腾，不经意被一个说书的先生道破，那座城里有金子银子装满了高楼。听书的人再也睡不稳乡村沉沉的夜，一个个悄悄地外出打探，原来平原以外还有山有海，有比海还汹涌的人潮，他们一头扎进那人潮里跟着起伏和跳跃，再也退不回来。

十字大街上只剩下一颗颗苍白的头颅，他们挤在一起，冬天里一起取暖，用心去倾听，那些杂沓的归家的脚步里，是否有一双自己熟悉的脚板。那么多院落被杂草住满，那么多门庭被铁锁咬得窒息。十字大街空荡荡，几颗衰老的头颅在阳光里咀嚼十字大街旧岁月里的辉煌。在异乡的季风里，那些蒲公英的种子同样也在怀念，那时候的十字大街，多热闹啊。想着，念着，他们在流浪的碎梦里就哭出了声，十字大街是他们灵魂上永远的十字架。

烟袋风流

　　寡淡的日子，被一柄烟袋调节着，他说辣，你说香，他说暖，你说凉。一柄烟袋是一段岁月里男人的精神寄托和图腾，是成熟男人的标志。

　　烟既是一种植物，又是一种气体。作为植物的它扎根在土地上，挺拔在春天里，青翠宽大的叶子是北方的芭蕉，铺展优雅，烟的花开得微微红，淡淡紫，一簇一簇抱在一起，不争不怨，无比和睦。那宽大的叶子长成了身量，慢慢变得老成，像一个青涩的少年，慢慢在田亩间被庄稼打磨出烙印，被土地养育出精神。侍弄烟的老手，每天都抚摸一遍那些长成的烟叶，在最合适的时机把它带离烟棵；一批批的烟叶成熟了，晒在烈日下，烘烤在火焰边，那些翠绿变成了金黄，那些柔韧变成了薄脆。它们化整为零，成为细小的烟丝，藏在烟匣子里，藏在烟袋包里，藏在小小的烟袋锅子里，它们憋着一腔火辣辣的激情在等待，等一簇火苗来点燃它在夏日的田野里收集的阳光，来拨动它半生积攒的力量。与火苗一次短暂的相恋，它不惜一生去赴汤蹈火，烟丝化作一缕气体，这个仍然叫"烟"的倔强孩子，扭身飘逸而舞，化作抽烟人口腔、鼻腔、胸腔的一团火焰，一坛烈酒，一把开窍的钥匙，一只抚平伤痕的手，安抚着岁月的沟坎，疏导着灵魂上的砠节。

祖父手执一杆烟袋屹立在记忆深处，像那个时代的所有男人一样，一杆烟袋是他这一生抚摸最多的器物。烟袋是乡下人抽旱烟的工具，由烟锅、烟杆和烟嘴组成，简称烟袋锅，更简之称为烟袋。烟锅是一个焚烟丝的炉灶，因直接燃火焚烟，质地须坚硬耐热，有青铜、紫铜、黄铜、铝、铁等材质，以铜制最佳。烟锅，那个小且略深的锅口，带一个弯脖与烟杆相接。烟杆是烟囱，导烟入口，由铜、竹、木等制成。烟嘴则是由铜、铝、玉石等制成，光滑圆润，触感极好。

烟袋常跟烟包在一起，一根烟袋就像一个光棍汉，离了烟包玩不转。烟包是装烟叶烟丝的，是个乡下女人缝制的荷包。一个小小的布口袋，开口处是两股可以拉紧系扣的细绳。只要把烟袋包口子勒紧系住，不管干什么活，把烟包往腰上一挂，根本不用担心烟丝会洒漏出来。讲究又手巧的女人，将烟袋包做得精致，包上绣着喜鹊登枝图、荷花鲤鱼图、富贵牡丹图，吉祥的画面，精致的针脚，将普通的装烟叶的烟包打扮成了民间工艺品。佩戴这样烟包的男人自然得意，那烟包戴在腰间，已经不单单是一个小小的器皿，而像一枚小小的勋章。

乡下人指望手劳作吃饭，不能烟不离手，但是却可以烟不离身。农忙时，他们把烟包拴在腰间，一支旱烟袋插在腰带上，也有人把烟袋锅插在脖梗里。农闲时，那些男人，几乎人人手上提一杆烟袋，烟袋包拴腰上，或者直接吊在烟袋锅子杆上。手里端杆烟袋的男人，站在树荫下，靠在屋山头，或立在碾盘前，围在下棋的人堆边，或是靠在阳光暖照着的南墙根。他们三三两两吸着烟袋锅里的旱烟，吞吐间缓慢交谈。

乡下的抽烟很有讲究，也沉淀出许多烟文化。刚到田里劳作前，邻墒的几个男人先要凑在一起，抽一袋"地头烟"。一袋烟的工夫也许就是交流，是邻里情感的交融；也许就是对即将开始的劳作进行内心的规划；也许在心里给眼前繁重的劳动加油鼓劲，运筹帷幄。干活干累了，要抽一袋"歇牛烟"。牛是有韧性的牲畜，但也不能不心疼牲口，干一会儿，要放牛在地头"倒嚼沫"。这时候，女人往往稀罕地头地垄间的几把青草，计划着家里兔鹅的吃食；男人们坐在地头的斗笠或蓑衣上，或者是将铁锨、锄头、镢头、犁耙等农具放倒，坐在它们光亮的木柄上，或直接就是坐在田埂的草地上。他们慢吞吞，像牛"倒嚼沫"那样，从腰间或脑后摸出烟袋，折根草茎抠抠烟锅弯脖处的烟油子，在身边石头上或者鞋底上"啪啪"磕打几下，磕掉烟袋锅里残留的烟渣，再把烟袋锅插到烟袋包里按上一小撮旱烟丝，用粗糙的手指将冒高的烟丝按几下，按瓷实了，慢悠悠地划着火柴把烟点燃。点烟的时候要紧吸几口，吸慢了火着不起来。紧吸两口，烟袋锅里烟火烧旺起来，后面就慢悠悠地吞云吐雾了。一烟袋锅烟丝如果不着急吸，它会燃烧得很慢，歇牛的男人似乎并不着急吸完一袋烟，也许他喜欢的就是这种劳作间隙里的缓慢感受。"不急，抽透这袋烟。"面对催促的女人，他总是这样说。等一袋烟果真抽透了，他"啪啪"在锨柄上磕掉烟锅里的余火，对着地头的老牛喊一声"干活"。一个满身是劲的汉子又活脱脱在眼前，一袋烟的功劳实可彪炳。

天冷了要吸"暖乎"烟。白毛风狂刮，压得人直不起腰，两个在寒冷中相遇的男人，常会哆哆嗦嗦抠出烟袋锅，找个避风的地方，两只烟袋锅凑在一起，抽袋烟"暖和暖和"。所以，当你看见大冷天，两男人亲密无间地头对头几乎抱在一起，绝不是呵护一个什么样的阴谋，而是呵护一小簇点烟的火苗。天热了要吸"凉快"烟，天空混混沌沌，空气潮湿，闷得人透不过气来。男人一甩湿漉漉的汗衫，抽袋烟，凉快凉快，透透气！

碰到烦心事，要吸"宽心"烟，眉头紧锁，一袋烟接着一袋烟，内心波澜万顷，那吐出的烟雾好像是烦闷要突围的缺口。当思维到了砥节的时候，吸烟的动作也缓慢了，他慢慢地吐着烟圈，甚至很长时间也不吸一口，烟袋锅里的火慢慢暗下去，弱下去，当他警醒过来的时候，烟袋锅都已经凉了。高兴了要抽"欢气"烟。谁家有了盖房子、娶媳妇、添孩子的喜事，喜主高兴，家里来客就往前递烟袋包子，或者亲自给你装上一袋烟，不管你会不会，都要点上，分享喜主的喜悦。更多的是在街上碰到，两人当街一站，各自装上自己的烟丝，抽袋"欢气"烟，哪怕正忙着，哪怕点上烟你跟喜主就各忙各的去了，你陪喜主点了袋"欢气"烟，喜主就真"欢气"。

困了要抽"醒醒"烟，累了要抽"解乏"烟。一袋烟有时候是既能驱困，又能解乏。秋夜劳作，男人无烟抬不起头。白天抢镢头，推小车，男人浑身筋骨疼痛。夜晚还需要挑灯夜战，掰回来的苞米要脱皮晾晒，刨回来的地瓜要趁天好赶紧切成瓜干晒干。手劳动着，脑子却闹着要睡，一不小心就会打出鼾声，切地瓜可是跟刀片在做买卖，一不小心就要出血，"嘿，抽袋烟！"那辛辣的烟气直逼肺腑，投递到全身每个即将麻木的关节。真管用，烟袋锅"啪啪"一磕，男人两眼亮光闪闪。干活！

抽烟袋锅子的男人，顶看不上那些手指间夹着烟卷的小青年，他们那是抽"耍烟"呢，那烟暄得很，哪比得上一袋老旱烟瓷实，过瘾？常年攥烟袋的男人，说话都一股烟袋油子味，怕烟味的女人，靠他近一点就会被熏醉。烟油子可是剧毒之物，从烟杆里抠出的烟油子可以防蛇虫叮咬，抹在蚊虫叮咬、狗咬伤以及小火疖子等处，也有治疗效果，是以毒攻毒之效吧。

相识的人，相逢让一袋烟，是一种礼仪，尝一尝别人种的烟叶，或者还是各自抽着自己烟包里的烟叶，那种感觉是暖暖的。陌路相逢，让一袋烟，是最厚道的待客之道和信任。烟袋锅一递，无须多言，这就是对新来者的接纳和信任。

居家之长的烟袋锅，是一种威严和家法的象征。端坐正厅，眉目不开的男人，一袋烟紧抽，犯浑的小子感受到烟袋锅传递的风暴。他就那么一袋烟又是一袋烟抽，受戒者内心翻江倒海，检点己行，倘若烟袋锅往桌脚上"当当"地磕，那不是单纯地磕烟灰，那是一场敲山震虎，是心理上的较量。大多青头小伙是熬不过那一抻一敲的，自己就涕泪涟涟主动忏悔了，哪等得一烟袋锅敲在脑壳上？那犯浑的小子早已内心惶恐，巴不得立即逃窜到无人之境，罚自己面壁三年。

流年倥偬，岁月淘沙，当烟卷成为高档商品，拿烟袋的人似乎已经如文物般越来越稀少，沉浸在岁月里的烟袋文化也渐渐风干。烟袋锅升腾的浓浓烟雾，在岁月深处，凝结着场圃间春耕秋收的辛劳与满足，承载着谈古论今的沉思与感悟，萦回着灯下绩麻、小儿女绕膝的幸福，也沉淀着琐事纠结的愁肠。一袋烟，一声长叹；一袋烟，一段故事；一袋烟，一场相遇；一袋烟，一场人生的锣鼓。烟袋，如图腾一般，已经从人们生活里摘下，挂在墙上。我用内心凑过去吸了一口，那段岁月的辛辣，犹在。

地头饭

　　村庄四周，散布着不同名字的地片，"墙南"在眼皮子底下，跟村前那几户人家只隔着一帘薄薄的洋槐林子；"家后"就在身后面，跟村庄连在一起，锅底火都燃起来了，住在村后边的人家现去"家后"地里扒几个地瓜下锅也来得及；往西走，出村就是"西洼"那片湿润肥沃的上等地，再远去是"西河崖"；往东走，村边上就是"东湾"，"东湾"的四周除了乡间路，就是一片一片的自留地，都种着菜，就叫"东园"；"东园"往东，广阔的一块连一块的大地片叫"大东岭"。这几块地片是最近的，它们就是村庄的外围，合围把村庄包起，再往外去呢？那可就远了。我们村周围村庄少，土地就出奇的多，出奇的远，比如往东走，过了大东岭是"舍茔后"，是"涝场子"，是"大井"，是"石头窝子"，最东面的叫"东荒"和"风嘴子""大北岭"，这些地已经到了六里外的外村田边，跟人家的地搭界了，村里还有些偏远的犄角旮旯儿子，比如"沟南崖"的旱地每年产量少得抵不过力气，粮食抵不过汗珠的数量；更远的地方得越过长满刺槐的岭地，

132

蹚过两道大沟壑，那个地片的名字叫"草鸡岭"，还不等干活，人走到那里就累草鸡了。

一个完全靠脚力的年代，上一次远处的田地，光扔在路上的时间就够人头疼的。闲散的时候还好，一路吆喝着牛，驱赶着车，扛着锄头镢头，攥着镰刀菜刀，不咸不淡地在庄稼地转转，在乡间路上蹚蹚。可是，闲散的时光毕竟少，那庄稼地里野蛮的草不跟你商量就侵占了地垄，那急吼吼的节令几晌就煲熟了穗子，闲散不得，庄稼汉得没晌没黑地干，为节省时间，一出门就是一天。

在农忙时节，家家得送饭吃，家里的农妇把饭做好，打发孩子将饭食送到地头上，汉子们吃完饭抽袋烟，一拍屁股，继续鏖战。大集体生产队的年代，汉子们农忙时天不亮就得出工，紧赶慢赶，赶到地里先走出一身汗，那日头已经半竿子高了。家里的女人不敢怠慢，急忙淘洗蒸煮，一边吆喝着孩子起床。孩子搓着惺忪的眼睛，坐到锅灶前烧火。女人呢，有另一个稍微近一点的地片等着这第二梯队去劳作。女人干了半个时辰，急忙回家，给笆篾里拾掇上地瓜饼子，用水壶或者瓦罐提一壶开水，将送饭的孩子打发出门。

孩子害愁那么远的脚力，可是没有办法，这是个没有闲人的季节。他的胳膊被笆篾柄勒得通红了，他的另一只手也被瓦罐坠得发麻。他步子小，行走也缓慢，还没出村，就被急着去生产队场院干活的娘撵上了，吆喝着，你这个走法，走到地头就赶上吃晌午饭了。

孩子提壶担浆地走进田野，那时候，或许是麦子黄澄澄齐胸高，或者是豌豆开花红艳艳，或许，高大的庄稼正长起来，唰啦唰啦地在风里酝酿故事，孩子有时候有些怕，有时候却很高兴，他偶尔把笆篾和水罐放在地上，甩甩胳膊，顺便到豌豆地里摘几个青豌豆角吃；有时候脱下褂子追赶两只蝴蝶跑出很远，有时候想起什么，看看日头比高粱棵还高了，就一路疾行，走出满脑门子的汗珠。有时候也会碰到另外的送饭孩子，他们有说有笑，一路上结下了深厚的友情，定出多个盟约。

当那孩子远远看见俯身在庄稼地里的父亲时，心头一热，那个老爹，赤脚在泥土里，衣服上脏兮兮，头发上沾着草叶。一群汉子看见自己运送饭食的孩子到来，纷纷扔下手头的活计，那半垄麦子且吃完饭再接着薅吧，身体前腔贴在后背上，喉咙里也往外冒火星子。一群人坐在地头的槐树荫下，坐在去年的高粱棵垛的阴凉里，或者用麦捆子现搭一个避风的场所，开始吃饭。

掀开厚厚的饭包袱，饭食还热乎着，也许还是平常吃的玉米面饼子、煮地瓜干，只是比平时多了一碗咸菜，咸菜是一碗炖老酱，知道心疼人的女人还搅进只鸡蛋。每家每户的饭食都大同小异，地瓜饼子是那个时代的老面孔，可是各家的下饭咸菜不一样，平常的人家就是从咸菜缸里捞个辣菜疙瘩，粗粗地切成几片，跟砖头似的；同样是辣菜疙瘩，有的女人却将它切得丝丝细，用油锅给轻炒一下，吃起来就更下饭；家境好的人家会给在田里出大力的男人烤几条小干鱼，也有奢侈的，给带的下饭咸菜是咸鸭蛋，那蛋黄已经腌制得红润润，冒着油，看一眼就馋虫造反。咸菜之外，很多送饭的篾篓里还有几棵青绿的葱，几头雪白的蒜，甚至有时候是红艳艳的小辣椒，不是男人好这口，是需要些东西添加男人们疲惫躯体里的火力。

几个男人相互招呼着在一起吃地头饭，你尝尝我的咸菜，我吃棵你的葱，互通有无，资源共享。也有那不合群的，带着孩子远远在另一棵小树的薄荫里吃饭，那孩子拿眼睛瞟一下这边热闹的人群，正好被一个汉子看见了，他招呼那孩子到这里来吃，孩子的爹却呵斥一声，低头吃自己的饭。孩子不声不响地吃瓜干，心里老大的委屈。这不合群的汉子也许是嫌筥筦里的东西太寒酸，连一碗辣菜头都是脚丫子味，拙婆娘做出的饭食没办法跟人家去交流和分享，老去占别人家的便宜怎么行；或许这汉子的婆娘刚刚因为一只鸡跟那一群里的人家吵过架；或许是自己家的侄女跟人家的外甥处对象刚刚散伙，两家还别扭着呢。那边的汉子招呼着，来这边坐，一块吃。这汉子讪讪地说，坐不开，坐不开。或者说，嗨，我脚丫子臭，别熏着你们。谁知道那边的汉子很慷慨，筷子夹着一截咸刀鱼跑着送过来。

送饭的孩子有时候跟爹一起吃饭，有时候娘嘱咐了，饭不一定够，等你爹吃完了你再吃，或者回家来吃。孩子记得娘的话，在地头捉蜻蜓、扑蚂蚱，躺在麦捆子垛上看天空，看槐树的叶子被风吹着，看远处隐隐约约的山影。爹喊他，他说吃过了，再喊，说不饿，再喊，说我玩一会儿，回家再吃饭，娘还给我留着红皮鸡蛋呢。爹知道这个孩子在说谎，就一个人吃起来。孩子等爹又一次杀进庄稼地的时候，过来收拾碗筷，看见爹给自己留着饭呢，那碗鸡蛋炖酱，爹将酱吃完了，留下最顶上的一层黄澄澄的鸡蛋羹。孩子的心里有些难过，回头看看爹，爹已经被庄稼淹没了。

往回走的路上是轻松的，盛水的瓦罐可以不用拎，那半瓦罐水是爹一上午的水源，筥筦里也空了，除了薄薄的饭包袱，就是两双筷子一个咸菜碗，孩子一路蹦跳着，甚至几次把筥筦甩起来底朝天，当碗筷就要落下来的时候，再飞快地将它调正。几个完成了送饭任务的孩子在田野里慢悠悠地走着，说着，笑着，闹着，甚至有时候他们会绕一点路，从果园旁边经过，知道不敢闯进果园去偷窃，但是闻一闻那些正长着的果子的香也是过瘾的；他们还刻意经过瓜田，远远地看看西瓜甜瓜都长成多大了。

家里孩子小不能去送饭的，这家女人就要折损些工分亲自给男人送饭，一个起早上工的劳力和早饭后上工的劳力，工分是不一样的，那女人也是赶早做好了饭食，一路小跑般奔上几里地，赶到那里的时候，她是第一个，男人远远看见自己的小媳妇头上扎着条黄围巾走来，内心无比滋润，就早早歇工到地头吃饭去了，女人却袖子一撸，接着男人没薅完的地垄往前赶，别看是女流之辈，别看忙活了一个早晨又疾赶了几里地，那身手不让须眉。她往手心吐口唾沫，弯下身子，攥紧一大把麦棵，马步扎好，嘿，就连根拔出了麦子。扑净了麦根上的土，她把麦子安然地放在麦地里。

看看男人喝完胡黍水汤，滋滋润润地点起一袋旱烟，女人的汗也稀里哗啦流了半垄麦子地，喉咙里伸出水勺，肚子开始唱空城计，脚有些发飘，腿有些打晃，她回到地头，把男人留在筬筬里的饭食打扫干净。

男人说，上午就转场，晌午饭得送到"大北岭"去。女人记下了。她急匆匆挎上空空的筬筬，闪身消失在庄稼地里，再出来的时候，一根草蔓捆着一捆鲜嫩的青草，自己吃饱了，院子里的兔和鹅还嘎嘎叫着呢。

吃完地头饭的男人并不着急继续干活，至少要抽透一袋旱烟。那烟袋锅子从不离身的男人，窝蜷着身子干了半上午活，烟瘾早犯了好几次，可是，干活要紧，一次次烟虫子被他的唾沫给打下去。这下，终于可以抽一口了。烟瘾大的，不等吃完饭，一离开麦垄子就开始摸索烟袋。抽着烟的时刻是男人们最滋润的时刻，水足饭饱，地头小憩，烟雾缭绕，闲下来的嘴巴就要抬抬杠、逗逗趣。那个年轻的、抠门的、怪癖的被大豁嘴看上了，这一袋烟工夫，他能编排出各种各样的笑料安插在他身上，被编排的人也不恼，大家一起逗乐，还不是叫花子过年，穷乐呵吗？日子艰难，心不能被泥疙瘩裹住，该突围还得突围，贫穷得只剩下一张嘴的日子，也得先咧开嘴笑。取笑之外就是抬杠、打赌，刚才飞过去那只蚂蚱是公是母，一个麦子穗有多少颗麦粒，刚才来送饭那个小媳妇有多少斤重，这个蒲公英球球你能把它吹多远。打赌吹牛的事可以是鸡毛蒜皮，可以是蝼蛄蛴螬，可以是一片庄稼叶子，也可以是沟底的一块石头。还有在阳光下哼哼小戏的，两人对头下四步棋的，总之，地头饭刚刚吃完的短暂时光，是汉了们最惬意的时候，有时候他们是为了等等那送饭晚了、至今还饿着肚子的人，有时候就是在开短暂的联欢会。地头饭之后偶尔也有武戏，几个吹牛抬杠的互相不服气了，就开始支摊子摆擂台，掰手腕，耍绊子，这些大都是年轻气盛的年轻人干的，老成一点的人才不犯这个傻，不在这些事上耗力气。有时候年轻人要摔跤，反正地暄软，也摔不疼。可是队长不干了，吆喝道，有那本事跟麦子去较劲。

　　一帮男男女女在一起吃地头饭就更热闹了，说说笑笑，打打闹闹，一顿饭时间会发生很多逗乐的事。送地头饭可以节约壮劳动力的时间，但也费送饭的脚力，有闲杂人员的人家是有账可算，家里没有半大孩子，就只能大人去送饭，这个误工也是要折算的，乡下人有时候就几户人家联合起来送饭，两家或三家合伙，每天派一家将几家的饭食送过去，轮流去送。这个最小的物流公司肩负重任，需要用大的篾箕，将几家的饭分隔盛放，还需要担一大铁桶的水给几家男人饮用。她用一副担杖担着饭食，不断地换着肩膀，急急火火地行走在乡村凹凸不平的乡间路上。

中午也吃地头饭的男人，到吃饭的点已经极度疲劳，繁重的劳动耗尽了食物和体力，他饥肠辘辘，盼望着自己家的地头饭早点送来，他就可以有足够的理由歇一下。他向村庄里家的方向张望。远处的村庄有炊烟正沿着屋顶的烟囱攀爬上来，一缕缕轻云似的混进天空模糊了踪迹。才刚刚做饭呢，他咽下一口唾沫，等那些缥缈的炊烟越来越淡，最后房顶都干净了，他的内心就越来越欣喜，暖意越来越浓。不一会儿，崎岖蜿蜒的乡路上，出现一个又一个挑着篮子和水桶的急匆匆的送饭人的身影，每一个人影都叫望眼欲穿的汉子们兴奋一下，他们仔细辨认，或者轻叹一口气继续干活，或者就扔掉手头的活计跑向地头。

这顿地头饭吃得缓慢，他得用足够的时间把散架的骨头聚拢一下，把四散的元气重新聚拢，吃饱喝足，他还要拉过几个麦捆子在一片阴凉地里躺一会儿，那短暂的小憩也许连个短梦都来不及做，正午醋烈的阳光挠得人浑身痒痒。

早上吃饭的时候，大家会到路边沟底的草尖上呼啦几下，揉搓几下，让草上的露水把手上的泥巴和其他脏物刷净，正午的时候，青草都被晒得蔫头巴脑，讲究的人，有的跑远处的石头缝里掬些水洗手，也有的从水壶里倒点点水，草草洗净泥巴，不太讲究的就那么干搓一下，说，不干不净，吃了没病，就狼吞虎咽地大吃起来。

送饭的孩子每次都有收获，蚂蚱、蝈蝈、螳螂、野草莓、菇莨果，运气好的时候，指不定谁在庄稼地里发现了一窝雀蛋或雏鸟，送给第一个到达地头的送饭孩子，也有手巧的人，还给孩子们编个蝈蝈笼子。秋天送地头饭，常常有打牙祭的时候，上午从地瓜垄里或花生地里刨出窝田鼠，一窝田鼠跑不过汉子们的围追堵截，抗不过镢头擂击的命运，肥嘟嘟的老鼠被扔进一堆干树枝、草叶中，从鼠窝里缴获的花生也被扔进火堆，几个年轻人还去树林里逮了些大肚子一包籽的螳螂和蝗虫，大家吃得可是欢，小孩子自然要得到更多的鼠肉，那牙祭可是犒劳人。

那些吃地头饭的日子就这么被历史收进扉页了。机器时代的快速度，使从家门到田地很近，从收割到粮食很近，从你到我的距离却越来越远了。

屋檐下

屋檐是房屋的帽檐，遮蔽着过盛的阳光和斜飘的雨水。屋檐不仅庇护着土墙、门板和一家人，还庇护着共存于天地间的生灵。屋檐下是鸟雀的家。一户长长的屋檐底下，常常有一处燕窝，那紫燕呢喃着，借着屋檐的弧度，衔泥筑巢，将温暖的小窝依偎着人的暖房。屋檐下还庇护着麻雀，麻雀是偷懒的家伙，更是聪明的家伙，它瞅准了屋檐下的瓦缝，一窄身子钻进去，在草坯的缝隙里找到自己的庇佑，生卵育雏，安度漂泊的一生。屋檐下有了紫燕和麻雀，这家就充满生机。西北风呼啸的时候，燕子去了南方，喜鹊在高高的窝里随风摇晃，天空与大地之间是静默的房屋和光秃的树枝。一群灵动的麻雀"簌"地从梧桐树上、洋槐树上、老榆树上飞起，像北风卷动的几片枯树叶，在天空划几道优美的曲线，落在顶着几点残雪的草垛上，落在灰不溜秋的篱笆上，落在阳光下酣睡的猪身边，落在鸡的食槽边，落在狗窝旁的破碗边。一阵欢快的嘀嘀咕咕，或者是窃喜，或者是庆祝，小小的躯体，快速仰俯，跳跃。几粒草籽，残留的秕谷，甚至禽畜们嘴巴下的残渣，足够填饱它们弱小的肚腹。吃饱后的漫长时光，是用来跳跃和歌唱的，是用来祈祷和飞翔的。

　　屋檐下是果实歇脚的地方。秋收开始，庭院里、仓房里满满当当，屋檐下那排橛子，一个个迎来了自己的新娘。结实的橛子上挂着一串金黄的苞米辫子，人们将苞米皮辫成麻花辫子，玉米棒就整齐排列成边穗。红通通的辣椒有的是一棵棵辣椒秸秆，红翠相间像幅喜庆的年画；串成串的辣椒，挂得高高的，像要燃放的爆竹；辣椒串儿若是系成圈，就成了一大朵花，将暗黄的土墙打扮得像个新郎官。几穗饱满的高粱，从场院里挑出来，扎成一把，展览在屋檐下，它们承载着给明年的土地传递薪火的神圣使命。窗台上常常晾晒着瓜豆的种子，那些狡黠的眼睛，窥探着岁月的产房。葫芦种子像整齐的牙齿，悄悄地咀嚼着岁月的香。深秋里，院角几个留瓢的葫芦早已熟得绣花针扎不进，摘下来，找村里最好的木匠用锯给开瓢，掏出饱满的种子、新鲜的瓢子，将瓢在锅里煮熟，依次摆在窗台上晒葫芦瓢。若窗台摆不下，就支上高粱秸的箔，一张张笑脸在屋檐下承接阳光的锻打，褪去葫芦的胎痕，一步步走向成熟，走向瓢的风骨。地瓜收藏完毕，那些没有进入棚子睡觉的小地瓜，被刮去外皮煮熟来晒地瓜枣，箔上晒着满满当当的地瓜枣，像夏天里桃花河岸那一溜光屁股的顽童。红皮地瓜，被冬日的太阳一晒，流出蜜汁般的油，馋嘴的麻雀频频光顾，成群结队来吃，专吃那甜软的。在高粱的秸秆顶端，绑上花花绿绿几块鲜艳的布条，插在屋檐下，风一吹"噗噜噜"直响，吓得偷吃者四散而逃。

　　屋檐下是农具的驿站。檐下有长短不一、粗细不等的橛子，有木头的，有铁的，铁镢子是用下来的旧耙齿。橛子高高低低排列在屋檐下，等待它的亲戚上门。两个孪生兄弟般的橛子相距一米多，水平钉在房门一侧的土墙上，除去清晨和傍晚担水的短暂时光，担水的担杖安静地与它们厮守着。担杖两侧垂下扁铁环的扣子，底端是弯弯的铁钩子，似乎在垂钓满天井的月色和日光下的快乐。天光微亮的时候，男人从橛子上摘下担杖，挑起一对洋铁桶，大街上就响起担杖钩悠闲的"咯吱咯吱"声，担杖唱着歌，一路去了南菜园的甜水井。晚秋或初冬，嘴上冒了火起了口疮的人，赶在担杖出工前起床，顾不上掏锅底灰，顾不上舀水添锅做饭，先将冰凉的铁钩子含在嘴角，嘴角那块火辣辣的疼就被冰凉的铁钩子给拔出来了。一两日，嘴角的肿消下去，比吃啥灵丹妙药都快。屋檐下还挂着绳索，提水的井绳，捆秸秆的草绳。打完场，晒干了粮，碌碡礧在墙角，碌碡挂，那个弯弯的牵引，就安详地歇在屋檐下。蓑衣和斗笠是乡下人的宝贝，斗笠晴天挡日头，雨天遮湿气；蓑衣更是宝，防雨又御寒，干活累了，蓑衣往地上一铺，当草垫睡一觉，不用担心受潮。人回家的时候，斗笠和蓑衣就在门边的屋檐下静静地等待。立秋就挂锄了，忙了整个夏天，平息了多少造反的草民，锄头该靠着土墙歇歇了。镰刀似乎闲得太久，闲出一身泛黄的寂寞。从墙上摘下来就要对庄稼说话，吼吼地在磨刀石上热热身，翻身下墙的镰刀，带着乡下人的热切盼望冲进田野。大寒封地之前，耕完留做春茬的地，铁犁头从木犁具上卸下来，草绳串一下犁头，挂在檐下，犁具依靠在檐下的墙角，或者也找个结实的铁橛子挂起来。农具满墙歇在屋檐下的时候，土屋里就飘荡出一壶烧酒的香。

　　屋檐下沉淀着岁月香。屋檐下摆放着一溜坛子、罐子。秋天收回来的萝卜，人们挖一个地窖，将大萝卜窖藏，萝卜缨子切下来，两个橛子之间拉一道绳，将萝卜缨子倒挂在绳上晒，这叫晒黄菜。黄菜晒干储备起来，缺菜的春天里拿出来浸泡，馇小豆腐吃，包菜包子吃，饥荒的年头熬黄菜粥喝，拌进些粗粮面蒸菜团，都是救命的口粮。坛子是用来腌咸菜的。萝卜切条腌制，晾至半干就窝进坛子里，加上辣椒面等作料。辣菜的腌制非常简单，洗净晾干的辣菜疙瘩，摆放在坛子底下，用粗大的盐粒覆盖培紧。时光和日晒是腌制的程序里不可或缺的作料，第二年春天，屋檐下的坛子、罐子就冒出丝丝缕缕特殊的香气。揭开坛子，盐粒变小了，厚厚的盐层变得稀薄，放进去的绿疙瘩变成个黄瓢疙瘩。切开辣菜疙瘩，一股清香扑鼻，脆咸香的辣菜咸菜特别下饭。还有的坛子里装的是半坛子水，水不是普通的水，吃鱼的时候，洗鱼的水，包含着鱼的腥鲜之气的水被储存下来。从坛里舀一勺鱼腥水，拌进白面里，拿铁勺一烙，面糊糊咸菜就这样出来，对于平日见不到腥的人家，这未尝不是一种犒劳。

屋檐下是天落水唱歌的舞台。屋檐下常放些空的器皿。水桶、瓦罐、洗脸的铜盆。夜晚入睡前，它们在屋檐下摆好队列。细心的女人看看天幕，黑沉沉的不见一丝星光，就把能盛水的家什全摆在屋檐下。也许就是一夜的雨呢，小雨就是雨打芭蕉，点点滴滴，丝丝洒洒，叮叮咚咚，曼妙的诗意浸透土炕上的酣梦；大雨就是曹曹切切，万马奔腾，狂野之师席卷平岗，屋内依然是鼾声如雷。乡下人爱那雨水，那雨水是宝贝，比普通的水下灰。即使不洗衣服，喂猪洗菜洗碗刷锅，用水的地方多着呢，不比去村外挑水轻省？接了水的日子，若第二天正好是晴天，乡下的女人就特别欢，洗衣服，刷器皿，忙得马不停蹄。院子的晾衣绳上、箔上、树杈上、上搭下挂，彩旗招展。

屋檐下摇曳着风俗和岁月的流响。正门口的上方，插着桃树枝和竹枝，这是过年的时候插上去的，是人们对好日子的企盼。桃树是辟邪的，门口插桃树枝，一切不好的东西就进不了家门，门户就正气长存，家里人也不会得病。竹子是报平安的意思，而且竹的鲜脆在萧瑟的严冬里，也是生机勃勃的象征。桃树与竹子插上去就是一年，平日常见竹枝干卷着叶子，可是空气湿漉漉的清晨，那些竹叶却是鲜润润的。要是下了小雨，竹枝就像新竹一样青翠欲滴。屋檐下还插着艾草。艾叶是端午节的时候插上去的。天未亮时，家人去野外折艾蒿，插在自家的门口，也给熟睡的孩子枕头边压几片干净的艾叶。香艾既可辟邪也可驱百虫。五月，万物生发，葳蕤挺拔，雨水渐勤，瘴气滋生，艾草守护，百邪不入户。夏天小孩子害了小疮、疖子啥的，劈下几根艾草炖水洗，也能很快康复；若发炎流脓，直接从屋檐下折艾草烧成灰，蘸香油抹至患处，两三日即好。清明时节，屋檐下也常常摇曳柔嫩的柳枝。人们在秋千架上拴红布，插柳枝、柏枝之外，总忘不了那憨厚的屋檐。

有时候，谁家屋檐下突然飘荡着红布条，乡人见了，男人就收住了串门的脚步，女人就赶紧回家看看鸡蛋篓子里，能给这户新添丁的人家贺个多大的喜。就连饥肠辘辘一路风尘的叫花子，看见了屋檐下的红布条，也不再去叩击这家的门环。

屋檐下是收藏阳光炼制"金子"的地方。屋檐下生长着最茂盛的阳光，像个金钵，北风绕道而走，阳光聚而不散。狗儿蜷缩在盛放着半篮柴草的提篮里，母鸡也喜欢趴在草筐里温窝、下蛋、晾晒翅膀。老人摆下草墩子，在懒洋洋的冬阳下，晒出满身的暖，提炼出漫长岁月里的最为欣喜的笑靥，皱纹再深都掩不住。晒着晒着就打起瞌睡，直到一滴口水打在手上，直到鞋窝子被麻雀啄得簌簌发痒，直到一缕饭香飘进鼻翼。

麦场上的战斗

一百岁要娘，一亩地要场。土地是庄户人的战场，他们在田地里流汗、流泪甚至流血，打胜或者打败一年的收成之仗；场院则是他们的阅兵场，是战争成果的展览室，只有看到一队队庄稼凯旋，涌入场院，庄户人的心里才蓄满蜜水。场院像一条脐带，连接着村庄和田野，村庄依靠它从野地里汲取生存的营养。寒来暑往，秋收冬藏，打场晒粮，才是真正饱满滋润的农家生活。

场院总是选择在村庄的周围，像一圈温暖的袍带，紧紧地环抱着村庄。五月初头，麦野望去深绿的梢头略微有些橙黄色。老农就走到村边，"吧嗒、吧嗒"吸着烟袋锅，将眼前的土地审视，他要将一小片土地上的庄稼提前收获，那里或许正铺展着小块的豌豆，饱满的豌豆角开始泛黄。拔起豌豆，将杂草拔净，土地尚暄软，一头牛，拉个空耙，将这片土地深犁起来。泼上水，滋润透了再让土地"睡一睡"。另一个清晨，鸟儿吵醒了村庄，红日晒化了薄雾，洋槐花的香弥漫着，花香里还透着麦粒将熟的香甜。村头村尾都是"压场"的人。压场需要碌碡和磙子。对于农村阅历浅薄的人来说，这两样东西很难区分，甚至很多人把此两样统称为碌碡。其实它们区别很大，功能也不一样。碌碡是接近圆柱形的，两头好似一般粗，柱体上凿成凹槽，所以它是有棱的，碾压的力度大。磙子两头粗细相差大，更易于转圈，表面光滑。压场还需要麦糠或者炉膛里新扒的草灰，犁起来后又吃透了水的场院很黏，根本不能走进去，要用陈旧的稻草帘子给碌碡穿一层外衣，乡下人管这种造型的碌碡叫作"扫道毛子"。在黏土的场院里不间断地撒草灰和麦糠，泥地才不会被碌碡抓起土来，压几圈就要撒一层，直到场院不撒草灰也不黏了，硬实得差不多了，"扫道毛子"就下班，磙子上场。数不清走过多少圈，直到把场院压得光洁板硬，没有一丝缝隙，压场才结束。

在端午粽的香即将飘起时，几晌南风，将麦那少女的绿裙逼成瓜熟蒂落的风韵。农人抹了两把汗，抬眼看看毒日头，喃喃地说："真是熟麦子的天气啊！"然后慢腾腾从墙上摘下镰刀，用食指试试刃。家家的镰刀在磨刀石上嗷嗷地叫，场院敞开着它宽敞寂寞的怀抱急切等待拥抱他思念了好久的新娘。"蚕老一时，麦熟一晌。"压好场院，磨快镰刀，就等开镰了。

开镰就是一场鏖战。空气中弥漫着麦秸草的体香。农人们穿着最褴褛的旧衣，腰间别上明晃晃的镰刀，与覆垄的熟麦展开肉搏。

丛田野归来，麦子已经头重脚轻，齐根斩断的疼痛还没缓解，就要面对铡场。铡场常常在黄昏或者晚上。收工早的，天黑前摆下铡刀，铡刀那雪亮的刃闪闪发光，把昏暗的乡村黄昏映照得一片雪白。"咔嚓、咔嚓"，年轻的按着铡刀柄，年长的将麦捆子入进铡刀口，麦穗垂在外侧，麦秸草留在手边这一侧，掌铡刀的年轻人迅速将铡刀按下，一猛子劲，铡刀落地，麦草纷飞，铡得干脆利落。也有那生手，"咔嗒、咔嗒"，越铡那麦棵越像棉线，柔软难断，那入麦子的老把式就站起来，将铡刀高擎，一脚轻踩垂在一边的麦穗，"咔"一声，干脆利落，后生看得心服口服。铡完场，麦穗就集中拥抱在一起，它们的亲密会营造暧昧的霉变，就算黑夜也要摊开晾，星光也是有温度的，还有风，会及时送走它们积聚起来的热量，化解霉变的危机。

朗朗晴日正好晒场。大人们还继续鏖战在麦田里，用铁刃对麦子说话，孩子们担当起重要的晒场责任。看场的孩子要吓鸡鸭，新粮下地，它们也兴奋地来尝鲜，专拣饱满的穗子糟蹋，小孩拎个竿子或捡堆石块，专门对付这些"强盗"。场院的角上，爹早给用苞米秸搭了个小屋，日头毒啊，孩子钻进小屋里，喝从家里带的娘煮的加了高粱米的凉开水，那是红色的，跟小卖部里的汽水差不多，他又偷偷放了几粒糖精，甜甜的，他心里美美的。可突然又不高兴了，想想爹娘和哥哥们都晒着毒日头割麦子呢，自己却在这里享福，眼泪就要掉下来了。猛地去小屋后寻出那杆腊木杈，好沉那，学着大人的样子，翻晒晾在场里的麦棵。青湿的麦子死沉，紧紧压在一起，要想干得快就得叫它们暄腾起来，阳光深到底层才好。汗水噼里啪啦下来，小孩直埋怨自己个子矮、力气小，翻得那样吃力。等翻完一遍再回小屋时，心里就高兴起来：爹说过，勤翻着麦干得快，很快就能打场了。

麦，厚厚地铺展在场院里，在不停地翻晒下，青涩的麦子经过阳光与风的洗礼，渐渐干爽。日头毒辣的晌午，急急吃过午饭，开始打场。杈耙扫帚扬场锨，簸箕布袋扎包绳全拾掇上，一家老小都上了场。最早的"连枷"早不用了，套上牲口，抱着竿子绕圈圈的打场方式也早过时了。拖拉机拖着铁碌子，一路喊着来了。一圈一圈地跑下来，蓬松的麦子就矮下去。四股杈一层层将麦草起走，蓬松的麦糠下埋伏着让人心动的粮食。男人扬场时的表情是最快乐、最动人的。西风吹雪一样将麦糠吹向一边，饱满的麦粒像"金雨"一样洒下来。孩子欢叫着。有时冲到"金雨"下，伸手接住些麦粒，或者直接躺下来打滚，任由麦粒打在身上。有风的时候，扬场简单，只要将一木锨带着麦糠的麦粒斜着扬出去，风就给分得很明白，麦粒落地，粒粒饱满，麦糠就飘开了，像一场蒙蒙的雪。倘若响晴无风，扬场就见了高低。手艺差的，一木锨撒出去，麦粒麦糠又齐刷刷落到一起，仿佛那生死不离的情侣，经过一刹那颠簸，仍然抱紧着过日子。那人就懊恼地把木锨一扔，在场院角点上根烟，等风来。女人不放弃，在重新和好的麦子前用扫帚掠几下，企图通过自己的扫掠，分离出粮食。好把式此时不紧不慢，一木锨撒出去，麦糠落在原地，麦粒却斜飞出去，干净利落地落在旁边的空地上。他的手艺招来那些轻浮的后生的嘲笑，老把式淡淡一笑，说："靠风扬场那叫本事？"有学识的后生仔，看着看着就明白了门道，回去操起木锨慢慢也有了样子。

割麦、铡场，拖拉机拖铁碾子打场这种古老的打场方式，连同童年的欢乐封存到记忆中了。在我开始下田干活时，已经很少用镰刀收割。拖拉机头上装上了收割机，一会儿工夫就将偌大一片金灿灿的麦棵放倒。农人的工作就是将满坡的麦子打起捆，运回场院。夜晚，场院架起了电灯或点上古老的马灯。脱粒机一边将如山的麦捆吞下去，一边喷着纷纷扬扬的麦糠，漏斗里就滚滚流出金黄的麦粒。老人们笑了：再不用一捆捆地"拣草"了，男人们伸伸腰笑了：再不用下大力气扬场。嘿，白天割倒了麦，晚上就见着了粮食，机械化真了不得。脱粒机隆隆响着，电灯光线之下，是兴奋的打场人。人们身后，是无边的田野和夜色。

打场是一场轰轰烈烈的交响曲，"拣草"则是场院上抒情的小调。割麦的时候，不能下地的老人，就坐在麦根草旁，拆开一捆捆的麦根，拣出麦根里杂漏的麦穗，这在乡下叫作"拣草"。庄户人最知道劳动的艰辛，最懂得粮食的金贵，哪怕一垛高高的麦秸草只能拣出几斤麦子，他们也不吝啬自己的劳动。大规模的"拣草"活动是在麦收之后，田里的麦子打成粮食晒在场院里，夏播已经告罄，女人一边翻晒粮食，一边在山一样的麦秸草垛展开拉锯战。长时间静坐，拨拉着麦草，春渐深，人就容易犯困，有戏匣子的妇女就滋润了，听着评书和小戏，有时候也听电影剪辑和广播剧，最重要的是要听天气预报，要注意听那"山东绊倒"的阴晴雨露。这时候恰好走过一个老妪，叹息说："好好的一个山东，干嘛要绊倒。"戏匣子女人抿嘴笑："是半岛。"老妪依旧拧着眉毛"绊倒嘛"。能够坐下来从容地"拣草"的日子，已经是天下大定，那些麦子已经由一棵棵庄稼分身了，躺在场院里接受阳光爱抚的圆滚滚的麦粒那么叫人欣喜，那垛在旁边的湿漉漉的麦秸草还需要被揭开袍带仔细盘查，夹带一粒粮食就不能叫作草。

五月是一场战斗，是庄户人与老天爷的一场战斗。收麦子不叫收，叫抢。抢着将覆垄的熟麦收割到场里，抢着打场，抢晒，抢种。在所有这些抢中尤以抢场为甚。麦季最怕的是雨，刚刚日头还毒辣辣的，一片乌云遮了脸，天边就飞似的涌上雨云来。坡里的人急急忙忙往场里赶。木杈飞舞着，垛起晾晒的穗子。若淋湿了麦穗，再跟上个连阴天，这到嘴的粮食就发芽了，好光景就算泡了汤。婆娘们在家里大扫荡，新旧苫子、雨布、破塑料薄膜，能挡雨的都拾掇上。不管自己长了怎样一身老婆肉，也顾不上胸前两堆肉上下左右地蹦蹦的羞，自管撒开脚丫子向场院奔跑。挑、垛、苫、扫，每一件都是跟老天爷在抢时间，每一件做得比打仗还激烈。男人和女人之间配合得最好，他挑她扫，他苫她扶，他盖她拽。要是那场雨在场院还没收拾好的时候就落下来，这两口子就有些耍赖，把一肚子的怨气轻易转嫁到对方身上。阴着脸使闷气的还是好的，有的男人一边在雨地里忙活着，一边骂着老婆。女人脸色很难看，心疼被雨淋湿的粮食，恼着男人的骂，脾气好的还忍着，脾气暴的早对骂开了。有时候男人就愤愤地丢下木杈，"还拾掇个鸟，淋了不吃，饿我自己？！"气鼓鼓地走了。女人忍着气或是骂着，将场院收拾完，扛上所有家什，往家走，一路还向早拾掇好了场在路边看雨的人诉说她家那头"倔驴"的短处。那些和睦的两口子呢，虽然也湿了粮食，虽然也淋得落汤鸡一般，可人家老婆回家给温上一壶小酒，炒盘嫩黄黄的鸡蛋，劝慰着，"喝点酒，别冰着。下雨正好歇歇，淋就淋吧，老天不能叫咱饿着"。

　　从第一场麦子打出来之后，男人夜里就睡在场院里"看场"。在场院的角上用几个苞米秸搭起的那个窝棚里，底下铺一层软软的干草，将家里最旧的铺盖搬了去，就算在场院里安了家。吃过晚饭就去看场，和邻场的汉子凑在一处，除了天上眨巴眼睛的星星，滋滋响着的烟锅是漫天黑地里唯一的光亮了。看星多密呀，夜里准不会下雨。夜风在背后的庄稼地里游荡，婆婆娑娑地响着。夜露打湿了草堆和男人的头发，虫子唱累了，都歇息去了，只有很远的坡里，蝼蛄高一声低一声没有底气地叹息着。男人钻进窝棚，望着黑夜里那堆粮食，身上的疼痛就轻了许多。躺下去，全身的骨头就散了架般的疼，可这疼抵御不了狂猛袭来的睡意。在田野边的窝棚里，在场院边的草铺上，男人睡得鼾声四起，他们会梦到什么呢？日头下的淋漓大汗，雪白暄腾的馒头，婆娘喜悦的笑脸。

　　如今五月的故乡，麦季一片寂静。农人已经习惯从自己家地头直接拉粮食回家。麦场变得越来越寂寞，越来越悠闲，最后消隐在大机器时代。没有了场院，没有了莹莹烁烁的灯光，没有了农人们要器具、喊孩子的声音，新机器从麦田一把就撸下来的粮食，回归到家家场院一样的平房和街道，悠然打坐。农人却并不悠闲，麦子的丰收，已经不再是他们全部的期望，粮食，吃饱肚子，已经不再是一个农民的奋斗目标。

盖垫

　　人靠衣衫马靠鞍鞯。人的衣着打扮不光是御寒，还遮蔽尊严，产生美观效应。

　　盖垫就是器皿的衣衫。一口锅，大半个身子在锅灶里接受烟火的烧烤，巨大的锅口张着。盖上一顶崭新的盖垫，胡黍秸细长的挺秆泛着淡黄色油亮亮的光泽，新锅盖蒸出的馒头都有特别的香味。

　　没有锅盖蒸不熟饭食，锅盖不仅仅是顶好看的帽子，它要严丝合缝地堵截从锅内升上来的热度，让那些热在锅里升腾成一炉高温，将坚硬的鲜地瓜蒸成面的软的流油的，将软塌塌的玉米饼子捏出棱捏出角，捏出脊梁骨，将搅和得混混沌沌一盘散沙般的炖酱与鸡蛋撮合成香喷喷的一家人，将腥气弥漫的咸鱼炖出海潮深处的鲜。香喷喷的日子怎么缺得了一顶锅盖。不盖锅饭不熟，不盖锅菜不烂。一个火头军最看重的是锅盖的严实，如果新晒过的锅盖听过风的赞美，日头的褒奖，有些轻飘飘，那一角的虚荣有些翘，农妇自有对付它的计策。灶门口有块压锅石，深沉稳重，是轻浮的克星，还有风箱上的洗菜盆，盆里盛半盆水，好了，锅盖这时候知道自己究竟几斤几两了，服服帖帖安安分分地继续自己的使命。

一顶锅盖每一次蒸煮之后，都会失重，一些水既不愿意随着蒸气在灶屋的墙壁上凝结，也不想回归到大锅里成为溜锅沿的水，它们看好高粱秸中间暄暄软软的内穰，藏进这个温柔乡里做美梦。晴朗的日子，锅盖要拎到院子里晒，放在窗外的箔上，支在草篮菜筐的沿上，放在挂水桶的丫形木桩上，沉甸甸的盖垫在阳光下褪去臃肿的负累，甩掉过多的欲望。当一个人心里结了茧子，就有人警告它说，该晒晒盖垫了。

家里需要盖垫的器皿太多了，米缸面罐，油盐酱醋的坛子，各种各样的器皿，大小不同的开口，都要一顶盖垫来安抚。如果没有盖垫，鸡蛋就被蚊子钻缝吸干了；如果没有盖垫，面罐里会留下壁虎的脚印；如果没有盖垫，麦子、苞米的缸里会留下老鼠粪；如果没有盖垫，盐坛里会经过香大姐；如果没有盖垫，菜油坛里会落进蜘蛛。各种各样的盆盆罐罐向农妇要盖垫，农妇的手"哧啦哧啦"，拿麻绳和散碎的时光穿起一个个盖垫。

穿盖垫就要种高粱，不种高高粗壮的那种山东大汉式的武士高粱，那是盖房用的；不种身体窈窕、美人一般穿石榴裙的红色高粱，那是编席用的；要种那种身子细细弱弱、脖子细溜溜老长的长脖子高粱，那种高粱穗子像开花的荻花，在秋天的庄稼上空有婉约的美，最美的是它的长脖子，像河滩里那只叫作"长脖子老等"的鹤。女人们最喜欢这些长脖子高粱，剪下来挑挑拣拣，粗长的穿锅盖垫、大缸的盖垫，甚至粮食囤的盖垫，中溜溜的穿水缸盖垫，麦子缸盖垫，猪草面缸盖垫，最短小不成气候的也闲不下，一个个铜锣大的盖垫，海碗大的盖垫，甚至巴掌大的盖垫，富富有余的盖垫，用去女人大半个冬天的时间。

穿盖垫是在冬闲的时候，将高粱穗子下的那一段细脖子秆剥净外皮，挑选长短粗细均匀的在炕上摆草稿，你看见的是一溜站队的高粱秸，而穿盖垫的女人看见的是一顶完好的盖顶，她不懂胸有成竹，但是她知道，心里没有一个漂亮完整的盖垫，就一定穿不出好盖垫来。穿大盖垫要用粗针大线，线是麻绳，大针穿上麻绳，将挺秆一根根穿透。穿挺秆要穿中央，挺秆穿起来平展不平展，关键是看线穿得直不直。看似简单的穿盖垫，也像行军打仗一样，坐镇指挥的村妇要排兵布阵，盖垫中间用粗大的挺秆，边角用弱一些的。要注意强壮与纤弱的搭配，这搭配既不能在外形上有凹槽和缺陷，也还得是强弱能搀扶共济。将穿好的两层同样盖垫帘子交错铺好，上面一片的挺秆跟下面一片的挺秆十字交叉。接下来的环节是钉，把两帘牢固地钉成一体。毛毛刺刺的长脖子挺秆被麻绳钉成结实的一道屏障。最后的环节是切盖垫，找来盖垫胚，就是你想要的多大的一顶盖垫，铺在盖垫片上，拿锋利的刀具，沿着一顶老旧盖垫的边缘割掉多余的部分。当一圈切完，一顶完整的圆圆的新盖垫就诞生了。

农家的器皿基本都是圆口的，所以盖垫就是一个个的圆圈。长脖子高粱秸秆不光穿圆口盖垫，还有长方形的，这类盖垫有时候也叫盘子，每户人家都有几个挺秆的"长盘子"。"长盘子"的用途也很广，擀面条的时候，切好的面条要摊开放在盘子上，包饺子的时候，饺子们也是先在盘子上列队等待出征。煮熟的饺子，一人一小碗，剩下的，全部晾到盘子上，家里的碗具有限，况且，盛在盆里饺子会互相粘连，稀稀拉拉往盘子上一晾，不粘连还凉得快。淘洗麦子的时候，盘子在锅口斜斜地站立，洗净的麦子在盘子上沥一下水，然后端到晒席上去晾晒。

盖垫是个双面器具，有正有反，凡事都讲究里与表，盖垫也不例外。里面朝向粮食米面，永远是干净崭新的，外面遮挡了风沙落尘，日子久了就模糊了容颜。一只盖垫，或许是在农妇挑选挺秆的时候就分好了里表，或许就是在遮盖器皿的刹那，随意就将某一面当成了里子。也许盖垫的外表伤心沮丧过，完全一样的材质，却是完全不一样的使命和前程，生活就是这样，修得千般好，也得看运气强与弱，那有里有表的事，总得有站出来当护佑的。盖垫不仅仅是遮盖，还有"垫"的使命，要不怎么叫"盖垫"呢？有时候它与麦香近距离接触，这家要擀单饼吃了，把盆盆罐罐上的所有盖垫收集过来，盖垫的外表顶着世间的落尘和烟熏火燎，内里却新鲜如初，女人将盖垫那新鲜干净的内里朝上，摆在大炕上、八仙桌上。她擀好一张面饼就用擀面杖卷起来，放到盖垫边摊开，单饼在盖垫上等待鏊子点火。此时的盖垫行的是托举的职责。吃单饼的时候仍然离不开圆圆的盖垫，将热饼摊开在盖垫上，把鸡蛋捏碎，撒上盐末，或者是放上一棵鲜嫩的葱，涂抹些春酱，折叠，卷筒，来犒劳嘴巴和肚腹。那些圆圆的小盖垫有时候还客串一下筛选种子的差事，在簸箕里铲起一捧豆粒，小小的凹槽做它们的跑道，把那些圆滚滚的种子选手从芸芸众生里挑选出来。

穿盖垫不仅是个手艺活，还是体力活，手上没劲是穿不好盖垫的，那粗大的针带着粗大的麻线，在高粱挺秆的铠甲处破冰，在它的体内游过，然后洞穿，这不是最累的；最累的是将两片挺秆帘子钉在一起的过程，手要把得稳，一松劲，盖垫就走形了，看起来歪偏，用起来跑热气；割盖垫手上也要有劲，菜刀要齐茬斩断高粱秸，稍微一犹豫，斩茬就丑了，藕断丝连怎么行，快刀斩乱麻还得胳膊上有力道。所以有些乡下女人，做针线是一流的，描红绣花是行家，论起穿盖垫就草鸡了，舞岔数日，顶多能成就起小盆小罐的盖垫。乡下的巧男人在冬天里就饱受崇敬，他坐在炕头上，替这家穿顶锅盖，替那家穿顶盘子，麻线"哧啦哧啦"响成一曲动听的音乐。

一顶盖垫盖在米面缸罐上是用好几年的，盖在油坛盐坛上的也极少折损，但是盖在锅上，天天跟水打交道，一日三餐还连带煮猪食，盖垫的苍老是看得见的。一顶金灿灿银闪闪的盖垫在锅上厮磨几个月，就变成褐色，就像那光鲜明艳的小媳妇，在锅台灶屋里，在犁耧耕种里，在孩子的屎尿哭啼里过几个年，就皮肤暗黄、丰润凹陷了。锅盖由暗黄变成褐色，最后变成黧黑，被一次次拎出拎进，掀起盖上，筋骨也松动了，蜷曲在锅边，像一个缩在岁月边角的老人。

腊月里，女人说，过年总得要顶新锅盖下饺子吃，于是她又在炕头上展开了楚汉棋谱。当那顶饱餐了一家人磕磕绊绊日子的黑锅盖被拎下锅台的时候，这件破旧的黑物颤抖了一下，女人感觉到了，她把锅盖盖到仓房一个玉米缸顶上，叠在另一个盖垫身上。为咱的锅服务了一辈子，总不能劈了烧火。黑盖垫知道自己在这里只不过是混差事，有它没它一个样，可是，鸡零狗碎的日子新锅盖怕是顶不下来，偶尔，煮猪食的时候，女人还来拎起黑锅盖去遮挡一番。老盖垫有点豁口的嘴，突突地笑出些热气，把女人抱住了。

——

第三章

——

草木歌，精灵舞，大地生香

胡麻的天空

　　在我的故乡，麻是种身份朦胧的作物。它傍水而生，高大茂密，如芦苇一般迷惑了水鸟；它在大田里阵脚威仪，把玉米和高粱棵子搞花了眼。麻是什么？是庄稼，是水草，是竹竿，抑或是什么？它在夏天里开花，从腰间一直沿着秸秆开上去，一直开到顶梢头，开成蓝天的一对对蝴蝶，开成田野上一轮轮太阳。麻常常被随意地种植在边边角角，犄角旮旯，因势就地，有一搭没一搭地点种了那么十几棵，它也风风火火、苗苗壮壮地长起来，眨眼间齐刷刷高过了人的头顶。有时候，种麻是为了当作一圈青篱笆，在菜园边，在靠村庄的田地边，在怕糟蹋的瓜地边，甚至有时候就是在田埂上，随手犁上一趟，它也青衣素搭地成了开花的墙，成了阵脚严谨的篱笆。

　　村中的老先生说，不要慢待了麻，麻是跟我们的祖先并肩而来的，麻比村口的石碾更久远。我果然在古卷中遇到了它，《诗经》唱和的年代，麻就是先人的好友了。那时候人们广泛种植麻，靠着麻来燃起生活的暖："丘中有麻，彼留子嗟。彼留子嗟，将其来施施。"

（《诗·王风·丘中有麻》）。可是，麻有什么用呢，只开花不结粮食，又不像玉米秸，可以劈来当甜秆吃。在孩子的眼里，麻就是傻大个子。麻不管人们的眼光，一年年迎风站在春夏的沟坎野地，葳蕤，婆娑。

夏末伏尾，是收麻的时节了。好像这高大的植物就是为了庇护一个炎热夏天才生出那样的绿意和清凉。麻经过一夏天雨水的滋润和阳光的修饰，被四野的风淘洗沐浴，又被各色的鸟鸣装饰，长得亭亭玉立，葳蕤昂扬。一棵棵整麻，最好是连根拔起，对于这些苗壮的植物，这不是一件轻松的劳动，它伸长的粗根牢牢抓住了泥土。顽皮的孩子，总是要先尝一尝麻籽，看看那曾经绸缎样鲜艳滑爽的麻花被窝里，藏了怎样的秘密。他双掌捂住麻的干穗揉搓，栗色麻籽脱皮而出。吹去浮皮，将麻籽丢进嘴，一嚼，麻酥酥的感觉传遍全身，人像触电一样抖动起来。他要的就是这种刺激，要的就是这种"麻酥酥"的感觉，祖先给这类植物命名的时候，是不是也因为尝了它的种子呢？

砍倒的麻，要被沉到水湾里去经过漫长的黑暗，甚至要沉到淤泥里去筛选它的筋骨。如果不经过炼狱般的沤麻，一棵麻就是生涩的没有价值的，只有炼狱之后的涅槃，麻才走到了晴朗之地，才走到了被人们使用的舞台。

"不种麦谷没得粮，不种棉麻没衣裳。"先民在很早就知道，麻是自己相依相偎的物种。古老的农耕时代，温饱是人的首要奋斗目标，生长泼辣的麻，担负着蔽体御寒的重任，《诗经》里记录着大量的劳动场景，其中包括绩麻、沤麻等场景，如"东门之池，可以沤麻"（《诗·陈风·东门之池》）。麻在旧时代广泛种植，"我麻日已长，我土日已广"（陶潜《归园田居》）。甚至"桑麻"成了农业生活的指代，"开轩面场圃，把酒话桑麻"（孟浩然《过故人庄》）。

掀开一页种桑植麻的岁月，纸张间都是岁月的沉香。

关于麻的命名，有这样的说法，说古人收获了麻棵之后，在家中或作坊中将韧皮从茎秆上剥离，再用套在拇指和食指上的刮刀把韧皮的青皮刮去，剩下白色纤维，作为那时候纺织的主要原料。由于青剥麻皮，麻皮中尚有大量液汁，恰恰那液汁有很强的碱性，可以腐蚀皮肤，使神经迟钝。所以久而久之，人被腐蚀过的手就出现麻感。人们把给了他们"麻"的感受的植物叫作麻。

沤麻是对麻的使用上的改良吧，沉入水底，将青皮等腐烂，留下最具韧性的纤维。

小时候，常常跟随父亲去捞麻。那已经到了秋天，父亲穿着长筒胶皮水靴，试探着下水，走进沉麻的地方，他搬掉压麻的大石头，用一柄二齿钩子将一捆捆麻拖上岸。水淋淋带着湾底泥臭气的麻在水湾岸上重见阳光，麻把积蓄了一夏天的青绿与豪情，在水底沉淀成韧性和哲思，在秋阳里重新吸吮阳光，将它们注满它生命的每一个音符。

在阴雨的天气里，在农活不忙的日子里，麻棵走近农人的手指。抓一根麻秆，从根部剥开麻皮，像给它脱去一层厚衣裳，手指走过的地方，沉淀下一层岁月的陈酿，栗色的麻纤维与雪白雪白的秸秆从此分道扬镳，这叫醒麻皮。女人取过自己的桃木梳子，像给要出嫁的女儿梳头一般，仔细地将麻皮的小疙瘩梳去，将那些粗大的劈开，梳成匀匀溜溜的一沓沓瀑布，汇成一束束、一捆捆。一束束麻被挂在屋山上阴干着，等待一个集日待价而沽。麻转了一圈江湖复又回到乡村，它被束了发，修了眉，换了装束，去掉野性，长了规矩和见识，有了使命，一口口崭新的麻袋，是最不起眼的麻纤维编织的，它们奉命来收获田园的粮食。那些麻线哪里去了？父亲说，织衣去了，经过工厂的流水线，有些麻，成了衣裳，我们认不出它来，它不回乡村了，像我们养大的孩子，不回来，能远远地想想你就知足了。麻的衣裳没有机会回乡下，偶尔看见了那个梳理过它的粗大手掌，着急地喊一声爹娘，喊声被汽车喇叭淹没了。女人在马路上，四处寻找，被男人赶紧拖上马路牙子。女人就失眠了，说，进城那天，我听见有人喊我。男人在一柄烟锅上坐禅，说，我知道嘞。其实，男人挂念的是另一些麻缕，那些被拧成绳索的去捆绑一些虚妄，去牵引一些迷茫，用的是麻骨髓里的韧度。他种的麻，力度强劲，他沤的麻，火候正好，他送出去的麻，不管走到哪里都经得住考验，都会不辱使命，不管是成为纤绳，成为缆绳，成为锁头绳，他的绳，即使最后被时光的牙齿咬成碎丝，也绝不会中途变节。

冬闲的日子里，女人开始梳理那些筛选剩下的麻缕，那是些不怎么成气候的麻缕，在广阔的田园里，也许它们的脚步慢了半拍，没有接受到阳光充足的抚摸，也许它们落脚在贫瘠干旱一点的地片上，它们的营养被野蛮的草吃去了一半，个子就没撺上来。不能把这些不成气候的麻缕卖出去，那将折了一个庄户人的名头，辱了几辈子的清白。女人梳理着那些麻缕，用温柔的手指安慰它们：世界上没有没用的麻。

她把那束麻吊在梁头上，麻像她年轻时的头发一样飘泻下来。她梳理出一缕麻线，打结，挂在梁头高处，用"拨锤"在旋转中将这一缕麻线绺拧成一股，然后，再拧一股，两股麻线粗细长短都均匀如双胞兄妹，母亲将两股合在一起，"扑棱棱"，拨锤旋转着，像风吹花颤，一根结实匀溜的麻绳就打好了。

那么多麻绳躺在针线笸箩里，女人将它们分工，那些粗大结实的要用来钉高粱秸锅盖垫，来蒸煮一家人的饭食，一定要最结实的麻绳钉一顶最体面严丝合缝的盖垫。那些细的用来纳鞋底，别看那麻绳细，可是韧性好，结实着呢，女人在绞线的时候，特意多绞了几个扣，她知道闺女的鞋要踢毽子、跳房子，走路的时候都蹦几个高，可得结实；小子的鞋要跑山路，几里路的学堂，靠的是母亲的千层底去丈量，以后还要丈量更远呢；男人的鞋他不舍得穿，下田的时候，鞋总是在田埂上盛满花香和小虫子的甜梦，但是男人的脚有力气，一步就能给山路踩出俩坑。这些都要麻绳咬住牙，跟石头撕咬的岁月，靠的是一股股麻绳的坚韧。麻绳知道自己最后是失败者，它会被那崎岖的山路、长满蒺藜的田埂和渴望见世面的脚指头双向夹击，会肌肤消磨瘦尽筋骨，会断裂得寸寸如尘。但是麻绳不害怕，被绞成一根麻绳，就注定了战斗的使命，就注定与土重逢的碎裂，这是麻教会它的，这是土地赋予它的使命。

有一根粗壮的麻绳是留给自己的，那根麻绳，不是拨锤能拨得动，得用许多麻线，用绞绳子的木耙子，在院落里，男人和女人各执一股，他们各自努力地旋扭，任自己的汗水悄悄洇湿后背，他们的股劲又是那么和谐，谁也不多，谁也不少，合在一起的时候才是一根活的绳子，他们根本不看对方，也不用数扭了多少扣，炕头炕尾的两口子，怎么会拧出两样的绳扣呢？可也有拧不到一起的绳子，永生娘年年抹着眼泪说，自己的绳子怎么就是两股合不到一起去。女人就给她一把梳子，说，先疏通了自己的结再说。

那拧不到一起的绳子，一股粗大，一股纤细，那细的努力攀着粗绳，却越来越没了力气。都是同样多的麻缕，怎么就拧出不一样的绳？乡下的男人和女人，就那么手持一根麻绳思考着。一条生涩的绳子，就捆不牢一户人家，鸡飞狗跳，孩子哭，老婆闹。男人磕磕烟袋锅，说，别小看了麻绳。

男人的背上背着这条麻绳，这是他和女人合力拧成的绳子，这根绳子勒在肩头和背上的时候是疼的，但男人知道，疼也要扛着，皮肉疼过了就成了茧，再硬的日子也扛得过去。一根新绳索，在男人的背上吸饱了汗就绵软了，生活还是那样的重量，只是，扛起它的肩膀已经更坚硬。背上，麻绳捆绑的那捆柴，那捆沉甸甸的穗子，甚至是那刚刚收下来的青麻棵，男人感觉背上背的不是草不是粮，是一轮鲜亮的太阳。

煤油灯下那个绞麻绳、纳鞋底的丰腴少妇，慢慢成了腰身佝偻的老婆婆，她身体里的丰润和轻盈，就像梁头的麻缕一样被越抽越单薄。那些坚韧的麻绳都到哪里去了呢？嗡嗡旋转着的拨锤想不明白，但是弯腰纳鞋底的婆婆明白，炕头上抽旱烟的老爹明白，他们现在惦记的不仅仅是他们的绳索，还有那些麻绳成就的器皿，那些他们手里长起来的孩子……

孩子们说，别再种麻了。孩子们还不懂，不到土埋头顶，那根麻绳就不能从肩头卸下来。

不是谁都能种好麻，不是谁都能梳理好麻线。那些离开麻秆的麻线，最容易绞在一起，搅成一团乱麻。梳理是一门大学问，万事都有因由，麻团有千个头，看你先理哪一头，生活盘根错节，不容你一条路走到黑，半路上杀出个天灾人祸，半路上杀出个不明名目的开销，半路上，还能杀出桃花运或者狗屎运，好鞋不踩烂狗屎，可是走夜路保不住撞上鬼。一团乱麻的日子里，有嘤嘤哭声，有叹气声，有摔锅砸盆的暴怒声，有一哭二闹三上吊的歇斯底里。哭罢了闹完了，那团乱麻就付之一炬了吗？日子还得过，咽下泪水，从头梳理，一团麻，原是需要一种生活的耐心，梳不好一团麻，怎么去梳理漫长岁月的疙疙瘩瘩？怎么去应对人生的是是非非？怪不得一些做娘的，常常将一团乱麻丢给贪心玩的孩子。梳麻！掷地有声地吩咐。孩子那个恨啊，南河的水那么清凉，正是摸鱼的时候，东园的枣红脸了，望人呢，西坡里有一窝蓝尾巴雀，去慢了就叫别人掏去了。谁弄的这一团乱麻啊。狠狠地抽，麻团越来越紧，一点头绪都没有。娘原是要磨一磨这毛头小子的心性的。一团乱麻面前，小子学会求助，好言讨好着姐姐，姐姐用针又挑又拨，总算给他的扎手蒺藜理出个头绪。缓慢抽丝的过程，毛头小子慢慢悟出些道理，顺风顺水的日子过得就更珍惜起来。

沉甸甸的麻捆背下田，然后再背到水塘里去，女人心疼男人的后背，被麻棵和麻绳勒出道道血痕。女人说好好的麻，为什么要沉到塘底去沤烂，男人说，那不是堕落，是在悟禅，不经过九九八十一难，麻难成正果。因为，麻的汁液里是麻毒，麻木虽然可以暂时医治疼痛，但是，却掩饰了更大的疼痛，男人不愿把这痛说给女人知道，她在池塘的清水里撩拨着清洗嫩藕般的身子就好，何必知道塘泥深处的黑暗呢？男人知道，麻不经过塘泥黑暗中的包裹和历练，就是一棵不成熟的麻，甚至是带麻毒的麻，麻木，比疼痛更可怕。男人颤抖着手，将鞭子抽打在孩子背上的时候，他的心口血水滴答，塘泥一样的父亲，原是要锻造出一匹好麻，一套好绳索，一件可以压箱底千年的衣裳……

一年年，风吹胡麻地，吹得一轮轮花开花落，日升月息，男人那麻秆一样挺直的脊背弯下来，女人那拨锤的旋转慢下来。女人躺下，麻缕散了一地，男人坐下来，抽一袋烟，就在烟雾缭绕中涅槃。身边，是那奉献了麻缕之后白生生的麻秆。那麻秆怎么这么轻啊。

众多的麻绳、缆绳、纤绳从天涯海角赶回来，送别麻秆一样的父母。想起在大田里伴着汗水的父母，想起在深入泥塘的刹那，自己曾经怨恨的眼神，想起在枯灯下，看见别的姊妹被送进城里，它委屈，它狠狠地咬了她梳理着的手指，她默默吮进嘴里一朵鲜艳的花，没有责备一声。想起这些，它们失声的痛苦回荡在天空里。它们把那些未完成的麻缕披在身上，顶在头身。麻，是它们一辈子的图腾。

麻离开了那片水泽，那块坡头，麻行色匆匆，四海为家。可是麻的种子偶尔站在喧闹的十字街头听听风，还遥遥地听得到，春风弹拨麻棵清脆的叮咚声，谁又在南坡种麻？又一年的新麻棵在风里长大了。

风吹青纱帐

　　谁的手在天地间扯起这壮观的帐子：嫩绿的、翠绿的、青绿的、深绿的、墨绿的，各色高茂的庄稼棵子高低搭配、浓淡掩映，在辽阔的田野上密匝匝排列，在飒飒秋风里傲岸站立。

　　青纱帐，多么美的名字，多么诗意的想象空间，它们是个庞大的族系，大片高茂的高粱地、葱郁的苞米地一排排、一行行，站在北方的平原、高岭、洼地，站成英姿飒爽的士兵，蔓延成秋风百里的绿色丛林。它们生机勃勃地拔节、抽穗，悬挂满身勋章般的果实摇晃在秋光里。它们高大的秸秆，扯起青纱帷幔一般的帐子，遮挡着风的脚，承接着雨和露，维护着朦胧和神秘的自然之美。

　　青纱帐是在麦田的脚印上长起来的，五月，麦子退出田野，高粱、玉米落地生根，玛瑙、金子般的种子在芒种后的湿润土地里与雨水结盟，相约长成天地间响当当的汉子。干渴或暴雨的苦难，相伴着志向高远的生长，因它从不放弃，一直仰头向天，才有那高壮的身躯和硬度。一天比一天的炎热催逼着它，干渴时常把大地豁一道道口子。水脉缺乏的北方将高粱、玉米置于一个窘迫的荒原。烈日炙烤，秸秆半枯，一颗雄心浓缩成植株深处那脉坚硬的魂。只要黄昏一阵风吹过，它昏昏的生命立即清醒，用每一片叶子、每一寸茎秆吸吮夜间凝结的露水，于是又婆婆娑娑、浩浩荡荡。在大雨倾注、田野汪洋的日子里，它从底部长出密密麻麻的多条水根，一边快乐地吸吮雨水迅速长高，一边织网般牢牢固定种子的梦想，辅佐着主根的江山。披火战雨的岁月铸就了它的强壮，不经过风雨历练，怎能长得成响当当的汉子？它对风雨和炎热满怀感恩。

吸足了水肥的高粱、玉米，蓬蓬勃勃地长起来，浓密的青绿迅速覆盖大地。到初秋，它们身量长足，沉稳硬朗，显示出北方汉子那顶天立地、粗犷豪放的劲头，高过人头的玉米、高粱，像列队待命的士兵，一列列，一片片，将天地间扯满了，齐整而又严密，威武而又窈窕，人们就亲切地叫它青纱帐。

青纱帐是孩子游戏的天堂，是躲烈日、藏猫猫的大野佳处，是帷帐，是梦想。放牛的时候，割草的时候，翻地瓜蔓的时候，累了就到青纱帐里寻乐趣。青纱帐里有小虫子们的歌唱和舞蹈，有绿色帷幔丛丛遮掩的潜藏快乐，有菰荙果子酸酸甜甜的嘴巴犒赏，更有甜甜的玉米秸滋润喉咙。孩子们管那种甜甜的玉米秸叫"甜秆"，在密密麻麻的玉米秸中寻找一株甜的植株是有智慧的，不能一棵棵去啃尝，那是要损坏庄稼，要瞅准哪棵玉米秸颜色微微暗红，好像饱含糖分的模样，最好有线虫子孔洞。虫子盗食的痕迹，是判断一株玉米是不是好吃的重要证据。大自然中，虫子是聪明的，聪明的孩子会利用聪明的虫子，准确地找到"甜秆"。"甜秆"采到手，劈掉叶子，啃去外皮，多汁的瓤裸露出来，咬一口，嚼出蜜糖般的甜。好多年之后，那些躲在青纱帐里啃过"甜秆"的孩子面对琳琅满目的食物，总是叹息，再也找不到童年那一根"甜秆"的甜美了，是他们萎靡了食欲，还是贪恋着那回不去的旧时光，到不了的青纱帐？

犒赏完嘴巴，就是精神的愉悦。青纱帐这天然的幕布里最适合捉迷藏。它像迷宫一样，只闻人语响，不见罗裙飘。藏猫猫的孩子，只要不吭声，就很难被找到。所以那寻找的孩子，总是在青纱帐里手舞足蹈，使尽一切办法逗乐，想让藏着的孩子忍不住大笑起来。那看了半天独角戏、忍不住大笑的孩子，暴露了目标只好迅速跑开，移到别处。青纱帐就这么神奇，让循声而去的人又扑了个空。青翠的纱一般的帷帐，多么温情，适合做温暖的游戏，比如过家家。青纱帐那些温柔的叶子垂着好像一道半垂的帘，可做一帘幽梦；黄土地上那些久不见阳光的草嫩而弱，这是小媳妇的嫁妆，那是小新娘的头饰和流苏。一堆小石头是过日子的粮仓、银子，可以用来接济穷人，购买江山。玩累了就在青纱帐里睡觉，土地有些湿润，风从青纱帐的叶子肋下溜过来，从它们的胳膊底下，孩子们可以看见乡路上的脚步。

对泥土上搏杀的庄户人来说，青纱帐是殷实的满眼希望，是沉甸甸的收成。抬眼望见满坡的青纱帐，农夫的心里总是荡漾着甜蜜，那是一坡准备走向粮仓的粮食在追赶着生长。

青纱帐孕育着无限希望，却不是最后的果实，等它在漫野的风里、雨里、日晒月梳里吮足自然的精华，慢慢把铺展无涯的青内敛，将青翠敛成深沉的绿，然后变成淡黄，时令就到了中秋，青纱帐变成了斑斑点点的黄红的彩色，花落成实，高粱晒米的香气荡漾田园上空，一直弥漫飘散到乡路上、村庄里。镰刀闻到香气从墙上走下来，走向磨刀石，准备向田野进军；镢头在角落里挺了挺腰杆，准备把青纱帐收成一垛垛草垛。牛的倒嚼里多了高粱叶子的鲜美，它知道，这美味要唤醒秋天的劳作了。

青纱帐里藏着神灵般的敬畏，人们在夏秋的季节里，不轻易到青纱帐里去叨扰庄稼的成长。那时节，乡野的小兽也在繁衍生长，青纱帐不仅遮蔽人类，也遮蔽这些与人比邻而居的生灵。狐狸、獾、兔子、田鼠，甚至还有狼，在青纱帐的庇护下生长繁衍，平衡着生态。青纱帐是浓密的、神秘的、幽暗的、安静的，一个心烦的庄稼汉，静静地在青纱帐深处仰躺半晌，也许就想通了生活的根根节节，明白了轮回间的啼笑皆非。幽静的青纱帐，风是掠过梢头的行者，匆忙而过，而底部的秸秆，岿然不动。小虫缓慢地在叶子上爬行，也许它一辈子都爬不出这片高粱地，一辈子见不到真正硕大灼热的太阳，有什么关系呢，一滴从梢头滑落下来的露水，足够它沐浴吮吸，并在里面舒畅地游泳；一点点花粉落下来，就是美味的午餐。有那么多或者忙碌或者悠闲的昆虫邻居、野兽邻居，它们没有在叶子的表面号啕而哭，也没有在叶子背面忧伤叹惜。植物的秸秆深处有一条汹涌的河流，蜜糖般地流淌着它取之不竭的醴烙，还有日渐成熟的果实的香气从深深包裹的穗子间飘来，闻着就醉了，舞步蹒跚，对花照镜，有什么可抱怨的呢？那庄稼汉唇角露出了微笑，拥有一片庄稼茂盛的大田，一个温暖的屋檐，一壶香喷喷的酒，一囤囤金黄的粮食，一双儿女和勤快的婆娘，还要什么呢，他擎着一只小虫轻轻送还到庄稼的嫩叶子里。青纱帐里，禅悟的汉子在斑驳的阳光下睡出了甜蜜的鼾声。

青纱帐是绵柔的，它呵护着生灵；青纱帐也是坚硬的，它是固若金汤的铠甲。青纱帐固守着北方辽阔的沃野，在黄土地铺展开它们的青春，在青绿的叶子间蔓延它们的血性。广阔的天地间，那密密匝匝的秸秆和叶子是遮蔽的，青纱帐遮蔽风遮蔽雨，遮蔽过盛的日光，遮蔽着沙尘和窥探的眼睛，遮蔽兵荒马乱的尖刀和追踪，躲避着杀戮和侵夺。一部史书里半卷是兵荒马乱的岁月，老百姓总是在深山沟壑里，在青纱帐里躲避战乱，青纱帐遮住了子弹的肆虐，迷茫了"野兽们"侵略的方向，"青纱帐里，游击健儿逞英豪"。密不透风的青纱帐就是广大的民众，就是用生命和躯体掩护着斗争的勇士。那绿绿得大义凛然，那绿绿得波澜壮阔。风过时，绿波起伏，荡漾着的青纱帐，内心守着固若金汤的秘密。

遮蔽、保护、喂养，青纱帐是母亲一样的慈悲。青纱帐又是农人养育起来的孩子，看它们身量日日长高，翠绿中蜕变出深绿，怀中抱着珠玉，头顶攒着珊瑚，看着它们，农人们就看见了香喷喷的咧嘴笑的日子。

只有北方的厚土才能够把高粱玉米养育成青纱帐，只有北方风的抚摸才能叫青纱帐更加茁壮粗犷。它像北方的山一样，线条硬朗粗犷，铮铮有声，它像北方的汉子一样豪放执着、血脉喷张、顶天立地。

秋光里，青纱帐上长出了大红大绿的脸谱，高粱穗子像个火把，冲着天空笔直燃烧，漫泊里红彤彤，是一片着色的海，让庄家人心里温暖、踏实；玉米腰间揣着金锤子，还挂着棕红的髯口，它们在大田里铿锵地唱着一出大戏，给天地听。

年年，北方的天地间扯起动人的青纱帐，似一缕乡愁，把游子的脚步牵绊；年年，都有红彤彤的高粱、金灿灿的玉米将日渐空寂的村庄铺满。火炬般的高粱穗像一盏灯，照着谁人的前程？也酿出香醇的米酒，一盏盏盛放在腊月里，盛放在年节的祭台上，给那些曾经在青纱帐里播种收获了一辈子的先人喝，也在等待那些闯外的人归来，端一杯家乡的高粱米酒，回味一下青纱帐里的往事。

端坐如佛

一

人与草结盟来到世间，人的一生与草缔结在一起，生死相依、唇齿不离。人生而落地，即为"落草"，人死而入土，要草席一领裹做屋宇，在黑暗中蛰守，在幽冥界远行。

离开母体的婴儿，第一次碰触的是柔软的草堆，是养育草、养育人的土堆。人是草命，遇土吉祥，所以，旧时乡间的接生，都是掀起炕席，将一个赤裸的婴儿诞生于细土堆上，这个草民从此便在人间落脚，开始了苦乐酸甜的日子。"落草"，是沦落在草间的意思吗？是否人原本是神界仙体，无奈沦落到人间，淹没在草丛里成了草一样的生民？一个人在世间艰难行走，风刀霜剑，终于还是走到了路的尽头，迎面是活不下去的境况，或草菅自身，用一根草绳，了结此生；或遁入深山，从此隐姓埋名，将身份打回原形，与这世界再没半点瓜葛。落草为寇，也是一种重生。

人生一世，草木一秋，看见草荣草枯，人慢慢懂得了世间的轮回，看见花开花谢，人逐渐明白了世事的多舛，草是人的导师，一步步引导着人类行走。

"人随王法草随风"，人与草，都在这浩大的世间因循着规律，按捺着无奈，仰望着、期盼着、失落着、喜悦着、痛苦着，它们规避着刀刃，追逐着恩露，搏击着绳索，艰难而不屈地长着。

草，春天最早萌发在植物，食物链的最末一个枝节，它比日头还早醒来，用草叶上的露珠擦拭朝阳。"草"就是芸芸众生，就是普天下的百姓，古时百姓自称"草民"，现代底层自称"草根"，老百姓很有数，找到了一个与自己身份最贴切的称呼，他们密密麻麻地淹没在草丛中，靠天活命。草在世间辅佐着人，就像人的奶娘，它浩浩荡荡的群族固住风沙，守住田园的外围；饲养着人类的牲畜，替人解忧。人，头枕着草，身铺着草，脚踏着草，冬天燃草取暖，夏日草席纳凉。陪伴了人一辈子的草，最后结成一领草席，抱起那个它牵念的人，送入地母的怀抱。一抔黄土埋下了在世间苦苦跋涉过的草民，不久，就有新的草爬满新坟，缠绕着浩荡的生命，掩盖一个生灵陨落带来的触目惊心的疼痛。

在乡下，"草"是个复杂的身份，它是庄户人的亲人、邻居、好友，也是敌人。人住在村庄，草住在野地，两相眺望，各怀相思。草籽经常跟随游荡的风、人的脚步、牲畜的蹄印和皮毛溜进村庄。走亲戚的草籽，来了就不愿意回去，于是，街路边、墙根下、墙头上、墙基的缝隙里，甚至土墙的斜面上都有草的痕迹。草进入了人的烟火生活，成了人的朋友。人离不开草，土炕的炕席底下铺着草，枕头里枕着草糠；刷锅用的炊帚、扫地扫炕的笤帚都是草；蒸馒头铺锅的是草，遮蔽草垛粮囤的苫还是草，草包围了人的生活，暖而温馨。

　　被草包围的人们几乎要和草结拜金兰，且慢，不要被草迷惑，人的这个邻居和朋友，转身就可能成为人类的敌人，庄户人一辈子有一多半的田间劳作就是跟草在纠缠和厮打。一蓬草，长在路边、沟里、垄上、河滩里都不要紧，就是不能往大田里去，谁逾越了规矩，向往大田里充沛的水肥，谁的厄运就降临了。作为草，靠天吃饭是本分，雨水丰盈还是瘦弱，土地贫瘠还是肥沃，你都须安于生活的安排，听从命运的指点；作为草，不能贪，安分守己地在自己该生长的地方开枝散叶，一样可以春华秋实，有丰盈的生命，还能涵养水源，固土保湿，成为环保功臣。草的心性倘若守不住贫瘠和寂寞，贪慕享乐和虚荣，莽莽撞撞地将脚迈进庄稼的领地，那明晃晃的铲子、锄头和镰刀就来收割它的小命了。镰刀给它的是斩刑，斩首、斩腰、斩脚脖子毫不留情；铲子、锄头实行的却是斩草除根、株连九族的惩罚。这时候的草，庄户人绝不会对它手软和慈悲，拿出除妖除孽的手段和心肠，连根挖出还不算完，要扔在田埂上被毒辣辣的日头晒干，绝不给它还阳的机会。被斩杀的草痛苦后悔，更多的是愤恨，为什么命运如此薄待自己，同样是植物，是生命，草与庄稼的待遇怎么天壤之别？也许，草直到被晒干都想不明白，世间万千植物之所以命运不同，待遇有别，是看它有没有用，有没有长在有用的时候和地方。草很难过，一棵草，没有能力主宰自己长在哪里，风把它吹到哪里它就在哪里生根，羊把它带到哪里它就在哪里安身。抱怨有什么用？它所能主宰的只有努力吸取水肥，在阳光下拼命长大。

　　草是贱命，没人播种，没人爱护，没有权利择地而生。生在路边被践踏，生在河滩被啃食，生在大田遭杀戮。草的命贱，但草顽强。在大田里饱受庄户人宠爱的庄稼，就像那富家子弟，缺不得供养，天旱了农夫引来远处水渠里的水喂养庄稼，草羡慕得眼神火辣辣。草在干涸的河滩里、裸露的阡埂上，几个月没有雨水，草瘦得只剩下几根骨头、一张松垮的皮，但是草还活着，一场雨水来临，或一阵湿润的风吹过，它迅速从空气里偷来湿气，草又精神抖擞地摇曳了。庄稼有厚实的家底，根株之下储备了丰足的粪肥，它无忧前程，傲慢而矜持地开花结果，炫耀着勋章样的果实。草什么也没有，贫瘠的土埂上它为了生存绞尽脑汁，反而生得韧性十足、筋骨强壮。有的草不甘于被踩踏的命运，趁着脚印没来巡逻的时候，迅速蹿起个子，欺下了周围所有的草，摇曳如一棵乔木，它渴望以自己的努力和成功改变人们对草的歧视，更渴望被发现和赞美，以一棵卓尔不群的草记入草的史册，引起农人的赞叹和开恩；有的草不敢招摇，它知道木秀于林风必摧之的道理，选择暗度陈仓、智慧生存，它放弃了窈窕的身段，低眉顺眼匍匐在地，潜行于厚土之上，把枝节变坚韧，每一个骨节处都生下侧根，就算遭遇杀伐，它也是煮不烂、锤不扁，有数条命可存续烟火的金刚；有的草坐地成禅、删繁就简，它将叶片精简成银针，饭量极小，像个修行打坐的人，靠的是意念飞升，一点光的养育、一点土的供给就足够了，一点点缝隙镶嵌着，一块块地皮贴粘着，活得简约而朴素，不问江湖风雨；有的草早早地向人投诚，长出茂盛鲜美的叶子给人类采用，那是它的幌子，它暗地里却早已把根长得坚固粗大，固住了生命之本，散去浮财，留取真身，它最明白取舍，活得如圣人；有的草向人献媚，撩起红裙子，撮起小嘴巴，开出艳丽的花朵，企图用自己的美丽惹怜爱和赦免；有的草内心仇恨郁结，长出一颗颗带刺的果实，给那些挥镰刀的人、举镢头的人的脚板一个个狠狠的教训，给那些伸向它幼小枝蔓的嘴巴一个流血的疼痛。

草们各怀自己的心事，它变换出苦的、辣的、酸的、甜的汁液，有的成为匕首，专门投射食用的嘴巴和肚腹；有的开悟成药汁，不忘结伴来人间的初心，护佑着被风寒雨露侵犯的肢体；有的凝成一盏小小的酒杯，给劳碌于大野的农夫一个小小的奖赏，给远行的鸟雀一个小小的款待；更多的草在时光里熬干了自己的激情，没心没肺地长大，蓬勃成草舍，庇佑着和它一样艰辛的人。

二

草总归有些安慰，最后它们与昔日的庄稼棵子卧在同一个战壕里，执行同样的使命，可以有相同的价值，终于不再那么卑微。

不管是时光里曾经风华绝代、勋章满身过的庄稼，还是被脚踩镰割无人怜爱的草，到最后，大家都归于相同的境地，就如世间那骑马的、坐轿的、挑担的、乞讨的一样，最后都归于尘埃，被风吹散。"宫阙万间都做了土"，这让草释然，却让庄稼抑郁。

当庄稼的果实成熟后，它雄赳赳气昂昂，正步走进场院，接受一双双喜悦眼睛的检阅。一番棒打石碾，风吹簸扇之后，果实从它母体里脱落，成为最珍贵的粮食，被人小心翼翼地捧着请入粮仓。昔日那高壮的、辛苦养育了果实的躯体却成了草。它们在分娩的时候有的折损了腰身，改换了容颜，摇摇晃晃，扶着病弱弱站立；有的天生强壮，损伤不大，看起来还是挺拔的庄稼。它们很难接受的是，当孩子长大离身，那些庄稼现在都成了草，成了糟糠。

那些襟怀空空的秸秆被垛起来，成了村庄内外的一个个草垛，跟那些原先的草站在一起。草垛恨不能跟每个人说：我原本是庄稼，是庄稼啊！此一时彼一时啊，重新给自己定位吧！那些辉煌的历史不要再提，人们要的是价值，是不是庄稼现在已经不重要，重要的是，作为草，现在它们还能做什么。其实草垛在与果实分手的时候，就在劝说、修炼自己：献出自己，能被牲畜咀嚼，填饱它们的肚子，成为牛马身上的力气或者猪羊的皮肉是幸福的；燃起一团火，蒸煮食物喂养村庄的嘴巴，将身体里从太阳那里吸来的热，通过一团火转交给寒冷的屋子、大炕和烤火的人是幸福的。于是，庄稼秸秆明白了，跟谁站在一起不重要，叫什么名字也不重要，重要的是要有用，做草也做有用的草，于是它们紧紧抱在一起，抱成草垛，坦然地围着乡村。

"开门七件事，柴米油盐酱醋茶"，柴草是排头兵；"兵马不动粮草先行"，草是重要的生存储备。作为草，它们的江湖成分复杂：各种秸秆、叶子、根茬，分门别类，草垛也就各有千秋和门派，有苞米秸垛、麦秸草垛、豆秸垛、豆叶垛、麦糠垛、麦穰垛、棒子骨头垛、地瓜蔓垛、苞米根垛、花生蔓垛、苞米皮垛。这些草垛，并不都是烧柴，有些是重要的饲料。史书上的战争岁月，跨马拓疆和保家卫国，人可以吃不饱，马匹却不能饿着，打胜仗的前提是粮草充盈。和平年代的家畜也离不开草，柔软金黄的麦穰草要饲养牛驴牲口；粮米的胞衣——草糠是喂猪喂鸡的饲料，地瓜的叶子和蔓被粉碎成为喂猪的饲料；草被粉身碎骨也不怕，前程是尖牙红口的吞咽和咀嚼也不怕，一棵被吞咽的草，它感觉跟一粒粮食的使命和光环相仿，一棵草小小地虚荣一下就慷慨地走进猪槽马厩，被咀嚼哪怕践踏都浑然不惧。草还有更多的用处，长长的麦秸草要用来打苫子，覆盖荫庇着各种各样的粮仓和草垛不受雨害的侵袭；炕席之下也是麦秸草，刚铺上去新麦秸草，炕是暄软的，有新麦的香味，过段时间之后压实了，再换一茬，给人长久的舒适和香梦；没有瓦屋之前，乡村的贫贱之家，草屋的屋顶就是用麦秸草来覆盖，这挡风遮雨保暖的活，都是草来完成；毛茸茸的豆叶是用来给地瓜铺温床的，在棚子上给地瓜铺盖准备整齐，保证它们安然越冬，并且保持鲜润多汁；高粱秸子串成盖垫，护佑着那些谷米麦面不被老鼠、蜘蛛和灰尘侵袭。这些草与曾经的伙伴在乡村的屋檐下重逢，又相依相伴，帮衬着、搀扶着继续行走。

各式各样的草垛隐身在乡间，像一尊尊大大小小的佛像，温暖着乡村、护佑着乡村。大路旁、沟坎上、场院里、房前屋后。草垛分布在村落内外，它或独立一隅，望着灰色的天空和袅袅的炊烟，默默回想田野里的热闹日子；或几个丰腴简瘦的凑在一堆，悄悄议论着鸡飞狗跳、擦锅抹勺的乡村日子。草垛拥挤着，热闹着，乡村就暖暖的，充满香火气息。草垛稀稀拉拉无精打采，村庄就像又望见了饥荒的影子，充满不安。草垛干瘪的年头，庄户人的肚子和盼头也一样干瘪。庄户人看见丰腴肥硕的草垛，就像看见自家的胖婆娘，虽然不光鲜，但是心里最温暖、最踏实。

天宇苍茫，西风迫近，那些草垛也哆嗦出窸窸窣窣的声响，草秸紧紧搂抱在一起，用微薄的喘息相互取暖。曾经是大田里苗壮的青苗，吸收着清露月华，被农人的汗水喂大，怀揣六甲，一朝分娩，将丰硕的果实抖落在开阔的场院上。孩子大了它就老了，面色憔悴枯黄，在岁月里耗尽青春的汁液。被掰去果实，那个它精心养育的命根；被连根拔除，躺在空荡荡的田野深处，这是命运，更是责任。西风凉时，它金黄的果实们在粮囤里做起酣畅的梦，孩子们怀旧的浅谈里是否有过它青春的翡翠罗裙和曾经肥沃的乳房？孩子们吸干了它的青春就风风火火跳进箩筐，顺着潮流去寻找梦想了，它剩余的生命在等待和盼望里被时光慢慢熬干。曾经开花的子房结痂成深褐色伤疤，在越来越老的肢体上逐渐失去了轮廓和特征。如今，除了对寒冷喊出呻吟，还能做些什么？突然一个寒噤，它想起了什么，于是，托麻雀远远地对村庄捎去一个口信：还需要我做什么呢，孩子？如果高高的粮食囤里你也会冷，就把娘交给火焰，用我苍老的躯干，来烘热你新婚的床。

草垛就那样等待着，祈祷着，祝福着，企盼着，终于等来挎篮筐的女人。这是要回家，要和孩子们团聚。它们知道这一面相见之后可能就是粉身碎骨、万劫不复，可它一点也不怕，反而像出征的勇士一样，争先恐后往草筐里跳，直到把草筐撑得饱胀胀。家里的牛需要一筐新鲜的麦穰草打牙祭，需要玉米的干叶子做小菜，于是，一把把草拥挤着进了牛槽，去安抚一头牲口的牙床和肠胃；大火炕上的老人正缩起身子，骨头里的火焰难以对抗岁月的凉寒，一家的老小正等待锅里沸腾出一顿米香四溢的晚餐。一捆捆草义无反顾地拥进火塘，用火光把自己照亮，把自己内心的火交给了锅的青涩，交给炕上的等待。

三

粮仓是庄户人的家底，粮食装在粮食囤里、米缸里、面罐里，不能轻易示人；而草垛却摆在明面上，是藏也藏不住的财富。有多少草就有多少粮，这个瞒不了人。有几个丰满厚实的草垛，庄户人的腰杆子就硬朗朗的，说话的声音也就杠杠的。乡下人过日子，比的是明面上的草垛。眼力狠的人，相验一家人的行事和门风，看看他们家的草垛也就明白了八九分。旧时女孩相对象，媒人先指着圆实的草垛冲姑娘使眼色：草垛这么硬实，家境更没得说。于是一场美满姻缘，草垛成了最本色的红娘。

　　扶犁、扬场、起草垛是庄户孩子要面临的三个考验，将来是不是有出息的庄户把式，这三样干不精是不行的。起草垛，不就是堆起一摊草吗？这看起来最简单的事，其实学问最大。豆秸、花生蔓有棱有角好凑合，随便怎样弄都能垛好，就像人，越是有脾气越是好驾驭。高粱、苞米等长秆的作物是不用费力垛的，用三个秸捆支成一个小三角，在梢上用根地瓜蔓一揽，其他的秸捆依次一圈圈从上去，像一个个小山包似的就是玉米秸垛、高粱秸垛。最高的境界是无为而治，高层次的人几乎不需要规矩和约束，他们自己就能做成最好。唯独麦穰草垛难倒了许多毛头小子。刚打下场来的麦草叫麦穰，棱角被碌碡碾得精光，一根根没有挡头，泥鳅一样滑溜着呢。没有棱角的圆滑之人，看起来光鲜又没有骨头的人是最难调制的。垛草垛的老把式最懂得这个，闯了一辈子世界，看了一辈子人了，谁是啥脾气，拿眼角一瞥就明白。可是那些愣头小子却不知道"知人知面不知心"的道理，总是跟那些甜言蜜语去掏心掏肺。哎！任谁都能垛麦穰垛吗？老把式在一边半垂眼睑，一边自语。那没有经验的年轻人不服气，别把一切都搞得那么神秘，他愣头愣脑地迅速将麦穰草垛了半人高，刚要得意，垛胚却从一边"哗"地坍下半边，给了他一个目瞪口呆。明明是一场花好月圆，怎么瞬间大厦倾塌了呢？你呀，还太年轻。场院边角传来一声轻叹。有经验的老人上场，他讲究一权压一权，太合纹合理不行，要戗茬，找出草之间的矛盾，让它们互相牵制，这茬一戗就有天生的摩擦力，才不会坍塌；要权权相扣，连接紧密，不能虎头蛇尾、外强中干。垛要毛边自收，一边垛一边刷下多余的草，做人做事都得后脑勺上长眼睛，既能看见美好前程，也能收得凌乱的脚印。这样的训教之下垛出来的麦穰草垛，结实还特别好看。

好垛手起的麦草垛像工艺品，有的矮墩墩，底部细，中间慢慢鼓出个肚来，到顶又收上去，留好苫子的恰当位置，不管下多大的雨都保证不烂垛。看看，多像个花瓶啊，庄户人家那毛毛躁躁的日子在这个草垛面前突然就文雅起来；有的草垛挺拔匀称，像它那一袭蓝衫，有品格有骨气的体面主人，高高地俯视着村庄边沿，沉思着时光里的过客和流沙。有些草垛却丢了人，那是半拉子手的活计，吭哧吭哧较劲半天，垛也起来了，咋看咋别扭，像谁家的懒婆娘一样邋遢，又像那放羊的锅腰老汉，多看几眼自己就觉得腰酸憋气被它累得慌。那丑草垛自知丑陋，遮遮掩掩、躲躲藏藏，却总也藏不住，人们一眼就从如林的草垛群里认出了它，谁见了谁问，那是谁垛的啊，啧啧！那半拉子手就丢得一年抬不起头，发誓明年垛个好看的挣回脸面。

有些草垛不怕烂、不怕水，苞米垛、高粱垛，就像泼辣皮实的孩子，还鲜绿鲜绿沉甸甸的，也不需要特意晒，只管放在那里，也不会烂，它慢慢自己就敛干了自身的青涩，修正了自己的不足。风来雨往也不用管它，顶多最外面的鲜亮外衣慢慢变得陈旧暗淡，若是翻开外面的捆，看看里面金黄青绿的叶子好似还在秋天的记忆里徜徉呢。也许它经历的风雨最多，可它陈旧的外表之内，保持着一颗宝贵的初心。别的草就不行，你得让它在太阳地里疯够了、玩累了，把一身湿气抖索干净，一碰就干梭梭地响，这样垛起来的垛才不会霉烂。这些草垛难伺候，就像那些高傲的公主，还要顶宽檐的帽子，那帽子其实也是草编的，叫作苫。长麦秸草梳去细叶，用稻草一撮一撮均匀垒成一匹长长的布，卷起来底粗顶细像一座小山头，那苫从草垛的眼睑处开始铺展，环一圈，往上压几寸，螺旋一样层层旋上去，恰好在最后做成一个帽尖。

　　滚苫子也有大学问。会滚苫子的人，苫子的顶尖处齿痕交错，层层严守，雨水根本找不到缝隙下手；不会滚苫子的人，看起来苫子苫得板板整整，草垛顶上却张着口，哪场雨也落不下，直到草垛从中间霉烂，烂到边了，他们一家人才恍然大悟，拿苫子苫了半年，还是将草垛苫成个捏不到手里的烂柿子。生活就是这样，看起来都有苫子护着，有的是风雨无侵，有的内里已经溃烂不堪。在乡下，你不能随便相信你的眼睛，它和这个世界一样暗藏玄机。那个不会滚苫子的人好懊恼，一会儿怪鸡上草垛刨坏了苫子，一会儿怨猫经过草垛抓破了垛尖，借坡下驴的男人夜不能寐，一个烂草垛的教训使他再也不敢轻看这些庄户活了。

四

　　乡下人不光亲粮食，也亲着一把草。那些河滩里的草，荒岭上的草，庄稼地边的草，他们得空就割几把回家，家里有猪有鸡有羊有兔，只管往那里一扔，草养活着这些牲畜，牲畜吃不了的，蹄印糟蹋了的，从栏里、圈里起出来，扔进土杂肥坑，这草一转身，又成了肥料，可以去喂庄稼了。肥料少的年月，生产队都要向社员征收任务草，草是绿肥，大夏天，人总是逮空就去割草。割草成了习惯，生产队的任务草交完了，还是停不下那把越杀越猛的镰刀，一筐筐青草晒在猪圈墙上、院子里、胡同里，晒干了收起来，新割来的草又铺垫下去，整个村庄弥漫着草香的气息。不用担心草被割光了，天地间最顽强的是草，十分草一分粮，几天前刚刚割过的草茬，又蓬蓬勃勃地长高了。

那些大田里收回来的草垛，主妇舍不得烧，而是抽空拾草。柴草也有青黄不接的时候，哪能不节省着来呢。草有暄有实，最实在的是柴，被风吹断的树枝、巨大的树根是最实在的柴火，耗费少火力却足，所以拾草的时候最喜欢到林地里捡拾干树枝。那些遗落在田里、田边、路边的农作物枝叶就暄软，秋天的落叶虽然暄，但是每年都大规模出现，成为拾草的重点。当这些现成的、在地表的草被拾干净之后，人们就开始向滩里的草开镰刀。虽然从春天起，那些高茂的草就一茬茬地被割来喂牛喂羊，秋天之后，枯萎的草，仍旧可以割来烧火。衡量一个乡村妇女是否能干，常常要看她一年拾起几个草垛，青草红草芦草荻草蓬草山草，野荆棘、野天麻、茅草、柳子、苍耳，一个拾草的女人，夏天用一把镰，秋后用一杆筢，冬天用一只镢头，横扫大野里的任何草姓植物。夏天的时候，草到处都是，只要不怕日头晒，不怕草棵的小锯齿拉，不怕草丛里会割出条滑溜溜吐着信子的蛇，不怕沿着青纱帐潜行的野兽，哪里都能割到草。深秋了，草枯萎下去，那些叠在一起的草不再那么坚硬，用一只竹筢反复搂，就搂到一层层草的鳞片。老秋时候，那些刺槐林、白杨林、苹果林、柳树林、棉槐墩、荆棘丛、野枣棵缝隙里都有厚厚的落叶，一只竹筢不停地拾捡，不嫌弃哪怕再细小的树叶，宽大的草筐就能踩得结结实实。树叶子能有多少热量啊，只要能燃起火星，就有不嫌弃它的锅灶。

冬天的时候，闲人多，拾草的人就多，地面上的浮草都拾得差不多了，人们开始去刨茅草。茅草长在河滩上也长在岭上，湿润的地方它长得油光水滑，高茂得可以冒充芦苇；干旱的地方它们细眉细眼，一副小肚鸡肠。茅草有庞大的繁殖强盛的根，茅草根有一层暗黄的皮，剥开之后是雪白的带节的长条。茅草根嚼起来有甜甜的味道，饥荒的年月里，人们曾经把茅草根炒熟上碾碾碎，掺在地瓜面里做菜团。不吃茅草根的时候，人们刨来茅草根晒干烧火。不刨不行，茅草根每年在地下扩展很多地盘，偷偷吸走了庄稼地里的水肥呢。从沙土地里刨出茅草根，抖净泥沙，在冬日的暖太阳下晒干，用来烧火火力也很足。其实，去刨茅草根的人，也不仅仅为那几把烧草，一个漫长的冬天，闲下来多难受啊，庄户人就是那草命，给他个天天耍的季节也坐不住咧。

"一草一叶不可荒废"，老人们对草的珍爱近乎偏执。看见段干树枝赶紧捡起来扔到草垛上去，看见几片落叶飘落在路旁，也赶紧拿扫帚扫回家，路边看见苞米皮也赶紧捡起来，甚至谁家孩子玩过的一根野胡麻也不放它在外边流浪。面对小孩子们的不屑，他们说，你们是没赶上那个时候啊！走闺女家的小脚老太太，本来就背着筬筬或者挎着包袱步行几里路，偏偏路上遇到了被丢弃的草，她会满头大汗地拾起一捆，远路迢迢背到闺女家去。

草被草覆盖，苫子是草垛的斗笠，为这些干草遮蔽着风雨。有些平顶的草垛不用苫子，在上面撒一层厚厚的麦糠就可以。麦糠是防水的，麦糠里或许有几粒被风遗忘被农妇的手遗漏的麦粒，它们也不甘寂寞，得着雨水就发芽。金黄而笨重的母鸡或许闻到了草垛上麦粒的香，在美餐的诱惑下，几次三番笨拙地登上垛顶刨食，把麦糠井然的草垛弄得鸡零狗碎。有的母鸡在草垛上俯瞰广袤大地的时候，突然雄心勃勃，有了君临天下的快感，于是想入非非，萌生了在这草垛顶上生儿育女将来一统天下的美梦。当这个"好久不下蛋了"的老鸡竟突然将一群毛茸茸的小鸡雏领进那简陋的篱笆院时，惊得那家婆娘闭不上嘴，欢喜得直抹泪。更多的时候，老母鸡的浪漫计划被黄鼠狼捣毁，它们不仅把送到家门口的鸡蛋当美酒喝光，还把那美梦灼心艰苦创业的母鸡扼杀在草垛顶；还有那爬上草垛玩的小孩，将母鸡的蓝图实体来了个卷包会，草垛那柔软的头发里，洒下乡村孩子意外收获的欢笑和一只老母鸡惨淡的泪水。

五

有草垛围着的村庄是温暖的、安闲的，有草垛掩映的童年是激情、诗意的。草垛是天然的游戏场，小孩子玩打仗、捉迷藏游戏，这些草垛就是天然屏障。攻城略地、枪林弹雨、背水一战、十面埋伏，斩草为矛，披草为甲，草垛的空隙里回荡着冲锋的号角、机关枪的呐喊、稚嫩的呼叫。当年草垛的祖先青纱帐们为庄户人组织的游击军立下了汗马功劳，如今的草垛也将激动人心的故事一遍遍演绎。草垛里也有许多秘密，高粱垛和苞米垛中间有空隙，就像个小屋子，藏猫猫的时候小孩子经常会往里躲，时间长了人家没有找来，粗心的孩子就睡在里面。有时候，一个草垛成了某个孩子的私人小屋，没事的时候他就钻进里面待一会儿，从缝隙里看外面的世界。草垛里还藏着他的宝贝，几块好看的鹅卵石，奇形怪状的树叶，几张彩色的糖纸。有了一个秘密孩子变得安静了。

月亮好的晚上，孩子们都会跑到场院里围着草垛玩耍。捉迷藏是百玩不厌的游戏，用手心手背的方式决出一个寻找者，他站在草垛后数二十个数，其他孩子就在他数数的时候各显神通，专拣隐蔽的地方藏，有的攀到草垛顶上去，有的隐蔽在几个草垛的连环套里，有的直接隐身在草垛取草时掏的凹洞里，还有的更直接，钻进苞米秸垛里面去了。石蛋钻到以前钻过的苞米丛中，刚进去就吓得尖叫着蹿出来。"毛乎乎的一个东西。""是不是马虎？"小伙伴们心里打着鼓，正盘算是逃跑还是琢磨对付的办法。突然这个"毛乎乎"的东西"嗖"地从草垛中蹿出来，擦着石蛋的腿跟仓皇逃去，吓得石蛋为首的孩子们又"嗷嗷"大叫一通。"咳，那不是老聋汉家那条狗嘛。"眼尖的一个孩子大喊。一场虚惊后游戏还是要继续玩的，而且玩得更刺激。这次，山子悄悄爬到草垛顶上去，哎呀呀，肯定蹬碎了人家的苫子。在草垛顶上他发现，月亮原来那么美丽，于是就静静在草垛顶上躺下来。轻轻的，月亮上有人说话呢，奶奶讲的故事灵验了。正竖起耳朵细听，却看见东屋的菊花姐姐和下放青年坐在另一个草垛顶上看月亮呢。这是山子的秘密，草垛顶上的秘密，此后有好多次月亮好的夜晚，他一个人悄悄到草垛顶上看月亮，也想再听一听那甜蜜的声音。可是他听到的是一声声叹息，有一阵阵低声的哭泣。后来，菊花姐姐出嫁了，下放青年参军去了，山子再来草垛这里，不想爬到草垛顶上去了，那些草垛看起来那么高，他真不知道当初自己怎么能踩着软滑的草爬上去。他从草垛边上看月亮，尖尖的草垛边的圆月亮，圆圆草垛边的弯月亮，甚至在一些没有月亮的夜晚，他也悄悄来，在黑漆漆的夜里，看看草垛扁平的、圆溜溜的、瘦高高的、矮胖胖的身影，有些时候，他有淡淡的忧伤。

人烟少的时候，村外的草垛区其实很热闹，这里是动物们的天堂。不愿回家的狗在草垛的凹洞里各自占据一席江山，将草垛蹭下自己的老毛，卧出自己的气味，借着月光或者就着黑暗，在草垛根下卖个骚、调个情勾引个异性，成就一段风流韵事；刺猬像个驼背的小老头，在草垛根背手行走，时不时"吭吭"地咳嗽几声，它在散步的时候顺便看看有没有瞎眼睛的蚂蚱，玩疯了的蟋蟀，睡着了的蝗虫，一顿美餐也许就在草垛根上等它；老鼠从草垛深处传来厮打的笑闹，也许在醉生梦死，"吱吱吱"的声音肆无忌惮传出，惹得猫儿在草垛边缘蹑手蹑脚敛声屏气地逡巡；黄鼠狼如履平地从一溜草垛顶上迅速地跑过，亮晶晶的狡黠小眼睛是漆黑夜晚的小灯笼，有时候它们在草垛顶上站立起来，两条后腿直蹬着草垛，身体倍直，好像在举行神秘的祈祷仪式，也好像在听风声，听野地里动物的私语，听村庄里的鼾声，听露珠在草叶上诞生的声音。有时候，草垛的凹洞里还有人，一个远路而来的叫花子，或者一个赶路的远行人，一个离家出走的浪荡孩子，被一场雨截在路上，这样风雨交加的夜晚，一个身份卑贱的陌生人去叩谁家的门呢？于是他找一个柔软的麦穰垛，挑个很深的凹洞钻进去，草垛深处风雨无扰，暖烘烘的呢。有时候，他会意外发现，这个凹洞再往里去别有洞天，是一个很大的草屋子，里面宽阔，一定是有人特意制作的草屋子，在里面玩耍过或者说过私密的话。

　　草垛也有劫难，也许是远行人寒夜凄冷，点了一把火取暖，也许是走夜路的烟袋锅飘下一个火星，也许就是野地里的鬼火走累了想在这里打个尖、住个店，也许就是谈恋爱的那一对男女胸腔里的火太浓烈。草垛最怕那一点点火星，干柴烈火，一碰就着，不是潮湿的梅雨季节，不是六月的连阴天，一身火星子的草垛血气方刚，火苗在骨骼深处蹿出老高。乡下人都知道小心火烛，他们禁止孩子玩火，不让火种靠近舌头伸得老长的草垛。可是有一夜，场院里还是蹿起了火头，那火顷刻间将草垛包围在中间，草垛就像一朵巨大莲花里的坐佛，慢慢在火焰中涅槃羽化。从村庄里跑来救火的人，一个个挑着水桶，拿着铁锨、扫帚，他们眼睁睁看着草垛被火焰吞吃干净，这个草垛是救不下了，可是周围有那么多草垛呢，祈祷老天爷不要起风，赶紧把周围的草垛泼上水，断了火苗的去路。可是，有时候老天爷的风凛冽着呢，眨眼间，草垛们扯胳膊连腿地红红火火起来。看见已成事实的火灾，庄稼人的心比被火燎烤还难受，有些妇人已经在嘤嘤抽泣，那是她多少汗水、多少底气啊，一场火化为乌有了。乡下的男人还是有担当的，努力救火的时候，不忘安慰一下伤心欲绝的女人。村边的一场灾难，打不蔫庄户人的骨头，草垛没了，没见谁家的烟囱就此哑掉，一日三餐锅灶依旧热着，大炕依旧温暖，她家门前，横七竖八不知谁趁着夜色送来的烧柴，苞米秸、花生蔓、刺槐枝，甚至还有几捆茅草根。女人将这些百家姓的草垛成一个混杂的草垛，这个草垛能温暖她一辈子。

　　一茬青苗一茬草垛，这世间的更替一样光临在那最卑微的草身上。人老糠，草老暄。塞枕头、铺土炕、打苫子、织草帘，总是新草上场。一朝君子一朝臣，一茬新草催故人。老去的草垛在时光里萎下去。麦季后、老秋里，总有些新草垛将乡村的气象刷新，那些旧的草垛，顶上会冒出清新的芽，或者是麦苗，或者是谷子，或者是几棵狗尾草，在秋风里颤悠悠的，像一把拂尘，把天空擦拭得越来越干净了；像草垛帽边的花儿，装扮着朴素的容颜；更像一只只成熟沉稳的手，向那秋天刚加入的新草垛们招手欢迎。

墙上花开

在乡下，有泥土的地方就有青草，就有野菜，就有花香。草坯屋的石基墙缝里，侧着身子，扁着脑袋，窄歪着钻出几棵婆婆丁，金黄的小脸盘像一轮轮太阳，照耀着黄土墙、灰巷子。猪圈外的粪堆边招摇着臃肿的马齿苋，庞大的根系吮足了肥料，财大气粗的枝蔓，饱满水灵的花朵，越是毒辣的日头下，越是刚劲地开。如果你嫌它招摇，嫌它碍脚，你把它拔出来扔到乱石堆上，扔到石碾上，甚至扔到一段篱笆的干树枝上，它可怜巴巴地挂在那里，竟然不耽误生长，那梗似金刚不坏的身躯，一天天不打蔫也不凋萎，米粒般的骨朵长成石榴籽，热热烈烈地开花了。麦秸草坯的屋顶，少不了风吹来的种子，鸟带来的礼物，春风春雨一召唤，各色野花空降在屋顶，花枝招展地把青春映照着农家的日子。一簇紫花地丁像一块小蓝紫色手绢，摇摆在檐头，像乡戏里的青衣，蓝巾包头，咿咿呀呀地唱着平水调；满天星是素白的小花，麦粒般大小，开在那里并不显眼，只是偶尔望向猪圈屋顶的时候，朦朦胧胧的，是一层霜，一层雪还是一层柳絮呢？满天星，白天开成了满天的星星，也许这野花，就应该开在农家的屋顶和墙头，高高地嵌入蓝天的画面。

开花最多的是墙上。那一段段土墙上，是花草的乐园，家家的墙头，约定好了似的，都要种一<u>丛</u>绿茵茵的蝎子草，它小而厚的圆叶片，像极了一株沙漠植物，在干硬的土墙头上，紧紧抓住了土，餐风饮露，逍遥成仙。蝎子草，如此雷人的名字，却是菩萨一般的心肠，它是所有毒性的克星，要是被蚊虫叮咬了，毛虫刷伤了，被蜘蛛尿淋了，或让蝎子蜇了，采它的叶子揉碎，挤出淡绿的汁来，涂抹在叮咬之处，可治疼痒，也可缓解蝎毒。据老人们说，蝎子草的气味可以辟邪，蝎子那类坏虫子最怕它，所以，家里墙头上栽一<u>丛</u>蝎子草，家里就不招蝎子。哪里用得着刻意去栽，就在阴雨的天气，从邻家的墙头随意掐一段枝，往墙头的软泥里一摁就不再管它，用不了多久，这家的墙头也就蓬松着一团玉树了。蝎子草一年年在院墙的墙头上驻扎，冬天是一蓬干巴巴的蓬刺，春天最早从南风里梳出暖意，从潮湿的雾水里提取营养，当村庄的树木都还光秃秃、灰不溜秋的没有醒来的时候，蝎子草就一墩墩招摇着早春的风情了。蝎子草的枝叶都是翠绿的，肉嘟嘟如仙人掌的肉，趁一场雨水经过，迅速贮存水分，即使多日不雨的墙头上，它依然葱茏多汁。它的花并不艳丽，从夏初到秋末，一丛丛绿玉珊瑚里蹿出些毛茸茸的骨朵，开出淡白色的花。蝎子草开花的季节，正是夏日瘴气足、百虫兴旺的时候，它的特殊花香如一把把利剑，捍卫农家的宅院，阻挡邪恶的脚步。家家户户墙头的蝎子草，花开花落都在人们的仰望之处，绝不招蜂引蝶，而是从容开谢，默默守护。

矮墙上的花是乡下人供养眼睛的，猪圈墙不高，半大孩子都可以眼睛越过墙头侦查猪圈的情况。那黄土垒成的墙，下一场雨就会被淋下些泥巴，一个夏天，墙头就矮下去几寸。女人趁着阴雨，铲些湿泥加高猪圈墙，加高之后，再加固，从门外的墙角处、篱笆丛下那密密匝匝的蚂蚱菜丛里薅几墩，插在湿润的泥墙上。于是，那段墙上就花开不败。蚂蚱菜有个文绉绉的学名叫太阳花，因为它早晚和阴天都不开花，只在阳光充足的日子对太阳展示笑脸。蚂蚱菜品性泼辣，跟马齿苋一般耐旱，它栽植简单，不需要连根移植，只掐纤弱的花枝扦插就行，就算是一段花枝掐下扔到干燥的地方，它也会把骨朵里的花完整地开放。矮墙上栽了蚂蚱菜，小院里就热闹了，每天朝阳刚挂树梢，墙头就锣鼓喧天热热闹闹地开花了。蚂蚱菜这卑贱的花最受庄户人喜欢，它不仅好栽易活，而且花色鲜艳品种繁多，大红的，浅红的，紫红的，大黄的，杏黄的，粉白的，单瓣的，双瓣的，每天开得拥挤着。花瓣丝绸般光滑，泛着油亮的光泽。矮墙上的蚂蚱菜是一劳永逸的，今年栽下，半日花开之后，小得落地难寻的种子一包包散落四方，第二年的墙头上，会出现数倍的花苗，就连墙角都是密密的花丛，甚至连猪圈的粪水稀薄处，也颤颤地开花了。墙上一片霞，墙下乱花迷眼，好似火在燃烧，金子在闪烁，青衣花旦刀马旦，木兰陶三春樊梨花，热闹得猪都哼哼唧唧地唱小曲，蜂儿争先恐后地锣鼓紧敲，倾情舞蹈。

"养闺女随娘，栽葫芦爬墙"，高高的院墙上断少不了攀缘的瓜菜。一户正经过日子的人家，都会在墙角栽种各种各样的瓜豆，调节着炊烟，填补着日子。葫芦是必栽的，栽葫芦是一举两得的事，藤上结嫩葫芦的时候，正是雨季园子里青菜涝得不长个的季节，青黄不接的菜季，上顿咸菜下顿酱，把人吃得嘴上生咸茧子，那些雪白的葫芦花也争气，雌雄相伴，不几日就在藤蔓间显山露水，当娘的看见娃们缺油水和菜蔬，就到墙根，从绿蔓上摘下俩葫芦，那时候的葫芦一身白绒绒的毛，嫩着呢，皮还不硬，瓤也不絮，快刀切片，油盐滋润，轻火翻炒，一盆嫩炒葫芦叫孩子们吃得肚子冒尖。葫芦最大的用途是割瓢用。舀水的瓢，舀面的瓢，舀粮食的瓢，那么多器皿排队等着葫芦成熟、下架，所以乡村女人对葫芦的珍视大过那些吊瓜、南瓜。傍晚时分，院子四周的墙上，葫芦花开了，那是扎眼的白，是怕日头落下去，女人的活计没做完，为她照耀光亮的白，囊萤映雪的古人倘若栽一墙葫芦，要省下许多捉萤的时间。那些白花在暮色沉沉之后，叫小院有些光亮。葫芦蛾扑棱棱地飞来了，长长的须子在花心里钻啊钻，找它们想要的蜜。葫芦的花没有香味，细闻，反而有种特殊的苦味，可是葫芦蛾子喜欢。

　　吊瓜、南瓜、拉瓜、蛇瓜是葫芦的兄弟姐妹，这是农家最常栽种的瓜菜，这几个兄弟枝蔓长相相似，浑身带毛毛刺，长势汹涌，姿态旱魃，春风里一点也不矜持，不多日就沿着木棍搭的架子爬上墙头，在墙头上饱饮阳光的醇酒，聚集繁衍生息的能量。安卧墙头的瓜秧，脚步从容了，开始羞赧了，试试探探地打苞，羞羞答答地开花，清晨起来，那妇人吓了一跳，吊瓜花金黄硕大，几棵蔓子，开得墙头黄灿灿呢，有的花根部抱着个小娃娃，长着个拇指大小的小瓜纽，这是女孩花，那妇人小心看护，而那些坦坦荡荡、不带累赘的雄花，却有汹涌的诗情，纷纷扬扬的花粉写的情书，交给路过的风传递，交给采蜜的蜜蜂传递，甚至交给来赏花的蛾子们小虫们传递。女人摘下几朵南瓜花，将它们放在姑娘花的衣襟上抖落花粉，然后将几朵花热水焯过，切成细丝，淋几滴香油，几滴酱油，切些葱末一拌，早餐桌上，就有了一份活色生香的小菜。墙头和墙面之上，白天织金一般开的是金，夜晚月光一样开的是银，那个种植金银的女人，吃糠咽菜的俗世生活里，有她自己的芬芳。

一家小院三面土墙，墙角有的是地方，丝瓜、苦瓜，藤蔓略细，花开却繁茂，浓密的绿遮蔽了墙，绿的底色上金灿灿，好似那金镶玉。在实用主义的贫瘠乡村，精神的花朵也招摇在墙头之上。爬墙梅，听名字就知道，它是攀缘而美丽的花，堪称梅花自然不俗，乡下女人爱着这泼辣美好的花，常常分出一个墙角来给它安家。夏夜，乡下孩子躺在院子中央的苇席上纳凉。女人手打着蒲扇，凝望浩瀚的银河，流星偶然一闪，村外蛙鸣欢悦，空气中间夹杂野地里庄稼扬花的香味、泥土的香味、青草的香味，以及村里的种种花香。望一眼那黑洞洞的墙角，孩子忍不住想起四月里墙头缤纷的花事，随口吟咏到"满架蔷薇一院香"。那满园的蔷薇就是刚刚花谢残红的爬墙梅。爬墙梅，多么生动的名字啊，蕴含着梅花翻山越岭不怕艰辛的韧劲，也蕴含着梅花的绰约风姿和清香气晕。其实，爬墙梅远比梅花要接地气，它易扦插易成活，花开得不是疏朗清浅，而是铺天盖地，那一枝藤蔓上结数穗花骨朵，一穗中又是一个家族，一个群落，要开就热热闹闹地开一家子，开得张扬妖媚，开得花香繁复、环佩叮当、钗裙飘曳。乡下的爬墙梅是粉红的，密密匝匝万头攒动的花墙，那香馥郁迷人。

爬墙梅没有爬山虎、凌霄花那样的脚，可以牢牢抓住石墙或泥墙，也没有丝瓜、黄瓜、葡萄那样的须，能缠络攀缘，没有丝毫装备的爬墙梅，却喜欢傍墙根，心往高处。爬不上墙的爬墙梅，窝在墙角长吁短叹，栽种爬墙梅的女人最懂它的心思，几根木棍搭个花架子，稻草绳子一绑，爬墙梅的脚跟就稳当了，做母亲的，最知道孩子哪里需要扶持，哪里需要规矩，散漫的花枝是没有前途的，今日的捆绑就是为了让你攀得更高，看得更远。母亲一边绑花枝，一边说，像是对爬墙梅说的，却被帮忙的孩子深记在心里。

空碗朝天

一

爬墙梅长得很快，两年就上了墙，父亲看它单薄，怕风吹下来，就在土墙内外两侧各钉了个木橛，用根草绳把爬墙梅捆在墙上。爬墙梅一年年繁盛起来，花开时节，满墙一嘟噜一嘟噜地粉红，蜜蜂嘤嘤而来。清晨，孩子闻见灶屋的饭香醒来，见母亲手持剪刀，站在木梯上，剪掉那些已经落花的花蒂，被清理过的花墙就像爱美的三姑，拿胭脂淡淡地抹了腮。有时候母亲剪下几段繁密叶子遮掩着的花枝，挂在墙外的木橛上，很快就被行人取了去。孩子爱着那一墙花开，她也常站在小木梯上，俯视着满墙簇拥着、缤纷着的花朵，陶醉在蜂蝶的喧闹与花的浓郁芬芳里。俯身在花墙上，她想入非非，站在墙头是一种奇特的感受，她的视线越过村头几棵槐树，看到西坡的麦田，那田绿得深浓，那绿的梢头略微有些黄。此时，父亲取下挂在檐下的镰刀在磨刀石上重新赋予它们锋芒，将蓑衣草铺在阳光下晾晒；母亲梳理着手掌样的菠泺叶和宽长的苇叶，把有虫孔的挑出来，把好的叶子清洗晾干。孩子在墙头大声说："娘，我闻到粽子的香味了。"娘笑笑说："小馋猫。"麦田之外，是轻烟笼罩的树林，是房舍掩映的村庄，更远处，是青山，父亲说，南边的山叫横山，在胶南，横在海边上；西南方的山叫仗义山，在五莲，远看是一座山，其实是两座山头掩映成这个形状的。她就想象着那山近了是什么样，那山外的海又是什么样。那时候的她，只去过两次公社驻地，但墙头上的山与海的遐想却给了她更远的梦想，最终牵引着她走出乡村，万水千山地行走。

一树树长得枝干遒劲、茎皮苍老的爬墙梅，稳稳地蹲踞在农家的墙头上，淡定地花开花落，俯视村庄的鸡飞狗跳，谛听着乡野的风韵流媒。

年份尚浅的新梅，攀附到墙上自然轻飘飘的，毕竟是高处不胜寒，荡漾的微风还好，自管将美丽的裙裾展开，将浓郁的芬芳散播；倘若风大一些，从墙头花枝滚落也是有的。它们知道，母亲扶持的手臂长度有限，父亲被农事纠缠的手不能年年加固，要想尽享一片蓝天，就得自己顽强，所以爬墙梅提着一口气，"噌噌噌"地生长，它们在春夏迅速地将枝条蹿出老长，枝繁叶茂，把自己长成一段墙，然后牢靠地沿着墙头延展，爬到了猪窝的房顶、门楼的房顶，铺展成一片花海。

硕大的爬墙梅枝干如树，枝丫纵横缠络，每到初夏，粉红的花朵开得汪洋恣肆，一半垂进院子里，一半招惹着路人。行走在开满爬墙梅的墙下，那花枝花朵扫着行人的头，撩着路人的发，那墙外的行路汉是否幻想出一张生动美丽的脸庞？而小孩子陶醉之余，想攀高折几段花枝，将美丽和芬芳切实地据为己有。那就折一枝花吧，爬墙梅不吝啬，也不会疼。女人拿出剪刀，将垂到她院子外的花枝剪下几段，送给熟悉的或者陌生的路人，只要她是爱花的，女人愿意与这个路人分享春色。那赶路的人怜惜地捧着这一段花枝，这美好的情怀，消减了脚下的劳累，减轻了包袱的重量。同村的人，把那带着露水的花枝浸到玻璃瓶里，隆重地将它们摆在乌黑的八仙桌上。女人在修剪花谢之后的枝条时，也会剪几段老枝，在阴雨的天气里扦插在墙下，等它扎根散叶之后，总有几个爱花的女人将它们认领回家。女人喜欢将自己一墙的花传递给乡邻，自己满墙的花不也是这样来的吗？女人下田的时候，上菜园的时候，从那些花朵拥挤的墙外经过，感觉特别亲，那是从自己墙角走出去的花啊，她凑上去闻闻花香，却像给满墙的花朵说悄悄话：天下的父母是一样的，好好侍奉人家。

在乡下，最不缺的是篱笆墙，一溜苞米秸、高粱秸，几排小木棍，山上砍来的荆条，那么一插一编就夹成篱笆。篱笆在初春是透明的，园子里的韭菜鲜绿，土豆花开一片紫霞，大葱开出了蓬松的花球，慢慢地，篱笆下的花草就沿着木棍长上来，形成了一道绿色的篱笆墙。打碗花最懂得上进，柔嫩的枝条一个劲地缠绕、攀缘，严密地盘守了篱笆的根基，"清明前后，种瓜种豆"。春暖时，女人在篱笆墙下种点眉豆，篱笆墙毕竟根基虚浅、骨架单薄，经不住葫芦、吊瓜等硕大球体的坠压，最适合眉豆花攀缘向上。几场春雨后，翠生生的眉豆蔓就攀着篱笆一路疯长，渐渐长成一道道浓密的绿色屏障。初夏时节，眉豆花次第开放，花色有紫色的、浅红的、白色的，很普通的颜色却开得极具生命的张力，每一朵都像一只振翅欲飞的小蝴蝶，开得一串又一串。色彩斑斓的眉豆花装点着乡下那简陋的庭院，使它有了鲜活的生机。

霜露溅湿的初秋是眉豆花开得最繁盛的季节。清晨，微露将每一片眉豆叶洗得一尘不染，晶莹的露珠还缀在叶尖，在朝阳的光辉里闪闪发光。微风吹过，满眼都是跳动的珍珠。此时的眉豆花温润光洁，花瓣中徐徐吹出些带点菊花般苦味的药香，兔蜂和蛾子们聚来，在花间嘤嘤闹着，有天籁从豆花深处传来，是蝈蝈悠然自得的鸣唱，一会儿它又翻到紫色的花瓣上，肆意地伸腿展腰，让阳光舔它略潮湿的翅膀。

乡下种眉豆最直接的目的是摘眉豆吃，它不但能当菜下饭，关键时候还当粮充饥，饱满的眉豆粒香香的、面面的，既解馋又润慰着饥肠。眉豆角长得弯弯的，很像人的眼眉，这大概就是它如此命名的原因，但是在乡下女人的词典里，有一个名字她叫得更多，就是"月扁豆"。月弯弯，眉弯弯，那么诗意的名字辉映着篱笆墙，那么诗意的弯弯扁豆装点着小院。眉豆长得很快，一边是随谢随开好像永远开不完的碎花，一边就拖家带口地长起上搭下挂的眉豆，几乎每天都能摘大半篮子。每当挎着篮子在眉豆花墙下快乐地劳动时，那个乡村孩子总是浮想联翩：眉豆像不像弯弯的小镰刀？要收割大田里的谷穗吧。像不像天上弯弯的月牙儿？月亮开满我家的院子了！嫩眉豆还像三姑的眉毛，那样漂亮的脸蛋，弯弯的眉像柳叶在风里飘。吃不完的眉豆除了送给左舍右舍之外，女人将它们煮熟晒干贮藏起来，添补着冬天和春天闹菜荒的时候吃。

眉豆好似庄户人的泼辣性子，只要是墙脚下挖个窝，点上几粒种子，不记得给它浇过水，它就那么借春雨的滋润壮壮实实地长大了，随便攀着什么都能爬到高处，拉开身量就开花结果。有时候，眉豆长得太茂盛，沉甸甸的篱笆都喊疼了，赶上秋雨勤，一夜风雨后，篱笆脚跟一软，与眉豆亲如一家的篱笆墙被压倒。女人啧啧叹道："可惜了这些没长成的眉豆。"不可思议的是，眉豆蔓匍匐在地上依然故我地长着，直到老秋霜重。只要根在，即使匍匐在地，眉豆也顽强地活着。"春天捣一棍，秋天吃一顿"说的就是眉豆，其实一墩眉豆所结的豆，何止是吃一顿呢。身为农妇，她们是最懂得天道酬勤的道理。

冬天的篱笆墙是寂寞的，那些绿的藤蔓捧出黄的青的瓜果之后，身枯色萎，生命的底色呈现一派枯寒，它们被一双粗糙的手撕扯着塞进火塘，融成一阵熊熊烈火。土墙单调的面颊上，只剩一串辣椒串，几棵高粱穗，就像草帽边的缨子一般，仍鲜艳明丽。那些篱笆墙上生长过的扁豆蔓，农人投鼠忌器，明年的篱笆还留着用呢，不能扯。那些枯干的叶子被风一阵又一阵地掳掠，归于尘土或安枕于草垛，那些盘曲的藤却成了篱笆的一部分，像篱笆骨架上的筋络，几片没被风带走的叶子像篱笆的羽毛，风一吹就震动，好像要跟那几个结伴外出远游的年轻后生一样远走高飞。然而它们飞不走了，藤牢牢地牵着它们，篱笆牢牢地牵着它们，泥土牢牢地牵着它们。那些干叶子是冬天里的蝴蝶，在北风里振翅，它们还是冬天的口琴，簌簌，是雪打枯叶的韵律，沙沙，是风弹奏的节拍。当雪飘下来，叶子的脸就鲜润了，雪静悄悄飘下，柔漫、飘逸，那些叶子和粗一点的藤都会安详地接住它们，像一个个小摇篮，像一双双慈祥的手掌，慢慢地，雪在枯叶上堆积，堆堆簇簇，那些洁白的花朵开放在灰不溜秋的篱笆上，点缀着篱笆内外的黄土村落。

村庄里的树

在辽阔的冬季和早春，你能影影绰绰看到一个接近完整的乡村，那些屋顶和院墙拨开绿的屏障，带着枝的线条走进你的视线。其他季节，村庄淹没在树的包围里。榆槐椿柳、桐柘枣桑、桃李梨楝，浓荫掩映，枝条杂陈，花开馥郁，香风沉醉。房前屋后遮蔽掩映的是人挑选的邻居，它们与自己的烟火日子捆绑在一起，休戚与共；乡路庄头、丘陵沟岔长出的是风吹来的种子，雨送下的盘缠。野生的和家栽的树搭建起村庄的外围和翠绿屏障。

乡村人家，建好新房后都要谋划着栽树，每一户人家院子内外都有各种各样的树。住进新屋的主人，比以往都忙碌，她先是在西墙外那片乱石滩上栽了三棵梧桐树，梧桐木质暄，叶子大，易成活。要赶紧将房屋遮盖起来，将新房煨热才有扎下根的样子，她需要这样的树，它们长得快、喜人心。孩子们要像它们那样"噌噌"地往上蹿才好。她一边在树下踩紧湿土，一边喃喃说："栽下梧桐树，引来金凤凰。"那个农妇可能连半年的小学都没读完，但她内心装着一部大典，一户正经人家周遭要有些什么树，她比谁都明白，好像是天生继承而来的密码。

家乡的梧桐树实际上学名叫泡桐，与制作焦尾琴的梧桐相去甚远，也不是栖息凤凰的那种梧桐，但是家乡人都这么叫，都爱把泡桐想象得神圣而美好。梧桐，很唯美的名字，诗意而挺拔，像诗经里的窈窕淑女一样，矗立在家家户户的庭院外。梧桐有硕大的绿叶，婆娑着，能在夏日形成巨大阴凉，遮蔽屋宇，给酷暑里煎熬的人洒下清凉。夏雨宣泄的日子里，梧桐树下是最后一块干爽的方舟，身量未足的鸡鹅都会在梧桐树下躲避淋漓之苦。淘气的孩子，偏要偷偷从屋里跑出来，一连几天的阴雨，他们的脚丫子仿佛都寂寞得要生出苔藓，不披祖父的蓑衣，不带父亲的斗笠，偏偏跑到矮小的新发梧桐那里折一朵硕大翠绿的叶子遮在头上，奔跑开去。那翠屏遮挡着孩子毛茸茸的头，生发出鲜嫩的味道。

但凡乡下人，都知道正门外该栽棵什么树，那就是国槐，俗语说"门前有棵槐，不用挣自己来"。这多少有些懒汉思想倾向，可是国槐却是护佑一家人的图腾之树，它立在街门一侧，享受做一杆大旗的礼遇。男人上坡回家，首先在槐树下磕去鞋窝子里的土坷垃，在树下的石墩上抽一袋烟。他抬眼看看树头的浓绿，伸手抚摸一下粗糙的树干，鼻息里涌进炊烟的味道，眼睛望向远方隐隐约约的青山，红彤彤的火烧云。过年的时候，男人郑重地给国槐戴上一朵新鲜的红花，一帘"出门见喜"的红条张贴在树上，一家的喜气从内到外地透出来。门前国槐树下的阴凉地是一家人吃午饭、乘凉的地方，那门口有穿堂风，极热的暑天，人们将竹椅搬到树荫下，半躺在竹椅上，看见国槐树那浓密的叶子层层叠叠。有时候，有极细小的翠绿色线虫拉着长长的丝垂下来，这虫无毒无害，也不惹人讨厌，甚至它像个小萌宠一样，小孩子会捉它到手臂上看它在汗毛丛林中跋涉。女人跟孩子说，在门前栽国槐，就是为了乘凉，因为国槐是不招坏虫子的，该拼命挣还得去挣，哪有不劳动就来粮食的好事。农历的五月，国槐姗姗地开出满身的槐花，那花没有洋槐花一样甜甜的蜜，而有一种微微的苦香。这时节，栽国槐的人家都忙着采槐米，用小铁钩折下槐花的花蕾，晒干之后卖给中药房。也有上门采槐米的，夫妻两个人开着小三轮车，带着折叠梯子、篷布和铁钩子，讲好一棵树的价钱，他们就自己攀树采摘。这家的女人很少叫他们估树采摘，而是采下之后称重量，她怕那些人采得太狠，槐树受委屈。她跟他们说，少采一些，留些骨朵开花。有一年，那一对夫妻看上了这家树上密密麻麻的槐米，左右缠磨，可是已经老成婆婆的女人说，她要留着自己采。老婆婆果然也采过一些，只是从浓密的槐米里删繁就简地折了几枝而已，她将那些采下的槐米炒成茶，整个夏天都喝槐米茶。

女人在猪圈的墙外栽上洋槐树和榆树，栽种的时候，男人说："榆树难成材啊，要是说人不开窍，就喊他榆木疙瘩。"孩子问，既然不容易成材，为什么还要栽它，父亲就神秘地笑笑，孩子追问不止，母亲说："榆树开花叫榆钱，家有余钱不就是咱老百姓盼望的吗？榆，家有余粮，家有余钱，真好。"孩子问洋槐树有什么说道？母亲说："我喜欢洋槐花，它开得像场雪，到时候满院子的甜香，它是开花的树里面蜜最多的。"家里又没养蜜蜂，洋槐蜜还不是被别人家采去了，孩子不解，难道娘栽槐树就是为了闻闻花香？

院内也有树，墙外围是高大的树木，庭院里却是矮小的树。女人在东墙角栽上了几棵香椿，说今年就得利。果然，春天的香椿树发出的嫩芽还是红色时，女人就掐掉了它们，给孩子们做了最美味的香椿炒鸡蛋，孩子诧异于一直慈悲的母亲，为什么对香椿这样手狠，母亲似乎看懂了她的心思，说："香椿就是这样，你掐得越狠，它长得越有劲。"在西窗外，女人还栽下了一棵石榴树，那是她用半畦春韭从集市换回来的树苗。她一边栽一边哼唱"石榴开花红艳艳"。果然，当年的小石榴树就开出了比火焰还鲜亮的石榴花，只是女人把最后几朵带石榴的花朵掐掉了。孩子着急地说："这样就没有石榴吃了。"女人说："石榴跟香椿不一样，第一年栽下，它还没有力气将果实长大，过几天它也会落地的，即使能长到秋天成熟，它的石榴也长不大，长不好，还耗尽了石榴树的力气，明年也没有劲。今年好好休息，明年就结出大石榴了。"石榴树旁边，女人又栽了棵花椒，孩子不喜欢这种浑身带刺的树，它开出白刺刺的花也不好看，结了很小的一嘟噜、一嘟噜果实，她曾经偷偷摘了尝，简直把嘴巴给麻掉了。女人却很喜欢花椒树，浇花的时候也给它浇点水。夏天，这家的晚餐经常吃红烧茄子，每次做茄子的时候，女人都要拿把剪刀，剪一些花椒的叶子当佐料，想不到那么难吃的花椒，做出菜来还挺上味道，孩子不再动不动就踹它一脚了。入秋，女人抽空就剪些花椒叶子晒干储存，到老秋，那一串串的花椒种子被剪下来，晒在大簸箕里，女人说，过年做肉做鱼做鸡，哪样菜放上它都添美味呢。原来，花椒是种百搭的味料，幼小的孩子突然对它心存愧疚，旋即嘴角就流下了口水。

春天的树是忙碌的，梧桐花高高地在屋顶之上开出一片紫色的云霞，那花像一朵朵小喇叭，花落下来，小孩子们拾起来，摘掉它的花蒂，吸花里的蜜。洋槐花的蜜最甜，需要咬掉花蒂，轻轻一吸，那甜清冽可人。每年花开时，庭院里的女人总要做槐花饭、槐花粥，她说，在饥寒的年月，槐花救了很多人。女人栽洋槐的时候，心里是防备着荒年的，只是她不愿说破。夏日，洋槐树庞大树荫遮蔽的猪圈，那两头肥猪在树荫下酣睡着，就连厕所都得洋槐树的庇护，清凉无比。榆树的花开得跟叶子一样绿，一个个圆圆的小铜钱聚集在一起，撸下来蒸做榆钱饭，没掀开锅盖就香味钻鼻孔，榆钱饭拿蒜泥蘸着吃，能撑破肚皮。

　　孩子们是馋嘴的，嚷着，栽棵果树吧。果树在村庄里并不多，源于乡民太挑剔，他们把不如意的日子尽数迁怒到那些在阳光里祭献蜜的果树。梨树有分离之意，背井离乡是日子拉不开栓，解不开寻常的锅盖，下东北的破棉袄背影，惹得老娘亲砍掉了一棵盛果的梨树。梨树的花太洁白了，一树繁花白得刺眼，乡下人时不时就联想到缟素装扮，跟穿白戴孝的庭院差不多，不喜欢；杏花粉红，杏子温热可人，可是有俗语说，"家有一棵杏，累死老汉挣"，似乎不是发家的话。可是那些年月，不是家家累死老汉挣，依然吃不饱肚皮吗？干杏树何事？梨树杏树委屈着呢。桃树是受人喜爱的果木，春天开一树灿烂的桃花，火烧天一般映得大半个庭院都是粉嘟嘟的，馋嘴的小孩老早就去窥探毛茸茸的桃子，吓得老奶奶赶紧念动咒语阻断这不安分的念头："吃毛桃，长毛疖，三碗脓，两碗血。"吓唬归吓唬，小孩子还是忍不住偷吃苦涩的毛桃，也没见长出流脓流血的疖子。桃树因为枝干辟邪、花朵鲜艳而成为庭院树的首选。李子树也因为花色白而被嫌弃，况且从养生的角度讲，李子果不宜多食，"桃养人，杏伤人，李子行里抬死人。"这可是乡间的金科玉律，你若不听这些老话，听由自己的嘴巴任性，多吃了几个美味的杏子、李子，保准会腹胀难受。

　　村外老茔里的桑葚，到了春天紫的、红的满树，看一眼都流口水，那紫的甜，红的微酸，孩子们每年春天都在桑葚树上耗费很多时间。

孩子央求栽一棵桑树，母亲斜一眼孩子，有些愠怒，不栽。小小的孩子只知道桑葚好吃，哪里知道民俗的禁忌，这里是江北，不养蚕的地域桑树的身份就低贱了许多，只在野外荒土滩上有那么一两棵桑树。桑树寂寞委屈也没有办法，谁让它的名字晦气，因为"桑"同"丧"谐音，有丧门之意，乡下人认为家门前种这个会带来厄运，甚至会有丧葬之灾，宅前栽桑会"丧事在前"。乡下人将人类最原始的拐杖，衣之鼻祖，桑麻的"桑"打进了冷宫。

北方人居家避之唯恐不及的桑树，在古诗里名分很正。"桑之未落，其叶沃若。于嗟鸠兮，无食桑葚！"《诗经》里的桑叶沃若，桑葚甜美，而且桑能饲养蚕虫做茧织衣，实在是从古到今的功德之树，只耐吾乡僻陋，不养蚕的北方，桑树是无用的。捧读古卷，常常会为桑树感动。"狗吠深巷中，鸡鸣桑树颠。"在陶渊明的故里柴桑，人们大约是将桑树栽植在村里的，鸡鸣于桑树之上才是典型的乡村场景。吾乡的桑树，村里只有一棵，长在三光棍家的猪圈外，三光棍家兄弟三人自幼父母双亡，三兄弟长大之后贫困潦倒。那棵巨大的桑树在墙外每年紫凌凌地诱人口水横流，这家的院墙也因为小孩子采桑葚不断踩踏而后来坍塌了。桑树依傍的这户人家的没落，似乎印证了乡人对桑树的偏见，那个远房侄子继承了几间老屋之后，先把桑树砍伐了。不知是桑树牵累了破落之家，还是这一家的艰涩命运毁了桑树。

"前不栽桑，后不栽柳，当院不栽鬼拍手。"柳树也是村庄里的禁忌，因为它喜水喜阴。风水先生说，凡柳树繁茂的地方容易湿气重，也容易阴气重。在乡村，对柳树的偏见仿佛还不仅于此。主要是因为柳树不结籽，人们认为房后植柳就会"无后"，即生不出男孩，这在讲究烟火传承的乡下，可是个大忌讳。杨树也是受排挤的树，可以远远地栽，远远地看着它树杈上巨大的鸟窝在北风里浮动飘摇，可是不兴栽进家来，那杨树的叶子像手掌一样，每一阵风过都不冷场，哗哗啦啦地响个不停。庄户人家防范意识强，耳朵在晚上要听门户，不愿让这涛声一样的杨树叶子哗哗啦啦地扰乱了视听。不受待见的杨树叶子也就被贬低为"鬼拍手"。

没多少文化的乡下人，在栽树种花上却大有讲究。一户乡邻的亲戚开果园苗圃，给他们送了些果树花树来，那男人将一棵海棠花栽进庭院，却惹得女人发疯叫骂，后来男人垂头丧气地将海棠挖出弃置于大街，重将一棵紫丁香移栽进院子，才平息了婆姨的无名怒火。这件事村人都觉得蹊跷，只有识字断文的老先生明白。他说，那男人有坏脾气，那女人心上有伤。原先村里曾有传言，这家的男人好拈花惹草，跟一个大姑娘不太清白，说他要离婚娶这个姑娘。这怎么会惹得那家婆姨对着海棠树撒泼呢？那些喜欢听戏的人恍然明白了，原来有出戏叫《张郎休妻》，讲的是一个负心汉张云芳，跟一个叫海棠的女子勾搭，把自己的结发妻子郭丁香休离家门。郭丁香天生是富贵命，她一离开张家，张家立即败落，一场天火将豪门大院烧个精光，薄情女子小海棠也跑了。张云芳烧瞎了眼睛，讨饭偶至郭丁香家，知道是结发妻子，羞愧难当，钻进锅洞烧死了，成了后来的灶王爷。原来是伤心的人跟植物较劲，海棠、丁香在乡下是罕见的植物，他们为此吵闹一场，反而给乡村普及了花木知识和民俗常识。

午后的秋风里，女人将院子扫干净，在梧桐树投下的大片阴凉里铺下芦席。晒得软腾腾的棉被被套夹进大花的背面里，她教闺女在树荫里缝被子。那梧桐果然长得快，三四年时间就长成一棵又粗又高的树。女人说，梧桐树虽然木质喧，做不得家具，做不得门板，可是咱家的屋梁里竟然有一根梧桐。盖新房的时候，实在凑不齐木料了，颤颤巍巍的日子，勉强被一根貌似强壮的梧桐扶持着。其实家里有一副门板也是梧桐做的，在东间和里间连接处，空落落的门洞像无奈的眼睛，一副极轻的门板，将贫穷日子的漏洞堵上。做房梁和门板的梧桐树都是当年爷爷栽下的，女人说，爷爷在地头栽了棵梧桐树，后来繁衍成林，家里捉襟见肘的时候，就去砍伐梧桐换取柴米油盐，梧桐林也不见少。说这话的时候，女人有些伤感，那时候，爷爷已经故去。西墙外的梧桐逐渐也繁殖成了一片小树林，在树林的浓密阴凉里乘凉的女人，一年比一年衰老。

　　孩子们一个个离开了乡村，离开了那个长满树开满花的庭院。他们在雨打梧桐的日子会怀念母亲，在石榴花开的时节会怀念母亲，在洋槐树的浓郁香气覆盖庭院，它铺展的槐花雪漫过屋檐时，会怀念母亲，在门前的国槐浓荫里乘凉时，他们依旧会怀念母亲。一年年他们都朝拜一样回到家乡，回到母亲坐过的树荫下。他们也采一些槐米，炒成茶，带回城里断断续续地喝着。槐树，怀念。是不是当初母亲栽下槐树的时候，已经预见了孩子们今天在远离家乡的地方喝茶的场景？槐树在，故乡就在，母亲也在，她在那些花香里，在清凉的树荫里，在淡香的槐米茶汤的浓浓的怀念里。

天下太平

　　在民间，常常有一些特殊的特指年代的说法。庄户人说"早往年"是指没有年代的古时候；说"过长毛的时候"，指的是八国联军入侵；说"毛贵洗山东的时候"是指明朝的大屠杀。最常说起的则是"挨饿的时候"。那个时候是什么时候呢？这个比较抽象，一般会跟上一句"就是吃糠咽菜的年头"。从吃糠咽菜的年头走到"地瓜饼子的年头"，人们的眼睛里有时候会泛上些泪花。经历过饥寒的人们都会从心底感激地瓜。在我的家乡胶州县城，有个老地名叫太平地，史料称，当初地瓜从海外引进之时，就在此处试种，大获丰收后，胶州县令叹曰，地瓜引种成功，从此胶州不会再饿死人了，天下太平矣！遂命名此地为太平地。

　　有了地瓜真的就能天下太平了吗？在那食不果腹的年代，地瓜实在是最优良的作物了。地瓜的性情泼辣，一个地瓜可以循环生长数十个胚芽，芽生之外，还可以蔓生，从它长长的地瓜秧上截取一段蔓梢，又可以做新的秧子。地瓜秧属于落地生根的性格，落到土里就安心生长，而且特别耐干旱，沙地岭地这些土质薄、养分少的地块，地瓜一样长得结结实实，而且越是干旱之年，地瓜越甜，越是砂土之地，地瓜越面。这对于十年九旱的山东大地来说，是最合适的作物了。地瓜不仅不用大的水肥，不用勤侍弄，产量还特别高，一个地瓜芽，扯二连三能长几个甚至十几个大小不一的地瓜，把宽大的地瓜岭涨出一道道裂纹。这样高产量的地瓜，贮存又特别容易，可以贮存鲜地瓜，漫长的冬季里，用屋里的地瓜棚或者地下的地瓜窖贮存，只要别让它受寒，它准能新新鲜鲜地让人吃到春天的梢子上；总吃鲜地瓜你会厌烦，有时候甜也让人产生抵触，没关系，收地瓜的时候，用刃口锋利的地瓜擦子将地瓜"嚓嚓嚓"地切成薄片，在河滩上、岭地上甚至屋顶的瓦片上，阳光最热烈、北风最通透的地方晾晒几天，每一片地瓜干都铿锵干脆，有了金属的声响，你就随意地把它贮存起来吧，不会发霉，不会变质，什么时候要做饭，取出来一洗一泡，蒸煮出来香甜可人。地瓜干因为剔除了更多的水分，吃起来更充饥，吃地瓜的人说，地瓜是水货，吃一肚子，一哈腰就没有了，而地瓜干却是实打实的干货，扛事。百变地瓜，从水性的甜性的鲜疙瘩变成铮铮有声的硬度地瓜干之后，又变身成粉剂，在碾台上碾碎，用细箩挑选，就有了地瓜面。地瓜面施展拳脚，貌似细粮，跟麦子面好有一拼，它可以做面食，掺上筋骨草、榆树皮的地瓜面可以擀面条、擀单饼、包包子；春天里做酱，还是地瓜干出场，怀抱黄豆，将阳光的鲜美反复发酵成一家人的佐餐鲜酱。地瓜不仅是饥馑年代的救命粮，刻骨铭心地滋养了那一代曾经挨饿的人，还将补丁的岁月绣出许多花来。乡下走出来的孩子，谁不是地瓜喂大的呢？地瓜滋养着他们的童年，温暖着他们的一生。

南风刚刚轻敲棂子窗的纸，老人们就知道要把金贵的暖烘烘的炕头腾出来了，热炕要让给那些精挑细选出来的精壮地瓜来完成繁衍的神圣使命。从棚子上把地瓜成批小心翼翼地取下来，由心细的女人或老者担任筛选的导师。

地瓜种也叫"地瓜母子"，要选那个头壮大、表面红艳鲜润、水脉充足的。经过一个冬天的睡眠，有些地瓜走了水分干干巴巴没精打采，已经没有了战斗力，只有那些鲜润的，还储积着生命深处奔涌的岩浆，期待爆发；还要逐个给地瓜体检，拿在手里旋转一圈，要没疤没痢没刮没蹭过的才好，若是有个小小的疤或者硬伤，传承的后代就未必精良，根正苗才会红，庄户人懂得；地瓜母子们要匀称，要像一队士兵一样规整，似一个模子里印出来的整齐，七大八小的成什么气候，不是一盘散沙吗，太大不好，太妖气，太小的不要，不出挑；地瓜种还一定要合理搭配，红瓤的、沙瓤的，口感最好，煮到锅里泛花开沙，吃在嘴里搅蜜加糖；可白瓤的甜度小产量大，吃起来更充饥，更能抵挡捉襟见肘的寒酸日子。每样都要一些吧，既不亏待嘴巴，也得填饱肚皮，白瓤地瓜可以深加工，切瓜干，磨地瓜面吃，一样美嘴。

那些带着荣誉和使命的地瓜被密密地摆在炕上，身子下铺了暖暖的柔软细沙，那是男人到河滩里挑回来、晒得暖洋洋之后，又用筛子筛过的细沙，是地瓜新娘的锦缎花被。相邻的地瓜之间要有些微的空隙，以便它们伸个懒腰，展下拳脚，有些私密的回旋舞姿，间隔的地方用柔软的细沙均匀偎住。安家落户的地瓜要有水的滋养才能更快地捧出新芽，也要有温暖的被子，芽们才会蹿动得踊跃。水是均匀的水，像天上洒下的雨丝，不急不缓，不冷不热，女人们每天用水瓢端着温热的清水，卷起被子用炊帚给它们洒水，还不时拿文火烘一下它们的暖床。三两日后的清晨，洒水的农妇发现平整湿润的沙面有了一个个小小的突起，像一个个小脑袋往外拱，突起边下是细小的裂纹，露着好奇的小眼睛。接下来，地瓜芽长势汹汹，黄灿灿绿生生的叶儿纷纷鼓出来、涌出来。

被雨露润泽过的地瓜秧一派鲜亮，叶头芽尖顶着闪闪烁烁的水珠，满炕像一件珠光闪烁的珍珠衫。盖地瓜秧的被子顶好要有层不透气、不蒸发水的塑料薄膜，再就是稻草帘、麦草苫子，奢侈的人家用破旧的门帘，细心地呵护着秧苗。勤洒水，勤通风，就像照料一个粉淡淡的婴儿一样上心。地瓜秧长到离了沙土，苫子薄膜等呵护的被子就要揭去了，是放它独自闯天下的时候了，瓜秧由嫩黄变成翠绿，等它们变成绿茵茵的一炕碧波时，地瓜垄早在田野里敞开怀抱呼唤它们了。

瓜芽打着旋地长，一天一个样地旺，两口子看在眼里，喜在心上，就商议：趁着好墒情，栽了吧。若有剩余，或者可以卖几个钱，给大人孩子添置件春衣裳呢。

起瓜秧的时候到了，女人跨在波涛汹涌的大炕畦上，小心翼翼地挑拣着已经长成身量的瓜秧，那一拃长的瓜秧有五六片叶子，根部的大叶子像心形的翡翠，叶面油光光的，翠色凝碧，脉络是微紫的，清晰得如手掌里的掌纹；顶端晚长的小叶虽然小，却也形神兼备，只是颜色是淡淡的米黄、鲜亮的鹅黄，更显得豪情冲天。

第一顷波涛涌过去，地瓜炕上矮下去一层，那些后长的瓜秧就像站岗放哨的儿童团、童子军，预备着浩浩荡荡的春播。地瓜秧一茬一茬拔走，新的瓜秧一茬又一茬撺上来，地瓜似生生不息的浪头，没有枯竭的时候。

地瓜秧被栽到高高隆起的垄上，叫秧地瓜。北方的插秧是这样的，拇指与食指捏住地瓜秧根部，另外三个手指头在地瓜岭顶部一抠，一个小小的土碗就生成了，就像一个灯盏，地瓜秧是灯盏里的那根"灯芯"，一半在"灯碗"里，一半在阳光充足的春天里，在四月浩荡的春风里。"灯碗"里要添平碗的水，这是地瓜秧对生存的唯一要求，水渗下去，人那粗壮的手拢住它周边的土，牢牢一按，就像一个仪式，也像一句嘱咐，从此地瓜秧养在野地里自立门户，就要成为一棵繁衍子孙的地瓜了。只有半"灯碗"水的盘缠，地瓜秧的家安得好简单。一根根鲜嫩的地瓜秧在春风里摇晃着，单薄得有些可怜。它是那么顽强，匍匐在地，蔓子上不久就生根。为了保证根部地瓜专心生长，人不断将地瓜蔓翻挑起来，使它们的小根无法生长。翻地瓜蔓通常都是孩子做的，有一根专门的杆子，名字叫地瓜蔓杆子，它细长，是没长足身量的小树，一段要细尖，可以插入地瓜蔓的肋下把它挑起。孩子在前面翻地瓜蔓，大人挥锄头在后面锄草。孩子有时候用劲不均匀，地瓜蔓被挑断了，地瓜不在乎，多条蔓子少条蔓子一样长，谁还没有个七灾八难，谁的成长顺风顺水？地瓜就是这样泼辣的孩子。断下的地瓜蔓要拿回家，嫩叶掐下来蒸了吃，其他的就扔到猪圈里喂猪。青黄不接的时候，鲜地瓜叶就频频蒸上餐桌，成为果腹的美餐，回忆着暖炕上的恩情，反哺着这家屋檐下的生计。

庄户人说，秋天不吃应时饭，谁吃应时饭谁是穷憋蛋。三春不如一秋忙。西北风一场场刮过，把地里的高大庄稼刮进了村庄，白云跟随大雁飞到远山外，晒地瓜干的时候到了。晒瓜干是件抢做的营生，北风一开，天气晴朗，全家动员，老幼病残齐上阵，村庄几乎就空了。瓜干是一年的主要粮食，如果晒不好，瓜干全烂掉，一家人就要挨饿。急抢天时，老奶奶拖着草墩，褓褓中的小孩裹吧裹吧放进大提篮里，父亲一头挑着孩子，另一头挑着地瓜擦子。家家一出门就是一天，只有一个担负做饭和送饭的人在地头和灶房间奔跑。瓜蔓前几天就割了，拉到地头，堆成一垛高大的岭，有的用地瓜蔓围成一个开口的圆圈，跟着上坡的小孩子喜欢躲在里面，像个小屋子。有的在两树间拧一条地瓜蔓绳子，将瓜蔓晾晒到上面。孩子们又发现了好玩的，他们拼命助跑，"噌"地蹿到地瓜蔓墙上骑着，两腿用力摇摆，晃荡起来，大喊着，骑大马了，骑大马了。有的瓜蔓绳索不结实，孩子正摇晃着，突然绳断了，好似马失前蹄，小孩子随着瓜蔓墙的倒塌一头栽下来。

春天大炕育秧栽的地瓜叫作"芽瓜"，麦收之后在麦田的地茬里栽的地瓜叫"麦瓜"。"麦瓜"不用育秧，直接从"芽瓜"的瓜蔓上截取蔓梢一小截即可插栽。"芽瓜"和"麦瓜"各自担负不同使命，没办法代替。"芽瓜"收获早，不能储存整个冬天，留下随时吃的，大部分用来晒地瓜干，进行脱水贮存；"麦瓜"可以窖藏越冬，并且来年的地瓜种从"麦瓜"里出。地瓜在夏秋饱足了水分和阳光，暗暗在高隆的地瓜岭中长大，慢慢地，那些规则的地瓜岭开始出现裂纹，有的地方甚至看得见地瓜娃娃嫩红的肌肤。

农历八月初一是地瓜的节日，是开垄验看的时候，当年的地瓜大势此时已经基本确定。农人扛起镢头，挎个筐子，在地头破垄取瓜。离晒瓜干还有些日子，地瓜从灶屋里先递出一缕香。秋天，晒瓜干是最隆重的活动。老天丰收了，地瓜硕大。可要是晒不好瓜干，一样得挨饿。晒瓜干要选晴天气，最好是开了北风。如果连阴天，先是将瓜干烂成个眼镜框，后来就成了泥。烂过的瓜干发苦，连猪都不吃，所以，秋天晒瓜干，能不能选好日子，老天照应不照应是庄户人内心企盼的大事。

男人抢镢头刨出地瓜，女人搬着擦板随后切瓜干。只听"咔嚓咔嚓"不断流的声响，一个个硕大的地瓜喂给木板中间的铁片，它就给咬出厚薄均匀的鲜瓜干。晒瓜干最忌讳的是平地、湿地。切开的瓜干要干得快，最好晾在河滩上，那晒得滚烫的小鹅卵石是最好的晒瓜干场所，瓜干一落地，先被滚烫的鹅卵石烘干好些水分，卵石间的空隙通风透气，地瓜干上下通透，当天就脱去湿气了。摆瓜干是小孩子的工作，让那些刚刚从同一个地瓜上切出的亲密的瓜干互相不遮挡太阳的亲吻。

收"麦瓜"的时候是从容的，秋天的庄稼都收完了，小麦也在地里长出鲜嫩的绿色，等一场霜将"麦瓜"那青绿的地瓜叶打蔫，就像一声号令，家家开始收"麦瓜"。对待"麦瓜"要轻拿轻放，"芽瓜"像穷人家的丫头片子，骂几句打几下都没要紧，还得交给铁器的集中营去野蛮训导；"麦瓜"却像千金小姐，你得小心翼翼地伺候，若不小心磕碰去点皮，破皮的地方就能结成疤，在地瓜棚子上越烂越大，还拐带坏了别的地瓜呢。"芽瓜"和"麦瓜"又像是庄户人家的两口子，男人如"芽瓜"一样泼辣粗糙，在外面打拼，取下一截瓜蔓生成"麦瓜"，就像亚当取下一根肋骨生成夏娃。"芽瓜"身经百战，最先担负起喂养嘴巴的使命，并随时准备被利器切片，在阳光下敛干湿润的梦想成为生活的储存，成为日子的底气；"麦瓜"也不辱使命，追随着"芽瓜"，生长成继续喂养嘴巴的块头，并一直涵养着一腔鲜润的柔情，担负着替"芽瓜"传宗接代的神圣使命。

地瓜从八月开垄就成为农家餐桌的主力，煮地瓜、蒸瓜干、馇地瓜糊糊、攥地瓜锥、擀地瓜面饼、吃地瓜面包子，地瓜的身影一天都离不了。地瓜还可以拓展成一样美食——地瓜枣。一旦地瓜跟枣攀上亲戚，它的身价自然不凡。

"麦瓜"收到家里之后，妇女们很重要的一项工作是将地瓜挑选、收藏。像教练挑选赛手一样，将个头匀溜没疤没麻的地瓜托在手心，又像母亲呵护婴儿一样般掐去上面缀根，掰去紧偎着它的泥巴，然后轻轻放进簸箕里。地瓜的居室是棚子。在住人的内室里，炕前上方扎一个木棚，木头上放着高粱秸编扎的"床板"，"床板"上铺的是今年新搂的豆叶，铺着柔软温暖的"被褥"，地瓜一冬都会睡得香甜舒展，面色滋润。装完了地瓜，剩下些身量矮小瘦弱，不成气候的小地瓜就用来晒瓜枣。晒瓜枣首先要把地瓜的外皮刮掉，然后上锅煮熟，最后晒干贮藏。

　　刮地瓜皮的活一般在晚上进行。饭后，将小煤油灯挂在高高灯台上，那黄晕的光就照得更远些。盛一簸箕小地瓜，找几片碎碗片，伴着"刺啦刺啦"的乐音，刮地瓜枣的工作就开始了。刮瓜枣是件很单调的工作，寂寥长夜，大家就用讲古论今的方式排遣无聊、拴住孩子。男人的故事离不开三侠五义梁山好汉，刀枪棍棒、乒乓铿锵，孩子们听得热血沸腾，地瓜皮也刮得狠，反倒刮掉了地瓜肉。女人的故事或缠绵或悬疑，许仙白娘子啦，牛郎织女啦，画中仙女啦，孟姜女送寒衣啦，讲得听者想入非非、眼神温柔；有的故事却带有浓厚的恐怖色彩，什么皮狐子精作怪害人，鬼魂附体吓人，等等，往往讲得邻家孩子不敢独自回家，最后要挨个给送回去。

　　刮好的小地瓜清晨就同早饭一同被煮熟，小心地将地瓜从锅里拾出来再摆出去晾晒。熟瓜枣要轻拿轻放，它像婴儿一样娇嫩，稍不留神就将软软的小地瓜碰破了、捏碎了。地瓜枣有的晾在外窗台上，有的晾在晒麦的席箔上，有的晾在屋檐上的最低一溜瓦背上，因为屋上荫少风高干得快。小孩子常常被大人指派站在木梯顶端，挎小篮往屋檐上摆熟瓜枣。

　　摆出去的瓜枣要防"盗"，矮处的防鸡，高处的防麻雀偷吃。

窗台和席箔上的瓜枣在家人的视线内，常吆赶着没啥问题，况鸡体笨重，即使偷空吃点，损失也不大，不是大患。屋上的可是“天高皇帝远了”，正好田野空旷，粮食进了仓，成群的麻雀饿得眼珠子泛蓝，不断袭击村庄，屋檐上的甜瓜枣是它们首批袭击的目标。于是农人就用树枝挑几根红布条、蓝布条，像悬挂彩旗一般竖在屋瓦间迎风招展，还真能唬住这些老家贼。

晴好的冬日阳光下，只需三五日，瓜枣就晒得外皮发硬不怎么怕尖嘴禽类偷吃了，可新一轮的瓜枣又摆上去，“战斗正未有穷期”，还得继续防。

晒瓜枣也讲火候，要晒得不软不硬。太硬了嚼起来费劲，累得牙帮骨疼，而且甜度大大削减；要是太软了就放起来，天一暖就生出绿毛，发霉变坏。乡间拙人晒出的硬瓜枣，甩手就能当梭镖，打得狗上树、猫跳井；巧妇晒的瓜枣就像小卖铺里的“高粱饴”糖一样，用手一捏有弹性，咬开是金黄的瓤，嚼起来有点粘牙，甜度比晒前的地瓜甜几倍。

地瓜枣晒干之后收在篼子里或者小瓮里，孩子们放学回来找不到可口的干粮往往就抓地瓜枣吃。它易放，冬天里又可凉吃而不伤牙、不伤胃，算是一道不错的甜点，所以在当时，其地位比地瓜、饼子、瓜干等食物的地位要高，人们总是乐此不疲地刮瓜枣、晒瓜枣。地瓜枣就着花生米吃算是至高无上的美味了，那时候有什么能比“又甜又香”的食物能让人兴奋呢？当时乡里人到城里走亲戚，往往送花生米和地瓜枣这两种稀罕物，它们颇受城里人青睐。

来年春天，久藏的地瓜枣周身生出一层白色粉末状外衣，就像落了一身雪，裹了一身霜。那可不是放坏了长了毛，而是从地瓜枣身上晰出的糖分，那层白末特别甜。奇怪的是，晰出糖末的地瓜枣，不仅内里的甜度没有减，反而更甜了。在乡下孩子的集体记忆中，一直觉得没有哪种甜可以与挂了一层白末的地瓜枣媲美。

晒瓜枣作为冬天的一项重要劳动，延续着收获的甜美，装点着贫瘠的日子。那些没成材的小地瓜，本应该铲进槽里做猪狗的食物，却凭农人的勤劳和智慧，把它变成了更甜的食物。如今市面上也有卖瓜枣的，用大地瓜切片晒制的金黄薄片，虽然也软甜可口，但已经不是旧时代大人孩子心目中的极品零食了，就像我们经历过的岁月，虽然日子一天天复制，但是童年永不再来。

站在时光的此岸回望那年那月，那时的地瓜，屹立在贫瘠的岁月里，一茬茬地喂养着生灵，真担当得起"天下太平"的荣誉。

花草相依

蓼花

有些生命中重要的事物我们对它的身世几乎一无所知，比如蓼花。

相遇蓼花是中年的事，此前，它一直以它的乳名"水红"摇曳在我童年的书页里，摇曳在我深深怀念的故乡水滨。

多年前看《还珠格格》，见冰雪聪明、诗书卓然的紫薇吟诗一首，前三句皆被人笑话，第四句出口，众人皆惊。那是紫薇陪皇上微服出巡，在长亭，见一班草莽诗人正在送别他们的好友老铁，人人作诗相送，诗境拙俗。紫薇一干人皆窃笑，惹得"诗人"们不悦，逼着她们作诗一比高下。紫薇缓缓吟来："你也写诗送老铁，我也写诗送老铁，江南江北蓼花红，都是离人眼中血。"前三句还被"诗人"们讥笑不断，全诗吟完，众人皆沉默。巨大的离愁，还有什么比江南江北铺天盖地的蓼花更甚，还有什么比哭到眼血染红江畔蓼花的离愁更深。

　　蓼花的红，原是离人的血泪染就，自此，我知道了蓼花。其实论起来，蓼花是我的发小，在懵懂年少时就与它耳鬓厮磨，只是我叫它乳名"水红"而已，全然不知道它还有红蓼、蓼花等堂堂正正的学名。其实在乡下，谁又知道它的学名呢，水红的名字实在是贴切，站在水边的一株植物，一株开着红艳花朵的野生植物。

　　水红是野生的，不知道它从哪里来，从什么时候起，在乡村的池塘边，小河边甚至是地头垄下的地沟里，一点湿润的泥土它就铺下身子生长。水红是离不开水的，它也算是水边仙子，在水一方的佳人了。一株水边的水红，长得枝丫茂盛，叶子肥大翠绿，极度张扬，气场庞大。但是，遇到干旱天时，当它的根系再也吸吮不到它赖以生存的水脉，湿润合意的水褪去之后，当站立的水泽蜕变成岸，干裂的淤泥，炙热的沙地里，一株水红也咬牙生存，忍着不死，干瘦干瘦的躯体，松松垮垮的薄皮包裹着发育不良的枝丫，在深秋也开出干巴巴的花。水红，什么委屈也受得了的顽强女子，那抹红开得令人叹息，令人怜惜。

　　最早看见水红是在姨姥姥家。那时候我很小，小的不能够跟着大人出村庄，更不能到河边去。村里的花少，大都是矮小的蚂蚱菜、江西腊、家桃花等。我跟着母亲到本村的姨姥姥家去过一次，姨姥姥是个矮小驼背的女人，跟大人们站在一起，她看上去像个小孩子，所以跟我们小孩子更接近。她干黄的脸一脸慈祥，头发绾成一个发髻，束在脑后，青色的大襟衣裳上打了许多补丁。她家的院子里有一棵我仰望的巨大花株，高过屋檐，枝丫四周铺排，那时节也许已经是秋天了，一穗穗紫红色的花，开得像火炬一样。我大约是被它震撼，定定地看着那株高大的花不肯走，姨姥姥大方地折下一枝花穗给我说，这是水红。

红蓼是水滨的女子，与在水一方的莲荷是姐妹，但是在我的北方乡村，幼小的我不知莲荷，只是从年画的四季帘上认识了遥远的荷花。但是水红不一样，它就在村边。我长得再大一些，就可以跟着母亲下地了。菜地在河边，母亲常在河畔的田地整理庄稼和蔬菜，也常在河畔捶洗衣服。小伙伴们冲出鸡飞狗跳的村庄，借在河边挖野菜的时候，摸鱼摸虾，堵水湾，打水仗。这些时候，我总是倘徉于水滨，与紫凌凌的水红耳鬓厮磨。那是些长得高大的植物，心形的宽大叶子油绿张扬，竹竿似的中空而有节的茎，挺拔掩映在明丽的水中，挺拔在菖蒲芦苇间，掩映在水柳和荻花间。那时候的水滨太亮太绿了，岸草茂盛，水草密植，沿河的水柳、绵槐棵子淹没人的身影，明晃晃的水像一条线，在巨大的绿油彩间见缝插针。是那一棵棵摇曳的紫红，叫绿得透不过气来的河岸如添胭脂一抹，平添了妩媚的神韵，让人的心轻轻地荡漾。

母亲也爱着水红，劳作之后，她在河边洗去手上的泥巴和脸上的汗水，眼神柔和地盯着水红说，她小时候在河滩上放牛，最喜欢水红，那时候的水红那么高，长得跟一棵棵小树似的，花开得像火烧天似的，那是她小时候的花。水红可不就跟棵树一样高茂吗？它那谷穗状的花序虽然小于谷穗，但是一棵水红上有无数穗子，也扯起一片红棉被。水红花穗未开时，花蕾是紫红的，开了花，穗就变得蓬松了，仍然是紫红的，只是红得更深更艳更迷人心神。母亲曾经移栽了一棵水红在庭院靠近水沟的地方，那里因为常年倒脏水，地面不干，有苔藓翠绿盈盈。从来没有特意给过它什么照顾，就是将一盆盆洗菜的水，洗地瓜的、洗脚的水，甚至偶尔带了香皂沫的洗脸水倒给它，水红都一一将它们吸纳转化成翠绿紫红，泼辣地在我家小院年年长得比屋檐还高，自行繁殖成高茂的一丛，在简陋的庭院花枝招展。

村子里是不缺水红花的，你行走间，不期然就看见那些乌黑的屋檐边、瓦瓣上佩戴了紫红的头巾，或者谁家的水沟外有点泥土，就冒冒失失地蹿出棵水红来。经常积水的水沟也在夏天的雨水里悄悄萌动出水红，菜园的低洼处，在瓜果藤蔓间牢牢抓住一块自己的泥土，深紫浅紫地开放一棵棵水红。

一直以为水红就是乡野里贫贱的野花草，如衣着俭朴的村姑一般，却不期然遇到它的高调故事。偶见一古董，是明朝永乐宣德年间的青花瓷盘子，画的是"一束莲"。主角是莲花、莲蓬，配客为茨菰、香蒲和红蓼。这种盘子寓意深刻，青花与莲花相配，意喻"清廉"，是倡导吏治肃整的。红蓼作为水生植物里的一位花开娇然的女子，常常为国画的水域题材配戏，与水烛、芦苇、荻花、茨菰、浮萍伴随着君王一般的荷花，组成了水墨王国滨水清涟。莲花为王，蓼花就是卿相，在这些滨水植物里，只有蓼花的明艳花开堪与莲荷称姐妹。

"数枝红蓼醉清秋。"在水一方的蓼花，总是在清秋时节开得最盛，她摇曳着紫红斗篷，似乎总是在渡口见证着相会无期的分别，总是为执手相看泪眼的分别擎一方拭泪的素帕。"红蓼渡头秋正雨，印沙鸥迹自成行。"那些悲秋士子和佳人，满怀的闲愁离恨，看北雁南飞，感锦华渐逝，一枝娇艳的红蓼触目惊心地开放和美丽着，给了那日渐颓败的秋色怎样的一次明艳回眸啊。"犹念悲秋更分赐，夹溪红蓼映风蒲。""秋到润州江上，红蓼黄芦白浪。""红蓼滩头秋已老，丹枫渚畔天初暝。"荷花早已蓬老叶颓，两岸木叶萧萧而下，悲秋那巨大的气场里，红蓼是怎样一段水袖翻飞的啼血般绝唱啊。"燕子矶头红蓼月，乌衣巷口绿杨烟"，生活在俗世的蓼花，与一轮苍茫斜月，交织着人生的悲喜或者俗雅。红蓼不仅在民间的河湖沟畔自开自落，摇曳秋光，还繁荣栖居在文人骚客的缠绵生活里，点点紫，碎碎红，缝补着一颗颗乡愁的心，擦拭着一汪汪分别的泪，沉淀着一帧帧相思的梦。

我有多少年没有见过家乡的水红了，从上大学开始，我离开家乡，与家乡保持着一封信一个电话的微小联络，偶回家乡，那些茅草屋、泥坯房渐渐被时光吞咽，越来越规整越来越陌生的村庄，水红像我一样，在那被水泥硬化过的村庄里扎不下根。我曾经沿着童年的乡路去河边，那条河干涸了，河床和曾经水波粼粼的河底沙土上，栽植着速生杨，是杨树占领了河吗，是那些速生的欲望吞没了清澈的河流吧。河已经旧迹难寻，水红，也不知飘零何方，也许一如当年的浮萍一样，不知在哪里的河滨扎根生长了。我问留守村庄的父亲，河床毁了，夏天雨来了，水从哪里流淌？父亲木讷地说，夏天的雨水也少了，没怎么发过水，河真的没什么用了。雨水枯竭，河流消失，水红，哪里还有它的立足之地呢。

"楼船箫鼓今何在？红蓼年年下白鸥。"这诗句读起来如今却那么悲伤，应该是红蓼今何在了。当年江畔的红蓼似乎那么无情，年年红艳着，没有为谁的缺席而流泪，也没有为未到达的诺言而忧伤，在属于自己的清秋里，它花开花落。可是今时今日的红蓼花，却被印在相思的纪念册里了。

昨天经过护城河，见满河道里的芦苇、菖蒲均已收割，只有几棵高大的蓼花躲开了镰刀的刃口，披着一身紫衣站在淤泥深处，野鸭"噗噜噜"飞来跳去。看见那些红蓼，突然有些悲伤的情绪，红蓼，那也是我小时候的花啊。

艾蒿

夏夜，一股淡淡的香气似一首婉转的小提琴曲，从暮色四合的岁月深处走来，粘合在时光凉薄处，萦绕着我，浸润着我。似一把遗失经年的钥匙突然归来，久闭的心扉和思绪被瞬间打开。那蛙声四起的乡村黄昏，那老蒲扇轻摇的村头树下，一缕香，淡淡地沁入灵魂。我知道那是我童年的艾绳在记忆深处被点燃，那脉薄荷样淡淡的香气，如一缕乡愁，抵达我的记忆，鲜活我的内心，那些艾绳驱蚊的纳凉之夜，那些母亲用故事和艾绳呵护着的旧时光，在蝉声喧闹的岁月里散发沉香，在银河明亮的天幕下袅袅不熄。

作为北方人，初识艾从端午节开始。清明插柳、端午插艾是当地的民俗。艾生于荒野，三月始萌，五月初即亭亭玉立在田埂沟坡，散发着独特幽香了。家乡人把庄稼之外的草菜都喊作草，草也分三六九等，那些可以下锅入碗、补充肚腹能量、维系生命的草就被高看一眼，像荠菜、苦菜、蓬子菜、扫帚菜、姜姜毛、车前子等食用菜，被尊为上等菜，妇人们见了它们就像见了花花绿绿的货郎担一样亲。中等草是可以喂养牲畜的，猪喜欢吃马齿苋，牛羊喜吃鲜嫩的青草，筛子底、绊倒驴，甚至拉蛋子蔓兔子也喜欢，骨节草一点也不可爱，可是羊爱吃，因为这些牲畜的喜好，乡下人也就对它们青眼有加，抽空掳掠到草篮里带回家。只有那些高大的蒿草类，牲畜都不喜欢闻的，在乡下人眼睛里一文不值。且不说茵陈吧，茵陈还年幼的时候可以采来备小儿黄疸病，也还好。"三月茵陈四月蒿"，它身量一旦长起来就招人厌弃了，一股子怪味，牲畜不吃的草，在乡下是没有地位的，就那么自己胡乱长吧，长到老秋把身体交给一把镰刀，远远就听见火塘的垂涎。苍耳也是不招人喜欢的家伙，根系粗大，长到哪里都像强盗一样，把土地里的水肥尽数掳掠过去，欺负得旁边的草棵庄稼病恹恹的营养不良。它那宽大的叶子也不招牲畜待见，它为了不遭镰刀之灾，还在身上长满了刺，你不招惹它，它还不依不饶，羊群经过它挂上几个带倒钩的籽，布衫经过它拿刺钩扯一把，要多烦人有多烦人。还是艾蒿谦卑，躲在杂草丛里，不声不响地长大。

艾蒿也是蒿，却得到不一样的礼遇，它自打一冒芽乡下人就惦记着，一直惦记它一辈子。乡下人喜欢去乡野采艾，尤其是五月端午那一天，据说那天采来的艾蒿最具有药用价值。至今记得，天蒙蒙亮时就被母亲悄悄叫起，披件长衣冒着清晨的微寒去野地、荒坡上采艾蒿。按照我们当地的习俗，端午要采五样树头草棵备用，叫作"采五树头"，这"五树头"须在日出前带露水采下，还须是小孩子采来的最为灵验，忌讳是不能接人语。所以，端午清晨，带着神圣使命的小孩子们在坡地、草丛中相遇，只眨眨眼、挑挑眉毛打个招呼，或者对面相遇视若无人，很像电影里地下党的秘密行动。待睡眼惺忪地采回艾蒿、椿树枝、菖蒲等五样树头和草棵，母亲将艾插上门楣，摆上窗台，其他的一起扔到屋檐上晾晒。长大后我才明白，艾草插在门楣和摆窗台，是用来驱邪避恶，因为入夏后气温升高，虫子渐繁盛，艾草特殊的芳香可以驱虫杀菌。端午的晚上，母亲要烧艾水给孩子们洗澡，她说，艾水洗过，一个夏天都不招蚊虫。

我采回的艾蒿毕竟不多，门楣插艾，艾水洗澡，大约只是一个美好而朴素的象征，对我们家来说，艾蒿真正的价值是父亲一捆捆砍回来丛在墙根，母亲等它们晾至半干，就拧成一条条细小的艾草绳，备盛夏之用。夏日晚上，白天在外面被小咬虻虫叮咬了，母亲就从屋檐下折些艾蒿，烧煮成滚烫的水，拿热气熏红肿之处，然后再对上凉水给我们洗伤肿之处，艾水洗过的伤口，果然不再那样疼痒。

我对艾蒿的感激之情至今也没有个好的解答。五岁那年，突然浑身疼痛，疼得不能行走，即便是卧床也疼得龇牙咧嘴。于是我得到了最高的照顾，住进了乡镇医院，一住九天，各方面检查也显示没有病，住院的期间打过多个吊瓶，但是疼痛没有一丝缓解。医生找父亲谈话，叫转去县医院，而且透露口风说，县医院的检查也是这些，实在检查不出毛病，就得抽骨髓化验。那时候抽骨髓是骇人的词，据说十有八九被抽过骨髓的人都会留下智障抽风等后遗症。父亲躲在卫生院后面的庄稼地里哭了一下午，恰好有位亲戚来看望，说，死马当作活马医吧，不如叫她村上的神婆给看看。娘抓着这根救命稻草就去求神。我从卫生院出院回家，娘按照神婆的嘱咐，连续几天晚上给我用艾水洗身子，不久就好了。虽然那些艾水洗澡的夜晚，娘必须点香贡果举办仪式，且得等到某个时辰某个仙家来将艾水中投放药物才可以浣洗，我却一直认为，救我病困的是父亲砍来的一捆捆艾蒿。

乡村女人无师自通地喜欢收藏一些干净的干艾叶做医药之用。感冒了，用艾叶水熏脚，通汗去湿；身上起了红疙瘩，或蚊叮虫咬，用艾叶烧制的水洗搽，痛痒全消。村里有户郎中世家，年年割艾最多，戴着眼镜的老中医，常常在梳理他的艾蒿时吟道："七年之病，求三年之艾。"我奶奶也常说："家有三年艾，郎中不用来。"她把艾蒿晒得干透，捋下叶子，在簸箕里反复揉搓、过筛，收获细细的艾绒，仔细收藏。此后，时有村人登门，或诡秘地跟奶奶窃窃私语，或擎着带血的胳膊，还有抱着啼哭不停的小孩的妇女，也有羞答答的小媳妇。我的小脚奶奶，小时候在郎中家帮过工的乡村女人，竟然一脸庄重地拿艾条熏灸病人。

后来读书，在历史册页中与我童年崇拜的艾相遇，生在郊野的艾，原是史上盛名的大家闺秀，它最早将身影镌刻在《诗经》里，"彼采艾兮，一日不见，如三岁兮！"那采集艾蒿的人，一日不见如隔三秋啊！为什么那时候的人们就大量采集艾蒿？艾除了它神奇的药效之外，还寄寓了人世间最纯美的情感啊。《本草纲目》等医书给了艾极深的宠爱和褒奖。"医草""灸草""神草"，看看艾蒿这些小名，你不得不认同，艾蒿不是一般的草，是人间最普通也最金贵的仙草。

艾草更多的枝梗被乡村的母亲们拧成艾绳来护佑夏夜。盛夏来临，蚊虫逐水而生，纳凉的人群里，蒲扇拍打蚊虫的声音此起彼伏。母亲从墙上取下条艾绳，点燃，那艾绳没有明火，缓慢地燃烧，那淡淡的药香弥漫开来，和蔼的烟带着薄荷般的香味陶醉了孩子们，熏跑了蚊子。孩子们在艾草烟的庇护之下，躺在草席上看星星、听故事。半夜，露水将降，母亲将燃了一半的艾绳移到屋里，带孩子们回炕上，那半截艾绳的威力，可保一夜安眠。所以，每年春天，孩子们都很积极地采艾蒿，母亲拧的几十条艾绳，可换来一个夏季的安宁无扰。

爷爷给生产队看瓜的几年里，奶奶用干爽的艾叶给他做了床薄褥子，她说，野外飞虫、地虫众多，艾绳熏蚊虫，褥子熏地虫。她还嘱咐爷爷在瓜棚边栽几棵艾草，奶奶说，艾草的香气百虫不侵，蛇都是绕道走的。

自从进城工作后，我与故乡日渐生疏，尤其母亲故去父亲迁居县城之后，我与故乡更是藕断丝连了，故乡那些艾绳缭绕的夏夜也就彻底停留在记忆中了。偶尔回乡，再也不见乡亲们燃烧艾绳驱蚊，于是惆怅地想，艾的脚印确实已经久远了。

　　某年初春，在江西婺源赏油菜花海，于路旁买一小巧食物，色绿如竹，甚是可爱，询问名称曰：青团。那翠绿的青团，吃起来辣丝丝，比之薄荷味甚，原来是艾蒿的味道。一枚青团吃毕，肚腹清凉，浑身清爽，原来，艾在南方还可以做出食品。细究青团的制作，是将鲜嫩艾蒿洗净捣碎，滤汁，拌入糯米粉中做成。一枚枚青团，伴随着艾的特殊香气与辣气，伴随着艾的诸多养生的好，喂养人的脾胃和健康。

　　艾草四季葱茏于野，但是作为药用和食用的艾，还是五月采来最好，那是它青葱茁壮的青春。蚊声渐茂密的夏夜，真真地怀念儿时的艾绳了，记忆深处的那脉艾香，滋养了我童年的夏，灸疗着我尘世中劳碌的心灵。掳一把艾叶久久嗅着它的清新之香，借以眺望那艾香萦绕的岁月，一脉乡愁由艾叶的香里满满地溢出。今年，我在五月采了些嫩艾叶，缝制了一个简单的香囊，将一捧艾叶贮藏在里面，在疲惫的时候嗅一嗅它独特的芬芳，让它灸疗我经年的乡愁。

鼠辈的江湖

（一）

父亲和母亲在灶间打着哑谜，我凑上去想弄明白，母亲用丢眼神和食指放在嘴唇止语的诡秘动作制止了我。只见父亲从衣袖间掏出粒花生米，在灶火上燎烤出诱人的香气。然后又从衣襟内端出一个模糊的铁器，也燎烤了一下，重新将铁器藏进衣襟，进了仓房。我还想问，母亲摇头。我只好尾随父亲，父亲却把门掩上了。他显然是故意要避开我。我从门缝里看他的把戏。他那件宽大的外衣内模糊的铁器究竟是什么？那喷香的花生米又是给谁吃的？他用衣襟遮挡着在操作什么？但我只看见父亲在忙活着的背影。我急忙换到屋外的窗口，这样可以从窗户纸的破洞准确地看到父亲的把戏。他这时正将一个铁夹子埋在谷糠里，铁夹子的血盆大口被谷糠遮蔽着，只有那粒花生米闪烁着紫红的光。

这是我第一次看父亲布阵捉拿耗子的情景。稍大些之后，我曾经追问母亲，为什么将支老鼠夹子做得这样诡秘？母亲说，老鼠精灵着呢，它耳朵长，你说一句它就听去了，然后所有老鼠都知道了，咱的把戏就不灵了。更不能让它看见布置陷阱，看见了咱也就白忙活了。童年时我对老鼠有些怕也有些景仰，就因为它的精灵。

在我们乡下，老鼠被称为"耗子"。不管是"鼠"，还是"耗"，作为字，都笔画复杂，读书的年纪里，最怕遇到这样的字。在生活中，老鼠像它的字一样难缠，祖先给这小精灵命名赐字的时候，大约已经饱受这厮折腾，于是费尽心思，谋了两个匹配的字给它。那"鼠"字字面上写满了鼠辈的秘密：躲在石臼下，坚壁的石缝中闪烁着狡黠的两双眼睛，偷窥着人间美味，镶嵌在壁垒中是两双眼睛啊，足见鼠辈之众。民间有一谜语："吱咕吱咕，皮袄皮裤，瞪着一对花椒眼，实在可恶。"这也足以说明人们对老鼠的厌恶。老鼠，是人们憎恶、愤恨的，它与人是永不和解的敌对。生活中它无处不在，在饥馑困顿的岁月里，它们横冲直撞，上梁入棚，没有它们去不了的高处；凿穴打洞，没有它们安不了家的地方；它们就这样海陆空三栖，迅捷灵活地出入，跟人们抢夺着口边那稀少的粮食；它们撕咬啃噬的磨牙恶习，不知道毁坏了多少器具、书籍和衣衫；它们超强地繁殖，虽猫爪利，鼠药毒，捕鼠器械花样翻新、层出不穷，仍不能阻止它们繁荣昌盛的局面。浩浩荡荡的鼠军招摇在房前屋后、家里户外，在猪槽边，在牛栏里，在落满灰尘的冷寂仓房，在人气喧闹的窄仄居室。它们在犄角旮旯窃窃私语、窸窸窣窣地密谋；它们在大庭广众下趾高气扬、堂而皇之地走过；它们在鼾声四起的炕头上，踩着凹凸的躯体，从被窝上追求刺激地追逐跑过；它们甚至嚣张地在某一个充斥着腥咸味的脚丫子上留下齿印。

人们陷入老鼠的包围中，在乡下，几乎是老鼠的天下。你到草垛边去扯草，脚下一软，"吱吱"惨叫，那是踩着了老鼠，吓你一跳之后，它"哧溜"一下钻入乱草丛中；你沿着草垛的掏洞扯草，没扯几把草，暄软的草窝里就突然开了花，一窝通体红嫩，食指粗细的裸体闭眼的鼠仔裸露当面；清晨起床，脚入鞋窝，"吱"的一声，踩着了年幼无知、在鞋窝里取暖的小老鼠；米缸面缸，虽重重设防，母亲取米淘洗的时候，还是会发现几粒老鼠屎。祖母常常叹息，说这小东西怎么得了老天爷这样的恩惠，凡是好吃的，得它先吃，剩下了才轮到人吃。

祖父不同意祖母的观点，他不甘心吃老鼠嘴边的"剩儿"，总是说，没让我抓着，抓着我就吃了它的肉，叫它拿命还回我那些活命的口粮。老鼠最为可怕和可恨的是在人类嘴边争夺粮食。那年月，日子困顿，人人吃野菜团，家家喝杂粮粥，精打细算还是有饿死人的惨剧发生，人们悬着半根苦肠子艰难度日，却被鼠类嘴边夺食，怎么能不懊恼？存活为第一大计的年月，哪容得它来分羹？为躲避老鼠的偷盗，乡下所有粮食都坚壁清野，石凿的粮囤底，条编的粮囤壁、石缸、泥罐、瓷坛、木斗齐上阵。可是，从没见过饿死的老鼠，它天生具备尖牙利爪，超强的打洞的本领，再加上聪明迅捷的迂回身手，人们的储藏堡垒总是一次次被攻破，就连祖母放在炕头上、日夜不离地监护着的小米布袋，也没躲过被嚼碎的结局。鼠洞四通八达，将房基凿透、地面打穿，不仅鼠辈畅行无阻，冬日的风也灌穴而入，直逼瑟瑟发抖的人们。于是跟老鼠的战斗，一直就是一种斗智斗勇、不敢稍事停歇的持久战。

养一只猫未尝不是驱鼠的好办法，但猫并不是只吃老鼠就能存活，还需给猫准备口粮。猫的口味刁，不像那看家狗，剩饭馊粮地瓜皮都不嫌弃，甚至没东西吃了它就自己去寻屎吃。猫呢，要吃细粮，还得给它嚼碎，时不时还需弄点鱼腥犒赏。养一只猫跟伺候个祖宗差不多，多数人是没这个心力的。能不能自己不养猫却得猫之惠？大家都把眼睛瞄向了三奶奶家的大黄猫。大黄猫是一只吃百家饭的猫，它在村庄里傲然地穿行，谁家见了它就急忙殷勤招呼，谁家招呼的餐饮合它的意，它光顾的次数就多，停留的时间也长，作为报答，它就去那家的粮仓或棚屋上叼只老鼠下来。为了讨好大黄猫多来家几次，祖父的挂篮里常常有一拃长的小干鱼，那腥味引得大黄猫蹲在我家炕头上冲着挂篮运气。大黄猫蹲守在我们家的时候，鼠辈的气焰确实收敛了许多，只是大黄猫是贵族般的骄傲，几个鱼头根本养不住它，不久它就"摆驾"别处了。

（二）

父亲沿袭着祖父对鼠辈的憎恨和杀戮战略，总在研究捕鼠的招数。他说人种植五谷，饲养六畜，培植和饲养都有回报，但是老鼠不仅争食五谷，混迹畜类里，对人一点贡献没有，还掏洞磨牙，毁坏屋墙，啃坏箱柜，就是人的敌人，不杀就造反了。在我看来，父亲的捕鼠招数若写下来，不亚于一部《武穆遗书》。

父亲不赞同用鼠药，他说，鼠药要用粮食加药浸泡，祸害粮食；若叫鸡鸭误食鼠药还糟蹋牲畜，更重要的是，若是一只吃过鼠药的老鼠被大黄猫抓住吃掉，岂不是害了大黄猫？还有，被毒死的老鼠若死在洞穴里，会腐烂散发臭味，夏天还会招蛆虫，影响家居品质。父亲认为鼠药有怪味，精灵的老鼠根本不吃，白搭工夫和粮食。而我觉得父亲喜欢捕鼠是喜欢看见实实在在的战果。

用老鼠夹子捕鼠是父亲最常用的办法。那夹子有两面铁条的夹页，用弹簧紧紧扣在一起，使用时先将两个夹片用力掰开，将支架支住，在支架的敏感处放上诱饵，那诱饵可以是一小块烤馒头、一小截油条、一粒香喷喷的烤花生米，也可以是一小块肉。要逮老鼠，总得舍得投入些美味，要不然它们怎么会冒死前往呢？精明的老鼠见过同类中招后的撕咬、号叫和灭亡，所以对老鼠夹子熟悉，一般那些体硕年老的老鼠比较难拿，夹住的常常是些嘴馋年幼、缺乏经验的小鼠。老鼠夹子要尽量避免突兀地置于地面，要埋伏于粮食中、谷糠中，像一个陷阱。父亲的招数很灵验，每每将夹子上或已气绝或垂死挣扎的老鼠卸下枷锁，还要将老鼠夹子在火上燎烤。我问父亲这是为何，他说，打过老鼠的铁夹子，身上已经有了老鼠的气味，其他老鼠就知道是陷阱，看见诱饵也不会前来，用火烤是驱除气味，好继续用它诱捕老鼠。

父亲的捕鼠也时有失手。某日黄昏，他将老鼠夹子配上精美的食物埋伏好，次日清晨，起出的却是已经收拢的空夹子，老鼠没夹住，食物却已被吃得干净。父亲说声"可恶"。大约总有些狡猾的老鼠，在暗处看见父亲躲躲闪闪送来的美味而窃笑。它们等父亲撤退之后，以非凡的身手撩拨老鼠夹子的机关，而又能躲过那张大铁口的撕咬，等夹子"嘭"的一声，机关锁起，夹子就成了一个笨拙的、毫无杀伤力的铁器。这时候，它们就可以将人们称为诱饵的美食视为人们对它们的贡品，得意地分而食之。更甚之，它们吃饱之后，还会蔑视地在夹子上撒一泡鼠尿。这才惹火了父亲。父亲嘟囔着："还以为我真的没办法了？等着瞧！"父亲这次下了本钱，使用了"连环计"。他将美食和夹子一起当作了诱饵，设计出"母子夹"，带诱饵的夹子是母夹子，母夹子四周，同时布上了四个隐藏得严严实实的子夹子。这次，父亲不用母夹子捕鼠，他将母夹子置于明处，让耗子们看见陷阱，然后故伎重演去将母夹子挑翻。其实，在明处的陷阱是个障眼法，暗处的子夹子才真正要了老鼠的命。不出父亲所料，这次，子夹子不仅捉住了戏弄夹子的"斗牛士"，还将来看热闹和分食美餐的小鼠捕杀一只。那只"斗牛士"果然身躯灵敏，夹子仅仅夹住了它一条后腿，它已经忍痛拖着夹子移动到粮囤背后，借用粮囤的力量企图努力将夹子挣脱下来。父亲起夹子的时候发现它正在撕咬自己的腿，看来它想丢腿保命。父亲有过多次找不到夹子的情形了，夹子夹住那些力大老鼠非致命部位，夹子就会被它们拉走，若不是父亲将夹子上拴了些线，缠绕着它走不远，说不准它会将夹子拖到哪里去。父亲将那只垂死挣扎的"斗牛士"提在手里观赏，嘿嘿笑着说："看来，你也像是读过《三十六计》的啊！"

仓房里的老鼠基本上是靠鼠夹子来对付，鼠害实在猖獗时，父亲干脆把大黄猫诱骗进去，将门锁死，颇有破釜沉舟之势，饿急了的大黄猫总是想方设法逮鼠，三两日后，大黄猫趁我们取东西时逃窜，此后好久不来。

父亲的徒手捕鼠可谓精彩。那是一只潜伏在祖母居室的老鼠，祖母心慈，也不怎么管它，它就胆大妄为起来，竟然时常趁人入睡的深夜，爬到炕上，偷吃炕头墙壁上窝洞里的桃酥，那是亲戚来探望祖母时带的珍贵礼品，祖母一直舍不得吃。最可气的是，它竟然咬祖父的脚，把祖父给啃醒了。祖父迷信，认为不是好兆："我还没死呢，它就来啃我，定饶不了它。"但是，对于一只身手迅捷的小鼠，支了捕鼠夹子也一无所获。祖母在翻箱底的时候，发现自己一直珍藏的那件出嫁时的绣花缎子小袄被老鼠嚼碎了，气得手提笤帚疙瘩捶打着炕沿大骂："该死的东西，我不祸害你你还欺负到我的头顶上来了。"这时候，父亲出场。他将炕炉洞、门槛洞一一堵好，找来长短不一的几块木板，将木板由宽到窄做了个拐着弯的通道，通道的尽头是死胡同。父亲拿笤帚疙瘩去捅柜子底下，大约这只老鼠一直肆意进出，并没有居安思危地为自己打通一条外逃的通道，在受到笤帚攻击时，便与人玩起捉迷藏。此前，祖父几次企图抓它和驱赶它，它都机智灵敏地兜着圈子继续赖皮赖脸地留居屋内。兜了几个圈子后，狡猾的小鼠就钻进了父亲布的迷魂阵，当它到达死胡同又仓皇返回时，父亲一脚将木板踹到贴墙而立。木板与墙壁间立即传来小鼠亡命的惨叫。父亲又紧踹两脚，那叫声也停止了。木板移开，一只血肉模糊、双目崩裂而出的死鼠卧在一摊血上。父亲点上一袋烟，喃喃地说："自作孽，不可活！"

我家的墙基里有一窝顽强的老鼠，有一段时间，每天都见一大堆新土，母亲用筐子将土拐进猪圈，拿碎石头填充鼠洞，再用木夯捶打，一直捶打得结结实实。可第二天，又是一堆土。它们反复在我家的石基间打洞，一心将内外贯通。北风从鼠洞灌进来，脚下生冷。父亲看看这贯通的鼠洞，似乎也无计可施。一日，他突然添了大半锅水，让我烧开。在烧水前，他抓了把麦粒沿着鼠洞撒下去。父亲在静静地等，似乎听见鼠洞里传来了窃笑和咀嚼之声。父亲将水灌在大铁壶里，从鼠洞灌下去。那大约是个诱敌积聚、斩草除根的一锅端兵法，半锅滚烫的水浇下去，父亲哼着小戏重新将洞填好播紧，喃喃地说："自作孽，不可活！"

（三）

小时候之所以对捕鼠有这么大的兴趣，是因为我那嘴巴与喷香的鼠肉有着关联。

　　早晨，母亲在灶下生火做饭，父亲从仓房里起出夹子，夹子上常常有一只肥硕的老鼠，有时候是新死的，尚有体温，有时候还吱吱惨叫、挣扎，父亲连同夹子放在水沟边的捶衣石上，用棒槌击打鼠头，淋漓的鲜血就终结了它的号叫。受祖父和父亲影响，我是仇恨老鼠的，自小就不惧怕杀鼠行为，而是有种报仇雪恨的快感。父亲将肥硕的老鼠埋进灶火的热灰里，将夹子烤一下收起，我就代替母亲在灶下烧火，更确切地说，我在烧烤我的美味。据说母亲刚嫁进张家的时候，对吃烧老鼠颇有微词，祖母却说母亲见识短。直到我大哥出生后，有段时间患腹泻的毛病，祖母叫她去向村上的老中医讨方子。母亲回来自言自语，怎么会这样？老中医的方子是，烧老鼠肉给腹泻孩童吃可治愈。母亲不得不依着医方给大哥烧老鼠吃，吃过三只老鼠肉，真就好了。祖母这时候教训母亲说，老鼠肉治百病，经常给孩子吃些，就不长毛病。其实老鼠肉没那么神奇，但是有一种病它肯定百治百好，那就是馋病。吃不饱肚子的年月里，肉是金贵的，一年到头没几次吃肉的机会，一只肥硕的老鼠在灶火里烧熟，无疑是孩子最解馋的美食。掏出热灰里的老鼠，它的爪子已经烧掉，嘴脸也模糊了，毛已经不存，剩下一张散发香味的皮。在鼠皮上撕开一线口子，就能将皮囫囵揭下来。那鼠肉是红色的，热气腾腾地冒着香气，如果只吃老鼠的四条腿和胸脯的肉，就干干净净一点不费劲，倘若还没解馋，还可以把它的腹部轻轻剖开，除去肠胃等内脏，吃它小小的心脏和肝脏。那时候，一只小小的麻雀都是美味，都可以吃到心肝，何况一只肥大的老鼠呢？我们乡村的孩子真的就不怎么生病，都那么泼泼辣辣地长大了，是不是都跟小时候吃过许多老鼠肉有关呢？母亲这个爱干净的人，始终不愿意亲手给我们烧剥老鼠肉，就是勉强做时，也是得念叨，"就是看在它防病的分上"。母亲看见我们吃老鼠时那样快乐的神情，微微叹口气说："谁让我弄不到肉给孩子吃呢。"此后，母亲才将烧烤老鼠视为当然。

慈善的母亲也会捕鼠，她的捕猎更智慧。在乡村教学的父亲突然被安排到镇上教学，离家十几里路，要一个月回来一次。鼠类猖獗的时候，母亲就勇敢地扛起捍卫粮食的大旗。她也用父亲的捕鼠夹子，但是吝啬得很，根本不给夹子上夹食物，她说，有这些好吃的还不如给我的孩子们吃呢。她的空手套白狼也是有过成果的，她将夹子设置在老鼠的洞穴门口和它们的必经之路上，也有那倒霉家伙中招。母亲的另一种捕鼠手段，连自称捕鼠能手的父亲都惊呆了。母亲将一只空米缸当陷阱，里面盛上半缸水，一只盖缸的顶盖半掩着，顶盖与缸沿之间是一支擀面杖。母亲将布置好的缸置于一个角上，留下只有半悬盖顶的地方等鼠来，为了方便它们中招，母亲还放了东西做跳板。然后，母亲将几粒花生米拿线穿了，缝在了顶盖的另一端。我们完全看不懂母亲的诡计，可是，一段时间内，母亲每天都从缸里捞出淹死的老鼠，有时候还不止一只。有一天我终于忍不住，非叫母亲揭开谜底。母亲就依然用打哑语的方式演示给我看：擀面杖支起的顶盖是个单向跷跷板，放诱饵的那一端要设置在绝壁上，留下另一端等老鼠来。老鼠需要一个高度跳上去才能压动跷跷板，板一倾斜，老鼠就下滑进水缸里，这时候，跷跷板失去老鼠的重量，翘回去保持平衡了，这样恰恰就挡住了老鼠再蹿出来的道路。逃跑无门，在水里灌着，老鼠就死路一条了。现在想想，那年月真是逼出了人的智慧，倘若放在现在，母亲是可以申请专利、批量研制生产了。那几粒花生米，捉了一个春天的老鼠，还是一粒不少，母亲的招数该叫那些灌死的馋嘴老鼠叫冤不止啊。

母亲设计的"连环扣"更是叫绝，这是一种专门对付羽毛般体小老鼠的，虽然适应面窄，但是百发百中。有一段时间，家里出现了一种小如羽毛的老鼠，通体雪白，嘴巴长，眼睛眯缝着好像视力很差的样子。母亲认定是新品种，因为它的小，夹子拿不住它，它又没有足够的力量压动水缸上的跷跷板，所以一段时间内母亲很挠头。更可恶的是，大黄猫似乎不喜欢吃这种老鼠，有一次抓到一只，嗅了嗅，看似味道很难闻，竟然扭头走了，结果叫这只鼠一瘸一拐地逃脱了。母亲称这种小白鼠为"臭老鼠"。"臭老鼠"到处撕咬，竟然跑到饭具里去偷吃。最可怕的是街上传言这种老鼠携带可怕的病毒，母亲惊慌之下，就设计出了"连环扣"。"连环扣"的结构其实很简单，取材更随意。永远是以食物为诱饵，拿一只倒扣的小酒盅边缘压住一粒花生米，再仔细用一只大碗反扣在酒盅上面，碗扣酒盅的位置要在花生米上方的另一侧，而且扣得要轻滑，只要一点力就可以滑脱。当小白鼠去啃食花生米的时候，它身体已经处于大碗的半覆盖之下，它啃动的时候，花生米将酒盅摇动，酒盅一动，碗就滑脱，如此，它就插翅难逃了。但是，怎样将一只活生生的老鼠取出来消灭掉呢？母亲也不得其法，只好就地推动着大碗来回移动，飞快地转圈移动着，一会儿工夫，将小鼠晃晕再起碗将其正法。

真正逼迫母亲对老鼠动了杀戮之心的是鼠辈残害我家的家禽。母亲每年春天都会买回些鸡雏饲养，养它们长大，母鸡下蛋打发人情来往，换取洗衣皂、盐巴等零碎用品，顺便也打发孩子们的馋嘴巴；公鸡可以在中秋节和过年犒赏一家人，多余的也会拿到集市上换钱。母亲对鸡仔是珍重的，盛放在大笸箩里放在炕头上，蒸小米喂养。鸡仔稍大一些就被散养在院子里。每年母亲用许多办法看护，还会有鸡仔不明不白地消失。那是母亲的心头肉啊。一日，我正和母亲在院子里择菜，听见"吱吱"惨叫，见一只大老鼠正叼着一只小鸡往柴火垛跑去。母亲一篮子甩过去，没打到老鼠，却救下了小鸡，那小鸡一瘸一拐，惊魂不定地钻到鸡群里。那天，母亲怀着无限仇恨将柴火垛掀到院子外面，将垛里的鼠穴实行了赶尽杀绝的手段。她一边搬动柴火，一边心疼地看到柴火深处那些鸡毛，愤恨与心疼交织，使她汗水和泪水横流。那个柴火垛里倒腾出一窝鲜嫩的幼崽，母亲毫不怜惜地将它们散于鸡群，那几个活物被鸡啄食，仿佛这才解了母亲的心头之恨，也似乎一报还一报地为那些冤死鼠嘴的小鸡们雪恨了。柴火垛最下面是鼠洞，大约是通到墙外草垛的，母亲吩咐我烧水，她如父亲一样要滚水煮鼠，但是好像还不解气，从旮旯里寻出半瓶农药，一股脑儿地灌给了那么糟口的畜生。

（四）

民间说，大旱三年饿不死厨子，饿死厨子也饿不死老鼠。鼠是让人头疼的，它总在与人类斗争中自损三千也最先抵达食物。避恐不及的鼠，摆脱不掉的鼠，难缠的鼠，就像人类的影子，一直相随。鼠辈虽然有诸多讨人厌嫌之处，它却与人不离不弃地相跟了久远的年岁。有鼠的人家有时候也因此自豪，"燕不入愁门，鼠不入空仓"，家有老鼠证明了富裕。无鼠之家，烟火也就稀薄，生计也就惨淡了。所以爱恨交织的鼠在这个层面上，似乎也是个吉祥物。

乡下人的生活里是剔除不掉老鼠的，人们与之战斗的同时，也生出许多怜惜，对于它的敏捷机警，多有赞誉。江湖大侠也曾以鼠辈自称，《五鼠闹东京》那样的传奇故事，就颇受乡下人喜欢，因为故事里有他们的老相识。老鼠的形象也牢牢镶嵌在民间文化里，音乐中有鼠辈的影子，河北吹歌《老鼠娶亲》是首名曲，诙谐欢快的调子，生动的故事情节，将老鼠们举办婚事的细节构建、渲染到极致。窗花是人们喜庆时的装饰艺术，人们在雪白的窗纸上，贴上大红的喜鹊登枝、莲花鲤鱼、贴上四季风情，生活图景，猪肥马壮，男耕女织，也会将活泼的鼠贴在吉祥的窗上。《老鼠娶亲》的窗花场面可繁可简，简单的就是一乘小轿载新娘，前后两个轿夫，至于吹打的乐手，就随意添减。《老鼠娶亲》经典的窗花是八只老鼠，有燃放鞭炮的打头鼠、擎着旗帜的二头鼠、花轿里的新娘、随轿丫鬟、轿夫、吹鼓手等，鼠相各异，栩栩如生。最繁复的《老鼠娶亲》窗花在大户人家的巨大格子窗上，围绕花轿，成三层的鼠辈大军，这个嫁女的鼠恐怕是个鼠王吧，最精妙的窗花是每一只老鼠都动作不同，差事各异，表情和身段绝不雷同，这样一幅窗花，张贴在昔日与老鼠打打闹闹的农家窗上，非常喜庆。人们从鼠辈身上开发出美，收获了快乐，调剂着枯燥而紧巴巴的生活，鼠辈也是功不可没的。

寂寞冬夜，常常有老鼠的生活感染人的沉寂。顶棚之上，"哒哒哒哒"，小脚勤挪地跑过一只老鼠，一会儿又颠跑回来，好似怕养胖了自己的身体，输给猫的速度，在练习健身速跑。有时候是几只老鼠，仿佛追逐嬉闹，时急时缓，时奔时歇，玩得很是热闹。棚下听声的人，猜测着鼠类的故事，也颇有趣味。有时候，人也会做些小小的恶作剧，站起来，对着正酣的撕闹处，"砰砰"捶打几下。这似天外的来音，大约叫"胆小如鼠"的小厮们登时吓尿了，空前的静寂，那捶棚的人也不出声，窃笑着。半晌，那惊恐愣住的小厮试探地挪了下脚步，静寂的夜里，连促织都闭息，那轻巧的挪动声响就格外清晰。试试探探的脚步没有召来回应，众鼠辈便快步疾奔，登时四散，那"抱头鼠窜"的仓皇之态虽隔棚纸，也毕现无遗。还有那大胆无赖的鼠辈，有些欺人太甚，伏在一角，啃咬顶棚的纸和高粱秸棚架。棚架被咬断，棚就会塌，人用木棍捣捣顶棚警示它，它停下，过一会儿继续啃。如此反复，很惹人恼火。小叔叔脾气暴烈，警告再三老鼠依然如此，遂瞅准位置，撸胳膊挽袖子，"咔嚓"一声，手穿过顶棚纸，探囊取物一般把那个屡教不改的泼皮小鼠攥在手掌。那泼皮惊恐万状，"吱吱"号叫，头乱扭动，企图回过脖子咬攥紧它的手。小叔叔一抖手腕，将它狠狠摔在地上，随即踏上一只脚。

母亲仰望着那只破洞，说，用什么样的棚花补它呢？母亲的棚花还没有剪好，就发生了空中坠物事件。那天傍晚，我放学后在大炕沿上写作业，顶棚又起撕闹声，对于这些声响和战斗，一个惯在老鼠横行的乡间生活的孩子早已听而不闻，谁知道，陡然间，一只活物"吱吱"叫着从顶棚的破洞坠落下来，"啪嗒"打在我跟前的书本上，我被吓蒙了，那从天而降的活宝也吓蒙了，它"吱吱"惨叫着，晕头转向地乱钻，竟然朝我冲过来，我尖叫一声，抓起本子往外抵挡，一下子把它拥推到炕中央，它向明亮的窗台蹿了几下，没上去，这时候我松了口气，见这只老鼠个头不大，又见它惊慌失措的样子，就大胆起来，于是跳上炕去，拾起一只枕头，与老鼠搏击，它怎么经得住一只硕大枕头的攻击，没几下，就让枕头给压住了。

老鼠时常蹿上屋梁，俯瞰着人类的生活。撕咬声时而从屋脊间传来，抬头仰望，撕咬正酣。莫不是鼠辈也有诸多恩怨？争夺王位还是为红颜决斗？屋宇下看光景的人陡然觉得，原来鼠辈也不容易，鼠辈的江湖也不简单。曾经一次，屋梁上咬架相当凶险，一只老鼠被两只硕大凶悍的老鼠追咬，失足坠落下来，仓皇间奔入谷仓，观望中的父亲突然惊醒，说，这下粮食要遭罪了。正盘算怎样驱逐谷仓的老鼠来捍卫粮食，几日后却发现一只老鼠死在阴沟旁边。父亲观察它伤痕累累的躯体，说，这就是那只屋梁上掉下来的老鼠。父亲的推测是，那是一只严重触犯了鼠国规矩的老鼠，被处决了。我半信半疑，父亲说，人有人的天地，畜有畜的世界，做什么都有规矩，所以守好规矩是本分。

（五）

在我的家乡胶东大地，人们将老鼠分成两类。居家的叫家鼠，野外的叫坡鼠。相对而言，坡鼠与人的战争要小一些，那些野地里的小精灵，在庄稼丰茂的季节里，尽情地偷食香甜的果实，圣经说"你看那天上的飞鸟，也不种，也不收，也不积聚在仓里，我们的天父尚且养活它"。天父大约同样眷顾着鼠的家族吧，或者爱之更甚，给了它们掏穴打洞的本领，让它们可以蓄积粮谷。田野里的最饱满的果实先要它们品尝、储藏，然后，才是农人挥舞镰刀，抡起镢头，将它们挑选下来的果实颗粒归仓。农人们天父一样的慈祥，认为为他们守护了三季庄稼的田鼠理应享用大地上的果实，不应该在北风凛冽的季节，大雪封地的时候，让这些远离人群的小动物受冻挨饿。

在深秋或者冬初，大地上活跃着一群扫秋的人，他们在收获过的土地上，用镢头一遍遍翻找遗漏的地瓜、花生等，也常常在扫秋的间隙掘地鼠。对于掘老鼠洞，乡下人是默许的，鼠的繁衍太过旺盛，一年一度的秋收后的掘鼠行为，是遏制鼠患成灾、有效地护粮护堤、维持生态平衡的自然法则。挖鼠洞一般是由半大孩子们完成。在与老鼠的斗争中，孩子们发现老鼠是聪明的，顺着阡埂上一个隐秘小洞，一直刨进去，就发现，九曲十八弯的孔道里，修建了巨大的粮仓，你不可低估一只老鼠的眼光（我们常说的鼠目寸光似乎有待考究），它储存的粮食种类繁多且营养均衡，它们有足够的量使整个冬天可以无忧于饭食。它们的建筑也是叹为观止，有主道、辅道，主道宽阔，辅道狭窄，厅室宽大似乎是议事厅，卧室则舒适，有讲究的铺垫，不亚于人类的席梦思床垫，有用羊毛、棉花等铺设的专门生养幼崽的产室，还有专门盛放粪便的厕洞。洞内有防潮的树叶，有取暖的干净羽毛，甚至有些羽毛色彩斑斓，是不是兼具了美观和装饰的作用？掘地鼠的时候，有很多智慧，发现老鼠洞时，先要判断这洞是个真入口还是个迷魂洞（迷惑洞）。洞口光滑的肯定是老鼠经常出入，洞口粗糙，有可能是老鼠的假洞口，或者是已经废弃不住的旧洞穴。如果是假洞口，说明这老鼠不是寻常狡猾，掘地鼠的风险就大。在刨掘之前，先要在周围寻找真正的洞口或称"气眼"，还要对洞中迷魂阵样的布局做出准确判断。"气眼"并不是专为通气的，是老鼠从自己的宅穴通到田野里的出口，便于它在田地里进食，挑选和搬运食物。狡猾老鼠的洞穴中有明道和暗道，真道和假道，有时候，刨着刨着，出现两条路，一条粗大开阔，一条细窄，顺着开阔的刨了半天，远远出去一二米，却是个死胡同，只好回过头来追逐小道。小道过了一段窄小过道之后，豁然开朗，原来细小只是迷惑人的假象，禁不住对老鼠大大佩服。莫非在做洞立居之时，它早已经料定了人类的屠城之举？此地居住的老鼠，岂不是成精了？尽管几个小伙伴轮番举镢头，也有看似精确无疑的判断，最后每一条道都刨到山穷水尽，也没找着粮仓和老鼠，不禁郁阿疑惑：难道老鼠不在家？大冷天的，它去哪里了？它的洞穴也有吃剩的花生壳和粪便，但就是没有粮仓，难道它不储存粮食？有时候我们只得这样判断：也许，如同狡兔三窟，老鼠的洞穴不止一处，倘若遭遇灭顶之灾，头顶洞开，镢头来临，你让它拖家带口亡命天涯吗？也许它在不远处就有另一个宅院，打造得一样牢固安全，只偶尔过来住住，万一住处有动静，好及时潜入行宫，也许我们一干人马在那里大汗淋漓刨掘的时候，人家老鼠一家正从你脚底下的暗洞暗度陈仓了呢。对于老鼠这些故事，我们永远猜不透。就像人类的世界，老鼠也有好赖，也分等级，好的老鼠洞府巨大，陈设奢华，看得出打理它的老鼠费尽了心思，有的老鼠洞却极端简陋，一明一暗两条道，出口和入口就一条路，里面邋遢不堪，不多的一小堆杂粮被咬得细碎，粪便就在旁边，每每掘到这样的地鼠，大家就取笑，说，这一定是个"光棍子老鼠"，一人吃饱全家不饿，过日子也没有个谱气。

孩子们在掘地鼠的活动中，也学会了哲学和思辨，也研习了兵法和韬略。几乎每一处掘地鼠，都是"跑了和尚跑不了庙"，顶多就是收获些粮食，连老鼠的面都没碰上，于是孩子们就分析原因，研究策略。他们先要找到了老鼠洞的"气眼"，有时候，一个鼠洞的"气眼"不止一个，是堵死"气眼"，从常规路径攻城，还是那边刨掘佯装攻城，这边挖好陷阱、埋伏刀兵"守株待兔"？这取决于孩子们对"气眼"与鼠洞间距离的估算。老鼠的突围也是有策略的，常常是一只健壮的，善于奔跑的老鼠先从"气眼"中跑出，引着孩子们去追打，然后大小不一的众鼠奔出四散而逃。大约这打头阵的是父亲，后面掩护的是妻儿老小，它单枪匹马的敢死队行为，无非就是引开敌人，给妻儿的逃跑赢得机会和时间。它的牺牲看起来是多么壮烈啊！有时候它能成功突围，假若孩子们的分工不明确，配合不默契，奔跑不迅速，一只硕鼠也可以逃脱毙命的灾难。孩子们也是越来越精，他们在攻城之前，早已经有了多种推测和部署，例如，在"气眼"边挖壕沟，假若鼠类跌入壕沟就是瓮中捉鳖了。还用阻断敌人，各个击破战略，就是当冲锋鼠奔出洞口后，有专人负责赶紧用铁锹堵住洞口，避免后面的大部队一起出来。其他孩子集中追打冲锋鼠，当第一仗见了分晓，再往外放后面的老鼠。这时候，老鼠的大部队战战兢兢，不敢往外跑了，有老死洞中的节烈。这时候就需要在大洞口放火佯攻，一把火起，往洞内扇烟，呛急了，老鼠还得从"气眼"逃生。

　　掘地鼠的时候，常常会碰到蛇。蛇是入侵者，所谓的"蛇鼠一窝"并不是指它们友好相处，蛇是老鼠的天敌，蛇在冬眠之前，要进食大量鼠肉以囤积能量，常常赶尽杀绝钻进洞穴去，吃了人家，还占有洞穴取暖顺便冬眠。蛇是不会打洞的，但是，上天给蛇安排了一个最好的长工，给它打完洞还得给它贡献肉体。坡鼠也不容易，天空中有鹰的利爪尖牙，洞穴中有蛇的巨口，还有农家孩子的垂涎之舌。看来，任何一种生存都是不易的。孩子们从掘地逮鼠中寻找乐趣，找到粮食，更重要的是烧烤鼠肉的诱惑。从鼠洞中掏来的粮食，人也是不吃的，不是饿到性命堪忧时，人们是不会吃经过老鼠布袋、老鼠的臭嘴巴运送过的食物的。那些粮食，被母亲们念叨着，叹息着，散于笼中喂鸡鸭。阡埂上有了打地鼠的战利品，一堆花生、豆荚，几个地瓜，还有一排几只肉滚滚的坡鼠，孩子们迫不及待地点燃火堆"烧肴"吃。初冬的田野上，一簇火光，一缕炊烟，一堆香美的果实，一只只烧烤得滋滋冒油的田鼠，一阵阵孩子们的欢笑声，给冬日的记忆打上深深烙印。

（六）

　　坡鼠是不入家的，也许它习惯了四通八达的鼠穴，宽广无垠的原野，习惯于听着庄稼的悄悄话和虫子的弹唱，习惯于冰层下的潜伏。它闻不惯烟火的气息，听不惯鸡飞狗跳的村落交响，不习惯被人的咳嗽和孩子的哭闹打扰。就像井水不犯河水，家鼠也是不入坡的，除非是一只被驱逐的、被追杀的、迫于无奈亡命天涯的负罪之鼠，看来，鼠辈一样有乡愁。

不独坡鼠，家鼠也懂得储存食物和被盖，它们常常从粮仓里搬运粮食到洞穴里去，这样就不需要时时铤而走险，它们常常在方便的时候咀嚼、撕扯棉袄，偷走里面最柔暖的棉花，供它们享用和哺育幼崽。上天赐予了老鼠偷盗的身份，也给予了它偷盗的器具。鼠爪尖利，鼠齿坚硬，都是很好的溜门撬锁工具，它还先天背着盛放赃物的"老鼠布袋"。我曾经目睹过老鼠用它的"布袋"装粮食，那是麦收季节，我家第一拨打下场的麦子晒在院子里，一家人还继续在场院和麦田间劳作，我回家给大人取凉开水，见一只庞大的老鼠趴在麦粒间大口地吞吃麦粒，它的两个腮帮子鼓出很大，脑袋就兀然大出三倍，那腮帮子就是它的"布袋"，是很有弹性的囊，里面装满了新下场的麦粒。老鼠看我小，并不怎么害怕，它终止了吞咽，负重慢吞吞往墙角的洞穴走去。我心疼粮食，想去阻止或者如大人那样打击它，我跑过去，冲它大喊，它不但没有吐出偷到嘴的粮食，反而弓起腰"呜呜"地冲我号叫，似乎要冲过来咬我一般。它实在是太大了，没出息的我竟然吓得退后一步，哭了。眼睁睁看着它盗取了我家的粮食大摇大摆进洞了。为了报复它对我的淫威，我也学了长辈的办法，将半桶凉水一瓢一瓢舀过去，灌给了鼠洞。

鼠辈是泼辣的，它们居不择地，吃不择食。住宅、阴沟、草堆、田埂、作物地及河溪堤岸等处它们无处不可栖居；鼠辈是泼辣的，它们食性杂，山珍海味它们喜欢盗取，玉液琼浆也乐于斟饮，剩饭残渣不嫌弃，饿急了，猪食狗食也无不可入口，吃素食修炼不出品行，吃荤食糟蹋了禽畜。鼠辈是能干的，房梁屋顶，地窖器皿，没有它上不去的灯台，没有它到不了的禁地，没有它偷不到的美食。鼠辈有极强的繁殖能力，捉不尽的虱子拿不净的贼，如今，世事变更，虱子难寻，唯独老鼠，依然在乡间与人同行。

　　一日在乡间，问及老鼠，乡人说，家里没有了，仓房有时还有，不足成害。时下的乡村，居室基本都是钢筋水泥的地面和墙壁，钢铁的防盗门，已经固若金汤了，老鼠的牙齿总算是输给了现代科技。其实这不是主要原因，许多老鼠转到室外生存了。在生活垃圾密集的地方，肥硕的老鼠和猫、狗同时趴在烧鸡骨头、鱼骨头、火腿上啃食，若非亲见，绝不相信。看来，在食物丰足的时候，老鼠是不愿意与人去争斗的，或者，日渐萧条的乡村，年轻人的频繁出走感染了鼠辈，也外出闯荡去了。安静的乡村，日渐空旷的乡村，难道连老鼠也留不住了吗？

平原狼踪

我们小时候不知道狼，乡下人认为这个字文绉绉的，没办法在乡村落地生根，他们都称那神秘的野兽叫"马虎"。"马虎"，像马一样奔跑迅疾，像虎一样威震八方吗？这两个字显得神圣，在家乡有神迹的气场；这两个字让人敬畏，人们一般不敢提及，仿佛那野物有千里眼、顺风耳和飞毛腿，谁要是说一句"马虎"，它都听得到，而且立刻就会风驰电掣地飞奔到这人眼前。所以，在不得不提及的时候，人们有所避讳，四下张望一下，放低了声音说"那个大东西"。村外谁家圈里的牲畜遭到袭击，人们猜测是"大东西"干的；某处郊野发现了不明脚印，他们也猜测是"大东西"悄悄来过。"大东西"让人心中有些不安和忌讳。其实"大东西"并不大，形体像家常的狗，人们约定俗成这样称呼，还是出于敬畏。因为我们那里是平原，这种野兽很少见，只有些传说在隔山打牛地震慑着野外玩耍的孩子。高粱长起来的时候，人们可以不怕"黑挡"，不怕"光面"，这些诡异的传说小妖吓不住大人，但是必须防备"马虎"，谁知道它是否借着青纱帐的掩护流窜到哪个村庄，是否暗夜潜行立于谁家门外？人们常常在田野里隐约看见些疑似"马虎"的踪迹，比如几个很深的脚印，比牛马驴的脚印略小，但是，踩在湿泥里的力度深，看起来指甲尖利；再比如，在某处看见一坨畜粪，竟然是白色的。这时候，大人就郑重地警告孩子，也在提醒自己，野地里有"大东西"，不要到村外玩耍，看见像狗一样的动物就赶紧躲远。孩子们谁不认识狗啊，但是这"大东西"据说像狗一样。孩子们认识村庄里所有的狗，村东的癞皮狗，老井沿上的黑缎子狗，老黄家凶恶的狗，葛陂家的四眼狗，那些狗像小伙伴一样熟稔，他们可以抚摸它、戏弄它，甚至小一点的孩子还骑在狗背上。自从听说来了"大东西"，他们对狗有了戒心，每一次相遇都仔细辨认一下，看有没有陌生面孔出现。他们也有不听话的时候，悄悄集结几个胆大的，从传言里按图索骥，去野外查看那特殊的爪印或者那一坨奇异的白色粪便。据说拾粪的人是不拾狼粪的，他们担心那厮或者同伙会嗅着气味寻到家里来。

　　贫瘠中的乡下人不乏想象力和演说才能，关于"大东西"的传说被演绎得很丰富很生动，它们来自那些山区和亲历过与马虎邂逅的庄户人，他们嘴中的马虎凶残狡诈、神通广大，似乎颇具神力。正月里，大娘的侄子从南山来拜年，他的狼故事一箩筐一箩筐的。他说，狼心眼多，不从正面攻击，而是悄无声息地从背后袭击人，狼的绝招是突然咬住脖子，牙齿掐住气管，没多长时间活物就憋死了。它这是投机取巧，若真正搏斗起来，狼不一定赢，就算赢了也得出死力呢。狼需要你给它贡献一个好下嘴的脖颈，就琢磨出计略，它悄悄从后面来，到你身后，站起来，前爪拍你肩膀一下，就像老熟人一样，你肯定会回头看看谁跟你打招呼吧，一回头，它的嘴早等在那里了，"咔嚓"，哪里还有跑。那就没有办法了吗？有啊，有人上了当吃了亏，后面的人就学聪明了。当行走中被拍了肩膀，千万别回头，狼两只前爪这时候一左一右搭在人的两肩上了，你伸手抓住它们，就那样一直往前走。狼用两条后腿跟着你，一直走就把它累死了。它不咬后脑勺吗？不会，被抓住前爪的它还一直要装你的熟人，直到被拖死也不反抗。可是孩子们还是觉得后脑勺凉飕飕。此后，孩子们感觉长了本事，出去吹牛说，我不怕"马虎"，我有办法拖死它。甚至有时候走路时，盼望有一只毛茸茸的爪子从背后拍自己一下。

"山区的人，出门走远路要带根棍子，只要手里拿件东西，那野物就不敢打你的主意了。"可是，忘了拿棍子怎么办？一次，这表叔说，他去公社开会，回来有些晚，经过"马虎沟"时又累又饿，太阳正好要落下去了，必须坐下歇会儿了。这里经常有马虎出没，他像别人一样，找了块石头靠着休息。"记住，坐下休息的时候，一定要靠着高大的石头，这样它就没办法从背后袭击你了。"他说，那天，他感觉到马虎来打量他了。他背后紧紧靠着石头，手里还拾起一截粗树枝，所以，马虎没敢露面。"怎么知道它来了呢？"身上的汗毛都竖起来了，头皮也发炸，后背发凉，出汗。

表叔的狼故事里没有出现真正的狼，而且，他从来没有跟狼正面对垒过，而我们村里的"老粪筐子"却是第一个见识了"马虎"的人。

"老粪筐子"是我们村最勤快的人，他常年早起晚眠，拾粪攒肥。那年冬天，他早起拾粪时，天还一片漆黑。他必须得起早，不然，一夜的狗屎都被别人拾去了。当他把村里的狗粪悉数铲进自己的粪筐时，还不满足，就走到村西棘园那里，那里是狗经常聚集的地方。他看见前面有一个半人高的黑物，再近前，似乎是只狗蹲在那里。他想，狗一定在拉屎，他就在边上等这堆狗粪。等了很久，"狗"依旧稳稳蹲在那里，没有离开的意思，他不耐烦了，弯腰摸了块石子扔过去，想吓走它。就在他扔石头的时候，那畜生闪电一般"嗖"地飞扑过来，将他扑倒在地，然后大模大样地走了。老汉惊魂未定跑回家，掌灯一看，上衣的前襟已被撕掉了一半。是马虎啊！一家人甚是后怕，赶紧祷告，感谢祖宗和各路神灵保佑了老汉没遭大灾。老汉还是被马虎扑掉了运气，大病一场，从此再也不摸黑早起拾粪了。这事传出去，全村拾粪的人都大为震惊，不再为抢几坨狗屎而半夜起来。

　　我爷爷也是遇见过马虎的。二十世纪五六十年代，穷人们为讨生计，冬闲时很多男人都编席换几个零用钱。编席是手工细活，严冷的冬天手指被冻僵干不了这营生，人们纷纷挖长方形的大地窖，上面横几根木头，铺上玉米秸，最上面压一层土，就成了个温暖的地屋子。地窖暖和潮湿，不易折断席篾，是编席的好场所。

　　我爷爷这个编席的人，没有自己的地窖。没有木料的人家，连地窖都建不出。他只能借别人的地窖用，常常是别人白天编他夜晚编，为的是用人家腾出来的地窖。一个奇冷的冬夜，爷爷挑着昏黄的小油灯正在村外的地窖编席。约莫时间是后半夜了，他突然发根直竖，头皮发胀，后脊梁阵阵发冷，浑身起了一层鸡皮疙瘩。不好。爷爷想。他以前听人说过，"蛇有惊人胆，狼有瘆人毛"，那畜生瘆人，隔老远就能感觉到。还能是来了马虎？爷爷这个外号"二虎"的粗壮男人心里也打鼓。他所在的地窖在村外，周围没人家，又是半夜，万一马虎进来，可就玄乎。爷爷紧紧握住编席的刀，两眼不错眼珠地盯着地窖门。那窖门仅用几根小木棍钉上些破席头，平日也就是挡挡风寒，马虎要破门而入是极其简单的事。那马虎在地窖周围勘探犹豫了一会儿，终于采取行动了。它在地窖顶上来回窜，不时用它尖利的爪子抓挠窖顶的薄土层和玉米秸。爷爷壮着胆子大喊："杂种，你敢下来，我有刀对付你！"爷爷守在窖门里，马虎就在窖门外，中间隔着一层薄薄的席，彼此能感觉到对方的气息，就这样对峙着，马虎既不敢进，又不甘心退。过了一会儿，没有动静了，爷爷想，这畜生走了吧，于是他打算趁此时机跑回家。他从破席头缝隙向外仔细打量，在朦胧的月光下，前方紧挨草垛处有两盏绿莹莹的小灯，原来马虎趴在那里一动不动，静候它的目标出现。爷爷又吓出一身冷汗。就这样，他怀抱编席刀，一眼不眨地盯着地窖门坐到天亮，直到其他编席的人来了，他才敢回家。后来，人们在草垛不远处发现了一坨白粪便。人们议论着，是不是马虎不甘心，在这里留下了记号，伺机再来。爷爷再也没去那家地窖编席。

又一年初夏，我大爷爷去世了。大爷爷没有子女，大奶奶先他而去。那时我父亲在海南岛当兵，听说大爷爷病了，将省吃俭用攒的钱寄回家给他治病。大爷爷去世后，仅剩的一点钱给他买了口薄棺材。大爷爷出殡后第二天清早，上坡的人回来捎信给爷爷：快去看看吧，你老兄让马虎吃了。爷爷赶到坟地，见坟已经被马虎扒平了，棺木裸露出来。爷爷用了好长时间，重新培起一个坟头，可夜里马虎依旧来扒，看来这些畜生实在饿极了，锲而不舍扒死人，每天早上去埋坟成了爷爷必干的一件事。

爷爷是个吝啬时间的人，为了不耽误下地干活，他每天早早起来去坟地。那天格外早了些，天还完全是黑的。他走近坟地时突然头皮一炸一炸，仔细看，黑黢黢一个黑影埋伏在扒得凌乱的土堆旁，那两只蓝眼睛放出凶残的光，缓缓向爷爷逼近。爷爷急中生智，用烟袋锅猛敲着铁锨头，"叮叮当当"跑回村来。

爷爷再也不敢摸黑去埋坟了，他砍了许多棘子围住坟头，大爷爷才没遭啃食。

一个个壮汉遇狼尚且如此惧怕，那一个小脚寡妇带着四个孩子，在四顾无人的荒郊野外、日落西山之时被狼追赶会是怎样的呢？桂花就有如此遭遇。

桂花的男人打井时掉在井里摔死了，她带着四个孩子艰难度日。秋后分地瓜了，别人家有劳力，从生产队下工回来一早一晚就切完了，桂花却拖家带口挣命般劳作。那天桂花下工回来，顾不上吃饭，从邻居家借了个切地瓜的"擦子"，急忙带着孩子们去晒地瓜干。邻家女人说，我吃完了饭用"擦子"，你得快擦（切）。

乡下人收工晚，吃晚饭的时候，太阳已经落得看不见踪影，只有西天一片橘黄色的晚烧，天空红彤彤，映得旷野里一片朦胧黄色。她们来到泉子崖，找到自家的那堆地瓜，摆好擦子。桂花四下一张望，只见空荡荡的野外没有一个人影，宽阔的野地里只有一小堆一小堆像坟堆一样的地瓜，她想到自己若有男人在，也用不着她一个女人孤零零地拖带孩子讨这口生计。她心头一酸，情不自禁向东北方向望了一眼，二里地外那个叫"凤嘴"的地方是公墓，她新逝的丈夫就睡在那里躲清闲。这一望不要紧，只见凤嘴那儿有明亮明亮的灯在对着这个方向照。当桂花开始切地瓜的时候就有点心神不定，后脊梁阵阵发冷。不好，她心说，再看时，那两盏灯一跳一跳向着这个方向来了。"快走！快走！咱不切了！"她一手挎着擦子，一手拽着最小的孩子。"快走快走！"十几岁的大女儿不乐意了，"为什么不切了，咱好容易借到擦子，怎么刚切几个就走？"桂花不敢告诉孩子们真相，她怕孩子们一听到马虎就吓得跑不动了，那她娘几个就只有等死的份了。"让你走就快走，越快越好，问什么问？"她一边呵斥着女儿，一边撒开腿奔跑。可惜她的小脚跑不快，紧张得腿也不听使唤，步子迈不开。她边跑边不停回头张望，见那两束光箭一样飞来，眼看就要追上了。她带着孩子没命地跑，可离村口还有十几步，桂花心想，完了，完了，自家要绝种了。突然村边响起铁桶"吱咯吱咯"的响声，有人到村头的井上担水。桂花像抓住一根救命的稻草。"吱咯"声到了眼前，那已经追到跟前的狼也被响声惊动，一转身不见了。

桂花跨进街门就把门关死了，随后就瘫在地上，孩子们连拖带拽扶她上炕。大姑娘还在埋怨："不切就不切吧，干吗还跑这么急，跟挣命似的，累死了。"桂花说："可不是挣命，刚才一只大马虎在后面撵呢。"孩子们"嗷"地惊叫一声都钻了墙旮旯儿。街门笃笃地响起来，邻家女人来要擦子准备挑灯夜战。孩子们连炕都不敢下了，门也不敢去开了，最后桂花从墙头将擦子递还过去。

桂花遇狼的事是她坐在我家门前的槐树下讲的，"老粪筐子"的事我是听他儿子在大街上讲的。我娘说，她很小的时候，娘家村上曾经进过一只马虎，那是一只在野地里被一群人追赶得晕头转向的马虎，最后钻进一户人家里被众人打死。后来，这家的小夫妻一辈子没有生育娃娃，村人都说，"狼死绝地"，他们的运气被狼毁了。娘说，有一年她似乎也遇到过狼。那年娘去青岛大医院做心脏开胸手术，一去两个月，一直到了腊月根儿才回家。她和父亲从镇上下汽车后，借了一辆自行车，在走一段上坡路的时候，娘下车，跟推着自行车的父亲一起步行上坡。路两边是很深很宽的沟，他们走累了，站住休息。一个声音"唰、唰"从沟底由远及近，那是什么声音呢，娘说，那是"大东西"尾巴扫着沟底小石头、沙子的声音。娘感觉自己的头发和汗毛都竖起来了，那声音越来越响，那"大东西"越来越近。父亲和她对视了一眼。她刚刚恢复健康的心脏猛烈地跳动。后来呢？后来，那个"大东西"在沟底越过了他们，在不远的前方拐弯远去了。娘舒了口气，眼神充满劫后余生的荒凉。

多年之后，哥哥说，他的童年也遇到过一次马虎。

那是个童年的夏夜，屋子里热得睡不下，孩子们在大街上游荡。荒林整个夏天都在东大街说书，大人孩子们常去凑热闹。荒林的书说得一般，也就是解个闷，听着听着人就散了，看看没几个人了，也就不说了。那天哥哥听完书，大约夜很深了吧。哥哥从东大街往村西头的家走，一路上没有遇见一个人。快到家门口的时候，他听到一阵撕裂般的鸡的惨叫，夜半时分这让他很惊异，鸡叫的地方在我们家正前方。我家门前是一大片白杨林，原先是祖上的坟茔，现在仍叫作西老茔，再前方是一个水塘，叫老茔前湾，鸡叫声就在老茔前湾边。哥哥在漆黑的夜色里循着声音找过去。他先是看见水湾的中央有一只扑腾的活物，发出惊恐万分的嘶叫。可是，它为什么跑到水塘中间去，鸡又不会凫水，这不是找死吗？这样想着，哥哥又听见"哗哗"的划水声，水塘边上似乎蹲着个人，正在用手往自己眼前划水，想必是让水流把鸡从水塘中间冲击到岸边。"谁！"哥哥大声问了一句！那人回过头来，哥哥别的什么都没看见，只看见两只绿眼，贼亮贼亮的，似乎带着匕首。哥哥浑身哆嗦了一下，立即警醒，他撒腿一路狂奔回到家。他回忆说，那时候的奔跑，真的是飞起来了，好几次他的意识里感觉自己是腾空的。至今他也不知道，那只马虎究竟有没有追他，那只鸡的命运究竟如何。

这些与狼有关的往事大多是童年时候听到的，大人用来告诉孩子夜晚不要独自外出，不要在野地里玩耍。胆小的孩子如我一样，对这传说中的食人兽很惧怕，从而殃及到狗，每见到狗必避之。即便是长大之后，仅有的几次走夜路，所担心的不是鬼怪，而是这种"大东西"。所幸的是，现在人烟厚了，狼的踪迹在我们乡村久未出现，人们似乎忘记了还有这种野兽曾经参与过我们的生活和记忆。

黄精灵

在我们乡下的生活规矩里，到处是神灵。举头有天神无数，低头有地神左右，出门在外需小心谨慎，一步仁神仙；蛰居家屋也须恭敬有礼，无数神灵寄居在檐下灶头，安然于炕头炕尾，相佐着乡下人锅碗瓢盆的交响日子，聆听着鸡飞狗跳的生活节奏。若是善良人家，神灵是护佑之神，若心怀不轨、行迹污秽，神灵就是监督员和惩戒员。家门户里有门神、灶神；屋宇之下有炕头奶奶，有针线奶奶，有太岁有金刚；粮仓里有盛虫，屋檐下有风神；一阵风吹草动也许就是仙迹，一次伤风咳嗽或者就是神迹显灵。神迹隆重的乡村，就连一只蜘蛛一只毛虫都不可轻易伤害，鼠辈昆虫蝼蚁都肩负着某种神圣。一株年岁长一点的树，一棵花朵超凡的花，都有神气呢。乡下人被神迹的光环保佑和约束，出恭入敬。这些神迹都是隐形的，在灵魂的领域温暖着安慰着或者震慑着穷苦的人们。而有些神迹仙行是凸显于生活的波澜之上，活灵活现地呈现一种非常规的生活闪电，某种特殊的人被某种神仙附体，在人间虚虚地晃一枪，激起几个潮头。

黄鼠狼就是那最能激起潮头的仙迹。黄鼠狼其实是个不入流的半仙。"狐黄白柳灰"的位次中，尽管黄鼠狼紧排在狐仙的身后，名声却狼藉不堪，得不到"仙"的尊崇和敬畏。在民间，称狐狸为狐仙、仙家，这与《聊斋志异》故事在民间的盛行有关，也与一些神婆的行为有关。有些神婆据说身顶着狐仙姑的仙体行事，她平常也得上坡下塬，烧火做饭，一样会挨喝醉酒丈夫的拳脚，一样吆喝着孩子做着做那。可一旦来了问卜的人，她往那里盘腿一坐，哈欠连天，一会儿就换了副表情，移了副腔调：狐仙上身了。

狐仙除却在乡间担当些破解谜团、指明方向，给人精神安慰外，还因非山非谷的平原，极少有这种体态较大的野兽，即便有也是避人的，很少危害乡里，所有人因其神秘而敬重它。但是黄仙黄鼠狼、白仙刺猬、柳仙蛇、灰仙老鼠到处都是，走路都能踩着，做梦都能踹着，拉屎都能砸着，烦还来不及，自然就没有这么好的待遇。你听说谁家神婆顶着黄鼠狼？也没听说谁家神汉顶着刺猬。之所以称它们仙，只不过它们有些怪异能耐罢了，就说黄鼠狼吧，在民间名声一直不好，偷鸡的恶习使人们对它深恶痛绝，鸡是庄户人家的小银行，黄鼠狼专门毁人钱串子，岂不是找死？

像它的名字一样，黄鼠狼既有狼的凶残狡猾本性，又有老鼠的油滑敏捷身手，确实是乡间一害。

黄鼠狼狡猾，时常与人斗智斗勇，它知道人不待见它，它也一般不入人家，它懂得入君之瓮虽多方便，也多凶险。偶然有大胆的黄鼠狼在人迹不茂盛的人家院落草垛里安家，大部分黄鼠狼潜藏在村庄内外的草垛、柴火垛里。一只潜伏在农家的黄鼠狼确有很多偷鸡偷蛋的便利，但也有巨大风险。都说兔子不吃窝边草，一窝黄鼠狼总是打自己院子里主人家鸡的主意，它的厄运也就不远了。何况，庭院里经常是养着狗的，一物降一物，面对血口利牙的威胁，聪明的黄鼠狼还是算得出账，保命远比一餐美味重要，还是躲出去的好。

乡下人对黄鼠狼的态度比较暧昧，不像对待老鼠那样，深恶痛绝，杀之而后快。他们比较忌讳说到它，比如刚刚赊回来小鸡，她们躲避着黄鼠狼，却并不敢说破，好像一说破，这担忧就必然会成为事实。人们普遍认为黄鼠狼是个小人，是小心眼，一般不要得罪它，不能说它坏话，否则它就会报复。尽管人们谨小慎微，正像没有不吃腥的猫，天底下没有对美味拒绝的黄鼠狼，偷鸡偷鸭的事还是要发生的。偷鸡偷鸭是大案要案，一旦发生，就会惹来一场翻天覆地的追踪和绞杀，这家的女人手提着已经被咬死还没来得及运走的鸡，或者被吃掉一部分的鸭，在院子里破口大骂：你个不知好歹的东西，你在我家住着跟我做邻家，我不嫌弃你，嘱咐狗嘱咐猫不冒犯你，你却这样恩将仇报来祸害我，我看你是活够了，赶紧给我滚得远远的，要不我就掀了你的窝，砸死你的崽，你再敢动我的东西试试！这一顿骂可能要持续几个小时，或者几天之内，想起这窝火的损失，都要骂一番。贫苦的日子里积攒了太多不满和压抑，黄鼠狼的恶行顺便给了平素隐忍的女人一个发泄的出口，她心里装了多少窝囊遭际啊，骂一骂解气。男人不作声，他不跟那下贱东西费口舌，而是咬着牙根拎根结实的木棍，绕着草垛寻找，这里捣捣，那里戳戳，若是发现了蛛丝马迹，定把草垛掀翻直抵它的老窝。

人不犯我我不犯人，许多农家与黄鼠狼履行这样的契约规则。有些农妇实施怀柔政策，平日很尊敬黄鼠狼，偶尔提及的时候，往往口称"仙家"或者"老黄"，颇有讨好的意思，希望施它一礼，敬它一丈，不期望回报，只期待勿扰。那些被它折腾过的人家，却跟它结了仇，态度强硬，直呼它"黄妖子"，说前头胡同里那个身体虚弱的老嬷嬷又被黄妖子迷上了。

人们不愿意得罪黄鼠狼的原因，据说它确实有些能耐，就是"迷人"，它能够找那些身体虚弱、八字软的人附体上身，做一些一般人做不了的事。听说我家族中一位奶奶以前就经常被黄妖子上身，她有气管炎，平日里就虚弱，有时候去茅房上厕所，回来的时候不小心脚下踩了个啥东西"吱"的一声叫。回屋后，她就吃吃地笑，说"差点踩下我的尾巴来"。奶奶的黄妖子上身时，行为很怪异，她能准确说出周围邻居家的一些小私密生活细节，比如当保管的人哪天从生产队仓库里偷回家一个豆饼，比如大队会计关着门在家偷吃饺子。奶奶的绝技是双膝跪在一根支箔晒东西的横木上掉不下来，这颇具杂技难度的动作让半村的人争着证明，稍微灵巧的试图跪到那根横木上，但是根本做不到。奶奶不仅在支箔棍子上耍杂技，还跪在那里唱茂腔，一出《西京》将裴秀英寻负心汉丈夫一路奔波的艰辛唱得泪水涟涟，跟王宝钏一样艰难，比秦香莲运气好些。奶奶唱这戏的时候，哭得涕泪涟涟，胡同里满满是听戏看热闹的人。

我小时候，我家胡同里就有一个老人一年有几次被黄妖子附身。这个老人骨瘦如柴，年轻时饱经坎坷，她是被酒鬼爹卖给人家填房的媳妇，丈夫的第一个女人是不堪婆婆虐待上吊死的。她在这刁蛮的婆婆手里苦熬十几年，有了五个女儿和一个儿子。她丈夫去世早，她伺候着刁蛮婆婆，拉扯着六个孩子，指望孩子大了就会苦尽甘来。她万万没想到，五个女儿都长得全毛全翅，唯有独子个头矮小，说不上媳妇。她用一个闺女给儿子换来媳妇，媳妇却跟她婆婆串通起来挤对她。

这个奶奶一生闷气就要喝几口地瓜干酒，然后在门口的槐树下上黄妖子迷。她又哭又唱，戏虽然比不上我那本家奶奶的《西京》，却有《砸船》那逃荒要饭的悲苦。邻居劝她儿子，赶紧把家里的草垛都鼓捣出去，彻底清除祸害。而她的儿媳妇却恨恨地说，她愿意丢人现眼，谁管她。被黄妖子迷上的人需要睡一觉之后才能清醒，醒来之后好似大病初愈的虚弱，但也有一辈子清醒不过来的。村东头的小个子女人阿蛮，因为所生的女婴夭折了，三天两头害黄妖子迷，结果竟然渐渐疯掉，到处行走找自己的孩子，后来在一口荒野开口井里淹死了。

　　黄鼠狼自己也明白，偷鸡的血案是十恶不赦的大案，除非那极度不要脸的泼皮，一般黄鼠狼不经常范科，但是小偷小摸不少，比如从鸡窝里偷刚下的鸡蛋，不会被发现，也许农妇怪罪母鸡懒惰，它就惯于这样嫁祸于人。黄鼠狼偷鸡蛋像老鼠一样灵活，面对这样一个光溜溜的小固体，它们有自己的办法，老鼠偷蛋是一只抱着鸡蛋当装载车，另一只拖着它的尾巴驾驶，而黄鼠狼要将鸡蛋偷出院墙，是高难度的，它们一样需要团队协作。一只黄鼠狼负责入户盗窃，另一只蹲在墙外接应。它伸开四肢仰面朝天地躺在地上，好像要晒晒太阳好好享受一下天光，那光滑油亮的皮毛在日光里闪闪发亮。这时候的乡村是安静的，成年人上了坡地，孩子们上了小学和育红班，只有鸡警觉地"咯咯"叫两声。一会儿，大约是得手的黄鼠狼将鸡蛋成功地运送到墙头，你无法知道它怎样做到了这些。那枚红皮鸡蛋"嗖"地从墙头落下来，不偏不倚，正砸在黄鼠狼胸部。那只接应的黄鼠狼一定是练过硬气功，接受这么大的高空坠物不但没有被砸晕过去，还能抱紧鸡蛋迅速蜷成一团，并且快速滚动，眨眼就进了草垛或者高茂的杂草棵子。

　　人一旦跟黄鼠狼结了仇是件很糟糕的事。它偷吃了你家鸡蛋、你家的鸡鸭，你怎么骂都行，因为它理亏，就算你推倒草垛掀了它的窝，它也没脾气。如果在掀窝的时候顺带着打死了它的崽，那这仇它就记下了，它会不让你安生，今天骚扰一番，明天骚扰一番，也未必每次都行凶，却搅扰得你家禽类从此不安生。

把鸡咬死拖走是最笨的黄鼠狼，真正有灵性的黄鼠狼，在盗窃手段上是一流的。住在村外的长生家每年都养不少鸡，跟黄鼠狼周旋是年年的持久战。那地方靠近场院的草垛区，黄鼠狼多，他经常夜晚看见一群群黄鼠狼闪着贼亮的小眼睛在草垛上迅速地、有计划有组织地跑上跑下，像是军事演习。

有一段时间，家里的鸡莫名其妙地失踪，事出蹊跷，长生就留了心眼，一定要看个究竟。早晨放鸡之后，他躲在两个苞米秸垛之间勘察，莫不是有偷鸡贼？他听说过有一种偷鸡贼专门在冬天里出来套鸡，用一只绿色的竹蝈蝈当诱饵，撒在干草丛里，远远牵着线抖动，那竹蝈蝈跟真的一样，似乎还在蹦跳。鸡扑过去一口吞下，竹蝈蝈正好噎住喉咙，鸡叫不出来，套鸡贼上前拿了鸡，揣进大棉袄就跑路。

过了好半天，他终于发现鸡群有了异样，一只鸡惊恐万状，就像着魔一样，眼神死呆呆地、身体直愣愣地往鸡群外走去，他怎么看也没看明白是怎么回事。鸡越走越快，后来就是狂奔着跑远了，最后钻进一个麦穰垛。那垛小，长生感觉是黄鼠狼做道，赶紧召集人拿着铁锹、镢头子，一起把那个垛给掀翻了。除了找到那只鸡被啃得残缺不全的尸体，他们什么也没找到，长生也不是没有收获，找到些黄鼠狼棕红色的毛。他就是想不清楚，难道黄鼠狼真有神力，能遥控着一只鸡自投罗网？后来又发生过跟这个事件完全一样的事，长生情急之下，拾起一把笤帚狠命地掷向魔怔中逃跑的鸡，那鸡倒地，从鸡的胸脯下仓皇钻出一只细滑的黄鼠狼。原来，它是钻到鸡的身体下面，口咬住鸡的脖子，四肢抓住鸡的翅膀和腿跟，牵着鸡往它想去的地方走。

长生还见过一个更猖狂的偷鸡贼，它就像一个驯马的骑手，纵身跨上鸡背，口咬住鸡的头顶翎毛和头皮，骑在鸡背上，后爪抓牢鸡翅根，前爪拼命地拍打鸡背，那鸡惊恐疼痛之中，就疯了一般跑到野外给它做午餐去了。长生是个跟黄鼠狼结仇最深的人，他用夹子夹，用套子套，他把打死的黄鼠狼悬挂在鸡栏边的棍子头上，枭首示众警示黄鼠狼，直接宣告势不两立。黄鼠狼的嚣张气焰被他打了下去，那聚集的黄鼠狼渐渐疏散到各处，人们说长生八字硬，太刚烈，它们怕了长生，长生说："什么八字硬八字软，堂堂的人叫这黄妖子欺负？还反了它了，这叫邪不压正。"长生后来总结自己跟黄鼠狼斗争的过程引用了句名言："人不犯我，我不犯人；人若犯我，我必犯人。"

有个游走村落的商人到长生家去，收走了他积攒的黄鼠狼皮，长生在街上吹牛说，自己得了一大笔钱，真没想到黄鼠狼皮那么值钱。大家觉得不可思议，黄鼠狼也能换钱？长生得了一笔外财之后就变得不安分了，他说，我们不知道的事太多了。不久之后，长生在离村较远的地方盖了些小房子，养起黄鼠狼。村人都大摇其头，说，这个不太靠谱，自古至今，哪有养黄鼠狼的道理。长生反驳说，狐仙姑都有养的，老鼠和蛇都有养的，为什么不能养黄鼠狼发家致富？人们只能呆呆地瞪着眼，心说，世道真是变了，还有穿黄妖子皮的城市女人。

猫千岁

炕头狸猫坐地户，俗语这样说。神圣的炕头是猫的王国，它才是炕头王国上真正的王。人们依恋炕头，但是一个健康的人，每天在炕头的时间是定数，冬日的三餐时间，夏日的午休和晚间睡眠。其他的时间，他需要在大田里挥锄头、抡镢头，他需要扶犁拽耙吆牛喝马，他需要大汗淋漓地推着独轮车往田地里运送粪肥，把庄稼的果实一趟趟搬回家；她需要在菜园子里掐枝授粉，在果园里捉虫疏花，在场院里拿簸箕筛选谷粒麦粒，她需要采桑饲蚕，挖菜喂猪。这些农家忙碌的时候，猫儿是悠闲的。它在墙头伸个懒腰，在粗糙的树干上磨磨爪子，回身进屋，轻巧上炕，往枕头边、被子边一蜷缩，呼噜呼噜大睡，决不理会晴朗的日头在着急地拍打窗棂。

即便是一个不用上坡下田的老人，也没办法跟猫儿一样长久地盘踞在炕头上。她在屋里屋外拾拾掇掇，手脚不闲。洗锅刷碗，梳理青菜准备三餐；儿子辈的、孙子辈的鞋袜衣帽要缝制；换季的被褥要清洗；汗衫子扯裂的口子张着大嘴等针脚麻线来喂养；裤子膝盖上磨穿的窟窿等一个补丁来安抚。她一双小脚挪进挪出地忙碌，一双手忙里忙外地打理。勺子顺着锅沿抒情，青菜围绕井台沐浴，布衣荆钗的盘算，鸡飞狗跳的交响，她可是没有猫儿那般大白天睡觉的清福。

呼呼大睡的猫儿，在白天挣了个懒惰的名，夜晚它却在熟睡的家人间穿梭。"懒猫"，有人这样骂自己的弟弟妹妹，"馋猫"，有人这样诋毁着猫的名誉。但是猫不震怒，不辩解，不在意。一个说猫懒的人绝对没有见识过猫夜晚的雄风，这样的人，猫根本不屑于搭理。一个说猫馋的人，实际上是在仰望猫的极敏锐的嗅觉。

夜晚的猫瞳孔是最亮的，它一会儿敏捷地爬上屋梁，追捕黑名单上的耗子；一会儿钻出门户到房顶上看看半入睡的村庄；它还要在瓦楞间停留一会儿，让月光给自己的皮毛装扮成银亮；它轻巧地跃上别家的屋顶，听一听这家的鸡毛蒜皮的争吵，那家酒瓶摇晃的残宴。在黑夜里它双目炯炯如剑，在星光里紧衣潜行。它所到之处带着冷森森的寒气，小兽们噤声，虫豸失语。它与家犬共同维持着夜的秩序，它站在高处，巡视和搜捕。等它累了倦了，天下也太平了，它就随意地穿过门槛下的孔洞、窗棂上的"猫道"回家，那个热乎乎的炕头鼾声四起。它愿意闻旱烟的味道就钻白胡子的被窝；愿意闻顶针的铁锈味就钻老奶奶的被窝；如果它喜欢奶香气就去那个娃娃的被窝。农夫的被窝有股汗脚的臭气；女人的手指间有青草汁、野菜汁液的微苦；大姑娘的被窝最好，有说不上的香味，好像是果园里苹果花的香、樱桃花的香，比搁物架上饼干的味道还好，比雪花膏的香味更醇，像月季花的味道，像桃花的味道，像谷粒成熟的味道。都说馋猫鼻子尖，这靠鼻子的敏感行走江湖的猫，真的说不清，大姑娘的体香是怎样一种香。它想钻进被窝被这香笼着呼呼大睡，一顶纱帐却阻挡了它的脚步，猫儿有些难过，可是它不喜欢那些旱烟味道、脚丫子味道，心向高处就得委屈一下自己，它在纱帐子外，那个炕脚，紧靠着那捂紧芳香的兰花布被子安稳地卧下来。

一物降一物，卤水点豆腐。在乡下，猫是一家人保持太平的神主，一户有猫的人家，家里是安定的。鼠患猖獗的年代，人们苦不堪言，贫寒的岁月本就捉襟见肘，少许的粮食衣服被鼠类屡屡攻破，盗去粮食，嚼碎衣服，甚至在棉袄里下崽抱窝。老鼠还荤素通吃，屋梁上挂的筐篓里的小干鱼，米罐里的鸡蛋，甚至春天庭院里满地跑的小鸡仔，也难逃老鼠邪恶的嘴巴。

一只猫的出现，鼠患猖獗的屋檐下有了安全感。猫即便不发威猎取，只是随便走动走动，潜伏四周的耗子都敛声屏气，唯恐触动神威。

在农家，养猫是为了驱鼠，但有些老人把猫兼作解闷和取暖的工具，日间夜里地喜欢把猫搂在怀里或被窝里。人老了，曾经手里掌握的一切都松了，落了。如今，扶不动犁，拽不起耙，抢不起镐，甚至端一碗饭手都哆嗦，手里握不住什么的现状让他恐慌，终日握着一杆烟袋锅，在苦辣的烟气里沉思。于是他把猫紧紧地搂在怀里，那柔软的毛，温暖的毛，让他心安，猫儿那柔顺的呼噜噜的酣睡让他心安。

农家把热炕头热被窝都给了猫，可是仍然换不来猫的忠贞不渝。俗语说，狗恋家，猫恋食。说狗是忠臣，不论怎样家贫，它都不离不弃，一生相随；而猫呢，猫是奸臣，谁家有好吃的它就在谁家。人们这样抱怨猫的不忠一主，却离不开猫。猫是吃百家饭的，游荡到了谁家，都不拒绝美餐，不拒绝人家的盛情。自然，猫也从不吃白食，吃了你家的饭，就为你家除害。猫是精神贵族，任何一家的美食都无法收买猫的灵魂，它始终是自由的，像一个游吟诗人，走到哪里都靠吟咏谋生，在哪里安营扎寨完全取决于自己的心意，但是绝不把自己拴在一个固定的地方，它心里永远有远方，并不交给谁。一餐美食拴不住猫，一生的豢养也留不住猫，它可以在你身边长久逗留，也可以随时转身给你一个背影。

猫是有品的，高品格的猫就像人中的君子，低品格的猫却似市井泼皮无赖。猫的品行也不一样，有的猫大气，一般美食无法打动它，它忠于捉鼠吃鼠，它可以到处游荡，不管在别人家吃过多少饭，捉过多少鼠，但终究是不忘家的。有些猫特别馋，闻到哪家有了好吃的，箭一般就蹿了去，蹲在墙头上、矮树上、碾盘上喵喵大叫，希望得到一条烂鱼。讨要不成，这厮不肯罢休，开始琢磨下三路，它不叫不喊，仿佛远遁了踪迹，只伺主人放松警惕，它即转身为偷为盗，更有甚者，当面为匪，将食物强掳而去，不考虑一笤帚疙瘩抛过来追打的后果。哪有不吃腥的猫，人们这样宽恕了它。

猫是有洁癖的，一天到晚无数次舔着自己的爪子，一把一把给自己洗脸，一个懂得要脸面的动物是值得让炕头分给它一角的。洗净了脸的猫，知道规矩，自从第一次从窗户棂子那根虚飘飘的布帘子下经过以后，它就知道，那是为它留的门。不管什么时候回家，它都规规矩矩走它自己的门洞，绝不会扯破一点窗户纸。猫是知羞耻的动物，一只狗可以以屎为食，一只猪可以窝里吃、窝里睡、窝里拉尿，一只鸡可以天天在粪堆上刨食，一只猫却天生知道粪便是肮脏之物，是不可以见人的。你在家里养猫，要准备猫碗供它吃食，还得准备一个乘着土的瓦盆，那是猫的茅厕。一只猫在人前是不排便的，它总是找没人的地方，某一个角落，有暄软的土，它用爪子把土刨起来，一直刨出一个坑，蹲便之后，它迅速用土掩埋掉刚刚排泄的脏物。一只如此体面的猫，理应得到人的尊重。

《三字经》诵道"马牛羊鸡犬豕，此六畜人所饲"。猫儿不在六畜之列，天生没有能够奴役它的刑枷。猫虽然体形小，却具有六畜所不具备的虎豹一样的霸气。它是食肉动物，是懂捕杀技巧的。马牛之所以受累，是因为它们只知道拉磨、拖犁，一辈子只会出死力；羊和猪就是吃货，不能为人效力，一辈子吃人供养的草料，最后得把这些欠债还清，献出皮肉被人吃掉；狗护院鸡司晨，它们都是人类的长工。猫不一样，它愿意给谁干活就干，不愿意了，就走，谁也没办法拴住一只猫，天底下的绳索都不是为猫准备的，它是自由的行走者，它是机密的捕猎者。民间对猫多有崇拜，说它是老天爷在人间的神使，家乡人从不吃猫肉，即便是极度饥饿的时候，人们饕餮鼠肉蛇肉也不打猫的主意；人们还崇拜猫的身体会缩骨术，极小的空隙它都能钻进去，其实猫很有数，并不是所有的洞它都可以进，它的胡须是丈量的尺寸，只要胡须能完整通过的空隙，它就能安然通过。

猫独领着动物学中的一科，凶猛的虎也得归到"猫科动物"的山头上来，作为百兽之王的老虎，据说当年是猫的徒弟，虎以为猫将所有本事都教给了它，就想欺师灭祖，从此称霸武林，孰料，搏击到最后，猫"噌"的一下上了树，虎就傻眼了，师傅还是留了一手！从此这个背信弃义，欺师灭祖的无耻之辈，就远遁森林了。一只靠捕杀存活的猫对人类提供的食物很挑剔，它喜欢吃鱼腥，一只大陆猫如何跟海潮深处的鱼类结了味蕾上的情缘，是一个宇宙机密，如果没有合适的猫鱼，它需要人类把食物弄碎喂养，这多像人类长不大的孩子啊！人们"喵喵"地柔声唤着猫，这个在鼠类面前煞威十足的斗士，却"喵呜、喵呜"地撒娇。能屈能伸的猫，能软能硬的猫，一只小小的猫，一身兼具了刚柔两重性格，利爪尖刺的它，随时可以将尖尖的指甲藏在厚厚的脚垫肉里，走起来踏雪无痕，悄无声息。"我并非没有利爪，我只是将它深深隐藏。"一只懂得藏锐的猫，是乡间炕头上伟大的哲学家。

在一位乡间隐士的画室见过一张猫的图画，画中的猫气度雍容，神态淡定，目似看透人生的哲人。那猫蜷卧于一截花木之上，耳畔有疏花，脚下有落蕊，远处有鸡群。题款赫然是"猫千岁"。睹之，浑然一振，遂深施一礼："猫，千岁！"

斗虱记

冬日暖阳照着乡村街巷，暖洋洋的南墙根，一排黑锅铁一样的黑棉袄在疏密有致地排列，像一幅水墨画里的石头、蝌蚪或者点苔的苔藓、水草丛。来得早的坐在一块光滑的黑石头上、几截破旧木头上；来得晚的就蹲在地上，坐在从家里捎来的马扎上，或者倚靠着土墙站着。土墙被无数个黑棉袄的后背磨得光溜溜。那些老铁器一样的老人，脸上沟壑纵横酱紫黝黑，不动的时候像一块块地沟里挖出来的黑石头。他们的腰里大多别着杆烟袋，挂着个烟袋包，话说得寡淡了，就抽出烟袋闷上一炉烟丝，"吧嗒、吧嗒"地抽几口。

乡村的上午空寂无声，天瓦蓝，蓝得刺眼，猫儿狗儿在草垛根蜷卧，相安无事。黑棉袄们沉静下来，一辈子经过了那么多事，现在似乎什么都不重要了，只有这阳光是最可爱的。有颗覆盖着霜雪般的头颅开始打蔫，苍白的头慢慢蜷缩进衣领子，打起瞌睡。没有一丝风的南墙根，头顶上慢慢就冒油光了，太热！他把棉袄脱下来，双手在温热的棉布缝隙里搜索。眼神不济了，可是手还好使，一个个热滚滚带着体温的小肉蛋蛋被粗糙苍老的手指捏住，双手坚硬的手指甲就是虱子的受刑台，"嘎巴"一声，干脆利落解恨的声响给一个寄生的吸血小虫的生命终结敲了丧钟。老八没有好的眼神，也没有这么好的手劲，他嫌烦，摸索着袄缝，沿着那粗大的沟垄，就像当年下犁铧犁地一样，嘴巴咬下去，"嘎巴、嘎巴"，那排牙齿就是扫射的机关枪，每响一声他心就一乐，就像当年打鬼子的时候看见一个敌人倒下。呵呵，又消灭一个。当了几年兵，打过几次仗，一辈子就杀了那么几个坏人，他把破棉袄当战场，剿灭虱子的战役天天打。眯眼睛的老人说："老八，今天可是开荤了。"老八说："可不是吗，好几天不吃肉，牙口都饿痨痨、闲痨痨的。"众人笑起一阵浪花。三棍捉虱子不动声色，他在头上挠挠，手指尖顺着痒痒的作案现场追踪，一个满嘴油光得手在逃的虱子就被擒拿归案了，他依旧如别人一般，放进嘴里"咯嘣"一声将其毙掉。

在一段漫长的时光里，乡下人羞于出口的事就是生虱子。这些老南瓜、老葫芦已经无所谓，生命走到漫天彩霞的时刻，还有什么可害羞和顾忌的呢？害羞的是那些年轻的大姑娘小伙子，身生虱子是不讲卫生的最有力证明，讲卫生的年轻人就三天两头洗头，大冬天就是备不出热水，用冷水也要洗，把家里爹娘惹得骂，天天洗什么，你就那么脏？可是没有办法，捉不尽的虱子，抓不尽的贼，老话就这么说。是人就没有不生虱子的，虱子是人血生的，不生虱子了，人就没有人味了。尽管如此解嘲，人们对待虱子却围追堵截，大网撒，小网捞，欲灭之而后快。

身上的衣裳一年到头就那么几件，还补丁压着补丁，给虱子提供了那么好的据点和战壕，"吃过端午粽，才把棉袄擤"，一件棉袄空心着穿，脱了棉的就剩一件单衣，不过端午，谁敢就穿一件单衣啊。长达四个月的寒冷时间穿一件棉袄，还是内里补丁摞补丁，坑坑洼洼缝隙接缝隙的，正好是广阔天地大有作为，虱子在这里藏猫猫、打游击，繁衍生息，不亦乐乎。

灯下找虱子是乡村一景，是旧时妇女们挑灯夜战的一项大任务。玩闹了一天的孩子们，一溜地钻进被窝，横七竖八地在炕头酣然入梦。拾掇完了粮草，刷洗了锅碗瓢盆，时候还早，那忙完了里里外外的母亲，擎一盏灯在炕前站定，借着幽暗的灯光，逐个拿起孩子的贴身衣裳。找虱子有技巧，得按照套路来。她先是把衣裳翻过一部分，从上往下一撸一抖，如果有在衣裳的大平原上游猎上彪的虱子，肯定就落马在早已经准备好的簸箕里。抖过一遍的衣裳要沿着内缝线仔细搜索，一旦发现立即绞杀。手从每一个缝隙里走过，哪些地方最易藏虱子，做娘的最知道，跟虱子战斗了这么多年，还不知道它们那点小聪明？大的虱子好找，肉滚滚的一眼就看见了；虱子幼崽就是些蠕动的针尖般大小的小虫虫，鬼精着呢，它们藏得严实，一根粗线就能遮挡它。有时候，那妇人看不见虱子的踪影，只是沿着衣裳缝用拇指指甲对齐挤压，也时时听见声响，妇人就常常莞尔一笑。沿着缝衣裳的缝和补丁四周游走一遍，母亲的手指甲就红彤彤了，那是斩杀的结果。拇指盖好比一把宝刀，在迎战敌人的沙场上饮血充饥，越战越欢。最麻烦的是发现一堆又一堆虮子，哩哩啦啦地把衣服缝隙几乎填满，这些细小得比草种还小的虱子卵不仅多，孵化还快，不赶紧消灭又是一茬密密匝匝的虱子。衣裳缝里消灭过的虮子皮壳还在，跟新的虮子混杂在一起，女人顺着缝慢慢地捋，捋着捋着就心烦了，把油灯端到近前，拿针尖把火头挑上来，把衣服往灯火上送去。恰巧一个孩子这时候醒来，突然醒来的孩子慌忙喊一声，娘，我的衣裳。你干吗烧衣裳？！娘回过头，疲倦的眼神有一丝温和的笑，说，娘有数，烧不坏。不烧衣裳，烧虮子。那衣裳迅速迎向灯头之火，火苗闪烁的一刹那，只听轻微的毕剥声响，那行虱子的后续部队就烟消云散于战火之中。衣衫，安然无恙。孩子还是担心，从被窝里坐起来，见娘飞快地把衣裳从灯火旁走一下，接着飞快地离开，当衣服接近灯火的时候，有轻微的"噼噼啪啪"的响声。孩子凑过来看看，衣服一点也没着火，倒是有一股肉香味从衣服上飘来。

女人的长头发也极易生虱子，这是件很麻烦的事。一个上有老下有小的乡村妇女，有好衣裳也得顾及一家老小，最旧最破的衣裳都锁进自己的大襟纽扣，身上的虱子自然会往丛林高茂的头上去。那里高处有风光，四野的风吹着，桃花红杏花白地看着，如果哪一天自己厌倦了这一身皮囊，趁着女人不注意的时候，就地打个滚就可以免费出境，世界那么大，大约它也想去看看。它可以从头发上潜入枕头布上，又沿着夜晚的被角钻进被窝；它还可以在女人头上趁她睡着的时候，偷渡到另一颗头发饱满奶味十足的头颅上去。

头上虱子的日子也并不好过，地头劳作间隙，休息的女人常常凑一堆，相互拨弄着头发找虱子。找虱子是乡村一景，多半在老人孩子和妇女间进行，那是一种亲近，一种关爱，一对相互找过虱子的人，就有一段颇深的交情。男人是不相互找虱子的，他们或者脱下衣服自己找，或者痒得厉害了，脱下衣裳找块屋墙、找棵大树，使劲地摔打。男人的头上，不怕招虱子，虱子若想在男人头上栖息难度有点大，夏天，男人们都刮光头、理寸头，且经常到水塘里、西河里洗澡，一扎猛子能潜在水底几分钟，把虱子们一个个淹得翻白眼。不想招虱子的男人可以一年四季刮个光头，叫虱子无藏身之处。秃子头上的虱子明摆着，那是虱子的穷途末路。

女人有各种各样对付虱子的办法。梳头匣子里有一把竹篦子，那是一把竹齿密密排列的细齿梳子，女人先将头发用梳子梳理顺溜，拿出一张旧报纸铺在面前，用篦子前后左右地梳头。骨碌骨碌，硕大的虱子滚鞍落马，狼狈坠落下来，有时候也有中号的虱子，毛毛躁躁的青春期样子，运气不好的小虱子有时候也会落网，懵懵懂懂地逃窜。女人戏笑说，看看，把它家老少三辈一网打尽了。篦子可以刮下虱子，一个经常用篦子篦头发的女人，头上的虱子就不会太多。但是，虱子卵还牢牢地驻扎着呢，斩草不除根，春来必闹心。女人明白这个道理，她将一根极细的线把篦子的中间捆一下，那原本间隙就极小的篦子针，几乎就紧挨在一起了。女人狠狠地照自己头上刮去。这样经过捆绑的篦子刮头，头皮和头发都会疼，不疼怎么能将已经落地生根、很快就要孵出新生命的虮子逼下来呢。

有些女孩子的头发招虱子就比较悲催了。虱子不仅吸血，使人奇痒无比，还以极迅速的繁殖能力将卵产得密密麻麻。细小的虮子紧紧黏住头发，将几根头发黏成一缕。这样的头发，难以梳理。当一头乱发蓬松着，白刺刺的虮子闪烁期间的时候，这个女孩子就会被粗暴的家长推到剃头匠的挑子前，剃去三千烦恼丝，虱子一干二净，只是这女孩子哭着，好久都不愿顶着明晃晃的光头出门。家有好几个孩子的乡村母亲，没办法将孩子个个打理干净，粗暴也罢，不讲理也罢，总不能叫虱子造反。

身上有虱子，被窝里也少不了，小孩子最喜欢捉被子上的虱子。清晨起来，并不着急叠被子，而是将被子一点点卷起来，雪白的被里子上，极容易看见虱子，那些饱餐了一顿的小兽们透明的红艳艳的肚子袒露在无遮无拦的野地上，只能束手就擒。更多的大虱子老奸巨猾，它们漫漫长夜吃饱喝足，早就躲到补丁缝隙里去了，那就需要仔细翻掀补丁和折角的地方。就像翻地一样，翻完一截，将被子再翻一截，一直到翻成一个筒，将被里子全找一遍。

一家那么多人口，天天找虱子得花时间，可大人的时间是珍贵的。生产队里的活天天在赶，自留地里的菜蔬要打理要浇灌，家里养的鸡猪羊都要青草野菜，还要纺线织布浆洗，缝制新的缝补旧的……把一个乡村女人分成八瓣也不够用，起早贪黑地劳作，也不够用。虱子还是在这时候揭竿起义，汹涌而来，造反了。

有些孩子被咬得浑身痒痒，哪里讲究得了站相和坐相，章法和礼仪。那个实在忍受不了虱子咬的孩子，把衣裳脱下来，放在门前光滑的大青石上，拿块光溜溜的鹅卵石"咣当、咣当"砸，听到似乎石头碰石头的时候，还有一些虱子毙命的响声，也见着衣裳上黏乎乎湿乎乎的血迹，他越战越勇。那都是我的血啊，半大孩子恨恨地说。这个孩子找到的灭虱秘籍很快被一些孩子复制，孩子的娘不知道，就觉得孩子的衣裳烂得更快了。有一天，她下工早些，看见了光着脊梁在门前砸衣裳的孩子。她气冲冲地呵斥孩子。孩子很委屈。总得有个办法，晚上，她烧了滚烫一锅水，逼着几个孩子把身上的衣裳脱下来，扔到滚烫锅里煮一遍。

据说，虱子的生命力顽强，一件衣服脱下来，十天半月不穿，虱子也饿不死。虱子也耐寒，一个严寒的冬天里，某农妇将生满虱子的衣裳放在户外浇上冷水，任它结冰，两天后，洗出衣裳，藏在衣裳缝里的虱子却依然活着。

是的，人们想到了药，既然庄稼上的虫子可以用药，人身上的虫子就不能用了吗？在一个头发上虱子横行成波涛汹涌的女孩面前，父亲束手无策之后，拿敌敌畏试探地给抹了一遍。不久，这女孩口吐白沫，不是抢救及时，她也许就与虱子同归于尽了。灭虱子是一场持久战，乡下人没有捷径可循。

有什么办法能彻底根除虱子啊！乡下人惶惑，是不是城里人就不招虱子？肯定不招，你看看人家总是洗澡换衣裳，可讲卫生了。乡下人于是对不招虱子的城里人更崇拜。有则笑话：乡下的虱子往城里去，遇见城里的虱子往乡下去，城里虱子说，老兄，乡下多好啊，你不好好待着，怎么往城里去呢？乡下虱子说，乡下难混啊，乡下人穿着破棉袄，一天三次找，找不着就下口咬，我想去城里找口饭吃。城里的虱子叹口气说，城里也难混啊，城里人衣服一天三换，那人血不用说吃一口，就是见也捞不着见。

那么多跟虱子鏖战的乡下人都渴望不招虱子的城市，爱干净爱漂亮的大姑娘眼睛老瞥向城市的方向，她们抢着去城市干临时工，进了城就不愿意回来了。于是她们纷纷嫁给了那些愿意接纳乡村姑娘的城里人，有些缺陷有些残疾的城里人。也有村上的老人说，是人就没有不招虱子的，她们嫁进城里也是白搭，因为虱子是从人皮里自己生长出来的，不招虱子就不是人了。皮甜的人生虱子多，皮甜命苦啊，咱苦命人哪有不招虱子的。后来，那些嫁进城里的姑娘，果然就不招虱子了。她们抹着雪花膏，穿着连衣裙，在乡下的屋檐下站着，皮鞋鞋跟那么高，她们也不累。她们的亲戚说，人家不敢坐咱的炕，怕引回去虱子。

现在不管城里人还是乡下人，都早已经不招虱子了。当我在键盘上拼凑出这两个字的时候，心里竟有种欣慰，还好，它们还在，没有被从汉字的仓库中被清除和剿杀。但是，在网络上搜图片给好奇的儿子看，每一张图片都不是历史褶皱里的虱子，那曾经与我们的乡下人左邻右舍父老乡亲荣辱与共、不离不弃的虱子，真的已经还给岁月了。我只是有些担心，真想问问那个神秘兮兮的老人，我们现在这些人已经不招虱子了，还是人吗？

出家的猪

怎样才算一户人家？书卷里说家是"屋檐下面一口猪"。为什么不是屋檐下有人而是有猪？多年以后我才明白，养猪的人家是富足人家，是安定的人家。颠沛流离中的一户人家，行囊简单得只有几件衣裳；朝不保夕的一户人家，清贫得锅灶四周没有剩余也没有生机；只有安定的、衣食有靠还略有富余的人家，才考虑砌一个猪窝，养一些牲畜，把生活剩余的汤汤水水哺育一些闲杂的口。于是猪这个红口白牙、光吃不干活的家伙出现。不安定的人家、没有长远规划的人家是不养猪的，于是我解开了"家"字结构是"屋檐下面一口猪"的秘密，知道了为什么猪对家那么重要。

养着猪的人家虽然日子也紧巴，劳累困顿，节衣缩食，但是有了强大的精神支柱，他们有一项巨大的投资，因为它在，苦点累点生活都有盼头。等卖了猪就修新房子，等卖了猪就给儿子定亲，等卖了猪就去走走城里的亲戚，等卖了猪就去给你扯花布做衣裳，等卖了猪……肥头大耳的猪凝结了多少梦啊，猪是一家人的天堂日子。

生活需要有些节余，才能攒出一份买猪仔的钱。这个买猪仔的日子是隆重的，一家人都穿戴崭新，就算是补丁衣裳也得洗得里外三新。把一头猪请回家，总得叫猪对自己有个好印象吧。夫妻俩在牲口市场转来转去，他们看遍了待价而沽的每一头小猪，背后给它们每一个都打了分数：那头尖嘴猴腮的长得啥样子啊；那只太丑了，不长精神，丢门楣；看看那只，骨架那么小，长一辈子吧，也是个蚂蚱，成不了气候；这只倒是长得大，就怕是日子深，月份长，来家没多少虚头可长了。他们转来转去，悄悄嘀咕，就像给儿子挑对象一样谨慎和挑剔，可是也不能太拖沓，看见可心的就得下手，万一那俊俏健壮的被别人挑走了呢？跟卖家说话得有些心眼，不能说我看好了你家的猪，看好了不能说好，挑剔是买家，他们挑挑剔剔指指点点，跟卖家挑出这头猪的种种不是，目的就是将价格压得更低。买上了中意的猪仔，一家人像过节一样欢气，手头还有剩余的钱，给孩子们一人买个火烧，在汤锅前每人来一碗羊杂汤，好日子就要开始了，一家人满身攥着劲。

孩子的火烧和羊杂汤不是白吃的，接下来的日子，他们得把力气用到猪栏里这个新伙计身上。猪是吃糠咽菜的角色，家人的粮食可不是伺候它的，女人每天出工都挎着篮筐，抽空拔些猪草，孩子放学之后的任务也是去打猪草。猪爱吃鲜嫩的青草，爱吃没有长大的云星菜，爱吃硬刺还没长出的萋萋菜，最爱吃的是马齿苋，一天剜一篮筐刚刚够。那马齿苋水灵灵油性大，满满一篮筐压得胳膊上一道深深的紫红印子。不几天，娘说，得剜些苦菜和蛐蛐芽给猪吃，不然猪就要上火了。猪上火可是件大事件，那猪一上火就厌食，吃什么都放不开肚子。家里主妇着急了，想方设法给它调剂，用菜汤搅拌进猪食里，提高它的餐标，有油有盐的菜汤当然好吃，猪的胃口就爆发了烈性，怕就怕有些猪因此惯上毛病，猪食倒进槽里，它插进嘴吃几口，哼哼地不满，没滋没味的，不好吃咧。把农妇气得跺脚，站在猪圈前跟它理论，一家人都没菜吃呢，别说是菜，咸菜也快见底了，今年天这么旱，一坡的青苗收不收还得看老天爷垂怜不垂怜，你就将就吃吧。可是猪没那么慈善，哼哼着回窝睡觉了。这时候，家里的男人也急了，三天不爱吃了？是不是找兽医给看看。兽医给看看不得钱吗？女人的手心出汗了。家里实在没有菜汤，这不是为难人吗？急中生智的女人，去盐坛里抓了把粗盐粒。重新来呼唤猪，好容易把猪唤出来，她把盐粒撒进猪食里。猪狭小的眼睛显然看见了女人往猪食里做的手脚，于是，照着那些白花花的东西落下去的地方插下嘴。嗯不错，有滋味。当它把有滋味的地方吃完的时候，抬头看看女人，继续哼哼着。女人那个懊恼啊，我当初怎么就没看出来你这么刁！猪剩下半槽猪食，毫不客气地走掉了，女人千呼万唤，这时候就是一把盐也打动不了它绝不吃饭的铁石心肠了。

女人懊恼着也心疼着不爱吃食的猪，怎么办呢？请兽医看，也没有大毛病，就是上火，兽医手里夹着烟卷说。于是女人就吩咐孩子，多挖苦菜。

养猪是件用心力的活，首先买猪仔就不是一般活计，要有眼力。一茬猪养得成败，关键是买回来的猪仔根性如何。我娘每次买猪仔都查看日子，一口猪什么时候进门是重要的，重要的不是农历和暗含的法力，而是母亲的心气，一旦从月份牌上看好一个日期，母亲的猪仔形象已经在心里成型了。猪圈提前用石灰水洒过，用松软的干土垫得舒适，猪食槽用清水刷干净。一切就绪，只等那一天，像迎新媳妇一样将猪仔迎进门。赶集去买猪仔时，母亲还要换上新衣裳，那个隆重劲好似去相验儿媳妇，难道也需要给猪仔对上眼光？使它欢欢喜喜地安家，毫无情绪地长大？母亲迎接她的猪仔进门，还有特别的仪式，她用一把旧笤帚扫着惊恐的小猪身体，宽解它们离开故里的忧郁和惊恐。她边"抚摸"小猪，边教导孩子一般，说着鼓励的话，看看，你们多精神啊，没病没灾的一个劲狠吃猛长吧，长它个三百五百斤的，夺村上的状元。

一个不会相验猪的女人，自然免不了受猪的气，有人就向我娘讨教相验猪仔的经验：相验猪要挑那些憨厚的、皮松的，憨厚老实的猪，吃完就睡，睡才长肉呢；皮松的呢，有长肉的尺寸。这是母亲的秘籍，她说，买不到好猪仔，净淘力，它不吃不长，恨煞人。我家东邻就有过一只特别油滑的猪，别的猪吃饱了睡，它却吃饱了拿嘴拱猪圈墙，拱圈门，时间久了将墙都快拱透了，邻居割来荆条拿泥巴煳在墙上，那猪拱得猪鼻子流血还是拱。让它淘得没有办法，只好找扎鼻钳的人给它的拱嘴上扎了个铁环，它每每拱东西就要疼。这样折腾着的猪，简直就是主人的冤家，一年养下来，别的猪二百斤了，这位还像个半大猪的身体，去卖猪，屠宰组都不要，说根本不够等级，赔上笑脸好说歹说，人家嫌没上膘，叫回家再喂两个月。卖不了，养不起，杀了也出不了多少肉，算算账，操心费力不算，还亏钱。主人赌气说，我伺候够这个祖宗了，亏多少钱都卖。

在过去的乡下，猪具备普遍的恩主地位。猪是一家人开销的银行。乡下有句俗语：小事抠鸡腔，大事掏猪圈。老实本分的庄户人，很多连一点卖葱卖蒜的小买卖都不会做，土地的产出除去口粮折算不出多少钱，庄户人就像哄孩子一样耐心地伺候猪，唯恐它有丁点不顺利，将一家人来钱的链条一下掐断。

猪在农家的待遇跟皇帝差不多，得到的是"伺候"两个字。猪饲料诸如地瓜面糠草面要煮过猪才喜欢吃，尤其是冬天，每顿猪食都要用温热的水搅拌，乡下女人的手一天三次在猪食桶里浸泡搅拌，捏碎疙疙瘩瘩，调弄浆浆水水，将猪食调制得像糊糊一样。干地瓜叶浸泡出黑黢黢的水，将女人的手纹理染黑，洗也洗不掉。一个女人伸出手，你一眼就知道，这是一个伺候着猪的女人还是一个只拿绣花针的女人。夏天里，猪怕热，酷热的天气里，上膘的猪在暑气里呼噜呼噜，喉咙里像塞着棉花，一声声疾喘养不爽肥大躯体的需求，要给它降温，割来高大的蒿草给猪圈搭上凉棚，还拔上井水从头到脚给猪刷澡，在猪窝里泼水，让它在湿泥水里降温；冬天里，有些猪懒惰，睡着的时候有尿了，不去猪窝外的圈边上撒尿，窝里吃窝里尿，那猪尿很快就冷了，甚至要结冰茬子，猪哪能睡安稳，哼哼唧唧，仅有的一点干燥地方，两只猪在争抢。一宿的官司，猪没睡好，人也没睡好，人担心的是，这样下去影响猪长膘。所以，每天半夜里，估摸着猪该有尿了，就披件厚大的棉袄，找根长竿，把猪从美梦中搅起来，驱赶到猪圈边上，直到他排完尿再放它回窝。猪一身轻快地回窝睡个香觉，这个半夜赶猪的人却冻得浑身筛糠。

　　养肥猪的人家，一年一茬猪，养肥了送到屠宰组，换回一扎油渍麻花的票子。票子换回来，一家人将它们铺在炕上，这几张是给老人的；这几张是给孩子的；这几张给伺候了一年猪老大的婆娘吧，其实婆娘拿了那点钱也不给自己买东西，她张罗了一圈，都是给家人买的；这几张是预备年货的，过个肥年；这几张攒起来，有个人情来往的别犯难。总觉得有那么多地方等钱用，这扎票子再加厚一倍也不够用呢。哎呀，买猪仔还需要一份钱呢！男人拍了一下脑门。女人把自己那份钱推回去，孩子也把自己那份钱推回去。总得犒劳犒劳一年的辛苦吧。这不是卖猪的时候还给两斤肉吗？吃一顿猪肉饺子就算犒劳了。

　　孩子说，要是不用买猪仔就好了。那得自己养老母猪，老母猪更难伺候啊。女人喃喃地说，她在娘家是帮娘伺候过母猪的，母猪下崽的时候，大热的天你也得蹲在猪圈里守着，寒冷的天，你怕猪仔冻死，还得把它们请进家里，或者在猪圈里给生火，还要打起厚厚的防风棚子。有一年母猪产后病了，娘忙着给猪治病，晚上还不停祷告，从玉皇大帝、王母娘娘、老祖宗到过路神仙，娘一一哀告，祈求她的猪好起来，一家的日子都指望它了。娘给猪用葱花爆锅做的白面疙瘩汤把她和弟弟馋得都围着猪槽转，恨不得偷偷喝几口。娘轻挠猪的耳朵根，无限温柔地和它说话，就像唤自己的孩子一样呼唤它起来吃饭。娘半含着眼泪用汤匙一点一点给它喂汤，当它的嘴动了一下，喉咙咕咚将汤咽下的时候，娘回过头说："看，它吃了呢。"也许是娘的诚心打动了母猪，它从三天不吃不喝的绝境又还阳了，从此再没生病。娘一直像对待女儿一样地对待母猪，用它一年年产的猪仔供着弟弟上了大学。想到这里，一颗巨大的泪珠滴在女人的手上，她说，有一次家里一头母猪病死，娘像痴了一样呆坐在猪圈里，不停地流泪。

　　一个喂养着猪的女人是捞不着上炕吃顿热饭的。冬天里，饭菜端上桌，孩子们狼吞虎咽地吃起来，她趁着馏锅水还热，赶紧给猪搅食，等忙完这一切，饭也凉了。她站到桌前，就着所剩稀少的菜汤吃饭，还不时要去看看猪吃得干净不干净，如果米糠太糟，猪也会挑食，吃几口勉强不饿就回去睡觉，她就再给它添点油水，省出原本该她就饭的菜汤，搅进猪槽里，再次唤起猪吃食的欲望。她一面干啃着饼子一面还给猪道歉："将就着吃吧，等日子好些我也给你些好吃的。"

养头猪真没有账算，男人说。卖这些钱扣去买猪仔的钱，扣去家里的地瓜面棒子面的食料、草糠，扣去豆饼的钱，也剩不多了，净赚一家人起早贪黑地忙活，无非是将零零碎碎的小钱在它身上攒起来罢了。

说的是，可你不看看满坡的庄稼黑黝黝地长着，不是那一圈圈猪粪的功劳吗？"养猪为攒粪，挣钱是枉然。"乡下人这样说。庄稼一枝花，全靠粪当家。不养猪，指望谁来出土杂肥？鸡吗？羊吗？兔子吗？它们的粪不仅少得不够庄稼塞牙缝，肥力还弱，要种好庄稼长好粮食，猪是一定要养的，不能光算细账不算粗账，粗细都在账上摆着呢。

为了那一坡的庄稼，为了囤里满满当当的粮食也得养猪啊。一年年，孩子、女人的胳膊上摘不下草筐，男人归来的锄头上也带着鲜绿的草菜。自打化肥进入乡村，猪的至尊地位受到了威胁，慢慢地，人们接受了这种轻便的肥料，一家家的猪圈开始空了。盖新房的时候，原先必须在院子西南角砌一个猪圈，盖一个猪窝的，后来的年轻人却把它从基建版图上一笔勾掉了。猪去哪里了？猪在乡村的酣睡声淹没在岁月深处了。终于可以不用伺候猪了，人们直起腰杆子感叹。直到有一天，人们吃着化肥喂出来的白菜土豆喷喷着，不鲜啊！个子长得不小，可是吃起来酸溜溜的。人们知道，是因为缺了猪粪的缘故，可是猪已经被村庄遗忘了，被庄稼遗忘了，一户户把猪除名的农家，院子里空荡荡的。